頂上至極

村木　嵐

幻冬舎時代小説文庫

頂上至極

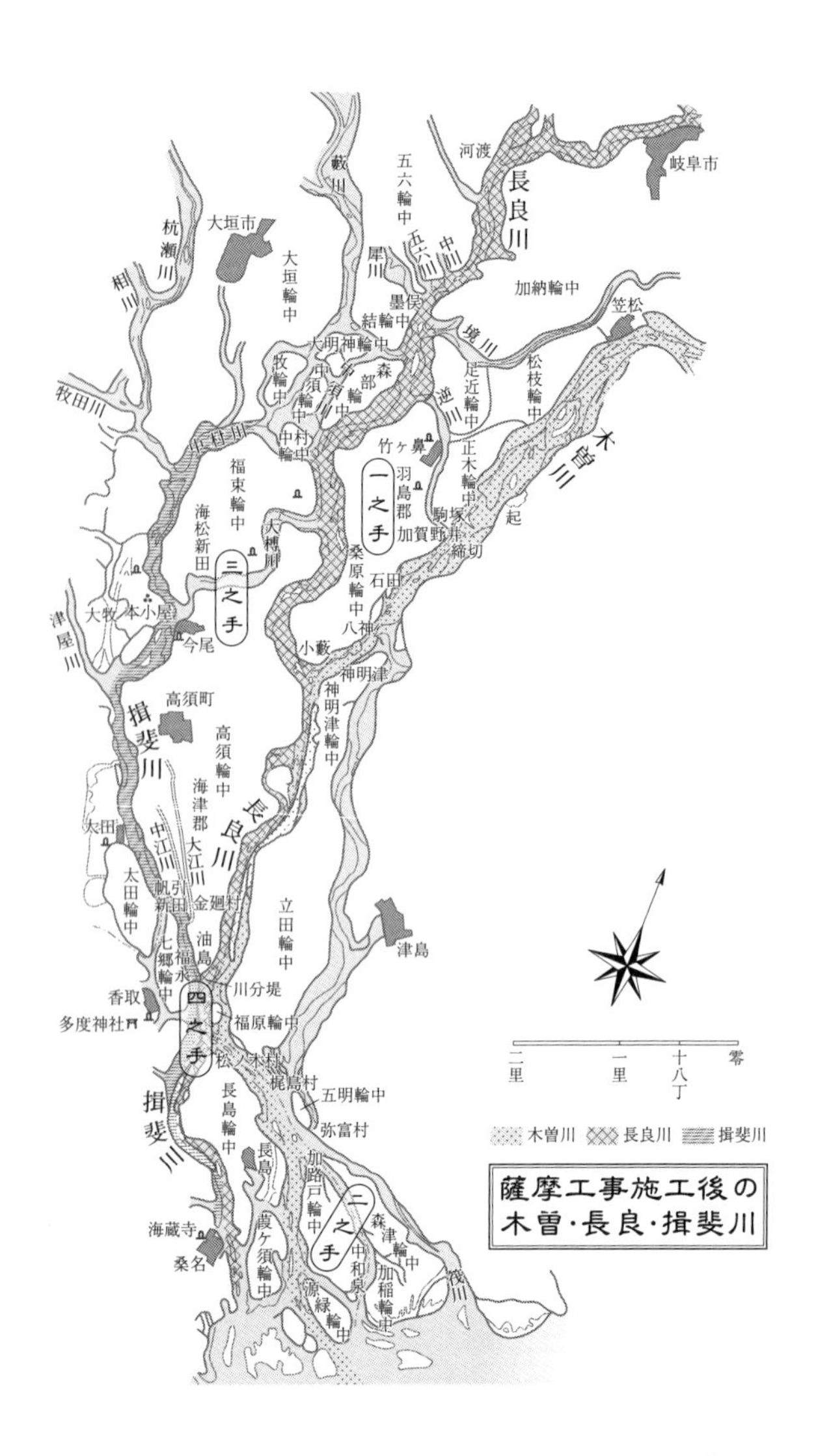

薩摩工事施工後の
木曽・長良・揖斐川
木曽川
長良川
揖斐川
岐阜市
大垣市
一之手
二之手
三之手
四之手
二里
一里
十八丁
零

目次

第一章　下命

宝暦三年（一七五三）師走、鹿児島の日は穏やかで、海からかすかに風が吹いていた。

薩摩藩国家老、平田靱負(ゆきえ)は妻の佐江と庭に下りていた。冬といっても気候は朗らかで、半刻(はんとき)も土を耕していると汗ばむほどの陽気だった。

東の空を見上げると桜島が悠然と煙を上げている。佐江と二人であの裾野まで行ったのはもう幾年前のことだろう。あと数年、つつがなく御役をつとめあげ、致仕(ちし)した折にふたたび佐江とあの山裾を訪れることができれば、さぞ清々しい心持ちがするだろう。

「あの山はいいな、佐江。鳶(とび)も上機嫌で舞うておる」

鍬(くわ)を下ろして空に指をさすと、佐江も鳶を見上げて微笑(ほほえ)んだ。

靫負は藩で長く勘定方の物頭をつとめ、年が明ければ五十一になる。三十二のとき家督を継いで嫡男にも恵まれたが、その後は各地の地頭に任じられ、四十五歳からは藩に六人という国家老の一席を占めていた。

この年、藩主島津重年は六月に参勤から戻り、一年ぶりに在国している。じきに年が改まれば鶴丸城で家臣総登城の新年祝賀である。

「お松、日が傾いてきましたよ。鍬など置いて日陰へお入りなさい」

「いいえ、おばさま。あと少し」

佐江の傍らでともに畠に入っていたお松が手を止めた。年は十八になるが手足の細い華奢な娘で、屈託なく笑って返す顔にもまだ嫁ぐ前の幼さが残っている。靫負が誰よりも恃みとする配下、加納市郎兵衛の娘で、幼い時分に母を亡くしたこともあって昔から平田の家によく顔を出している。

加納の家ではおととしお松の兄がみまかり、市郎兵衛もずいぶん気落ちしたかに見えていた。もともとお松の母は佐江と無二の友だったが、それも若くして亡くなったので、加納の家政はこのお松が仕切っている。

「いけませんよ、お松。あなたはそうでなくても色が白すぎるのですからね。畠を手伝わせて肌が灼けては、私たちが百瀬(ももせ)様に合わせる顔がありません」

佐江が腰に手をあててきっぱりと言うと、お松は恥ずかしそうに顔を伏せた。お松は普請(ふしん)奉行の嫡男、百瀬主税(ちから)と縁談が進んでおり、母代わりの佐江は、ひと月でも早くと靱負にせっついている。

お松は富士額に細面の大した美貌だが、二親譲りの働き癖が高じて、昔からよく男のような形(なり)で土をいじっていた。どうかすると小袖よりも軽衫(カルサン)でいることが多いので、薄い身体は未だに少年のようにも見える。そこへ兄が亡くなったあとは勘定方の父について算術まで教わっているので、それらすべてが佐江に、早く嫁がせたいと焦らせる因(もと)になっていた。

「旦那様」

やはりきたかと、靱負は思わず渋面になった。こちらは畑仕事にも飽いた頃合いで、もうとうに屋敷へ戻りたくなっている。

「ねえ旦那様。百瀬様はあれほど急(せ)いていらっしゃるのでございますよ。年明け早々にでも日を決めてくださいませ。市郎兵衛殿は男親ですから、気が回らぬことで困ります」

「しかし、それは少し慌てすぎであろう」

「またそのようなことを。家中を見渡しても百瀬の主税様ほどの若者は、ざらにはおりませぬ」

「それはそうだろうが」

「あの御方はきっと薩摩に新しい風を吹き込んでくださいますよ。新しい風はいつも西から吹いてまいります」

「それは主税とは関わりなかろう？」

「旦那様。女子はあの夕日と同じでございますよ」

翳り出すと早いと、佐江は西の空をさして胸を張った。横ではお松が袖で口元の笑みを隠している。

「そなたはお松のことばかり気楽に申しておるが、善次郎様のお許しをいただかねばなるまい？　これには城の皆が頭をかかえておるのだぞ」

「ですから、そこが旦那様の気働きだと申し上げているのでございます。たとえ善次郎様がお松を妻に望まれましょうとも、御元服を待っておれば、さしもの千年の松とて枯れてしまいます」

佐江は言い負かしたと見たのか、ぷいと顔を背けてお松の袖を引いた。連れ立って濡れ縁に戻ると、さっさと足についた泥を払い始めた。

善次郎というのは数え九つになる藩主重年の子である。お松はそこへ侍女として上がっているが、その善次郎にたいそうな懐かれようで、熱でも出したときには枕元にお松がおらぬと善次郎は瞼も閉じない。

善次郎は母を亡くし、優しい継母は江戸だ。上にも下にも兄弟がいないから、お松を姉と思ってしじゅう甘えているのである。

「旦那様。お松は嫁に行ってからも善次郎様にお仕えすればよいのです。善次郎様がお松の花嫁姿に泣かれるくらいのことは致し方ございません」

早う進めてくださいませと、濡れ縁から佐江は声を張り上げる。隣でお松が真っ赤に縮こまっているのにも頓着しないのは、靱負から見ても実の母娘のようだった。

島津家は九州の南端、桜島をいだく錦江湾を挟んで西の薩摩と東の大隅、そこに日向(ひゅうが)の大半も加えた七十七万石を治める大大名である。古くは鎌倉殿の地頭をつとめる。


めて勢力を伸ばし、当代藩主重年で二十四代を数えている。

戦国を生き抜いた禄高七十七万石は加賀前田家、奥州伊達家に次ぎ、位階は従四位下である。百五十年余をさかのぼる天下分け目の関ヶ原では徳川に敵対する西軍についたが、その中でただ一家、本領を安堵された。

関ヶ原のおりに島津義弘がわずか三百騎で家康の本陣をかすめ、中央を突き破って薩摩へ帰還したのは日の本では知らぬ者のない武勇譚で、〝島津の退き口〟として、未だに薩摩藩をただの外様ではないと一目置かせる因になっている。もとから戦国に雨後の筍のごとく湧いて出た出来星大名とは格が違うが、あの関ヶ原があるからこそ島津家は、徳川幕府の中で禄の高低とはまた別の畏敬を受けているのである。

その島津宗家では四年前に先代藩主が二十二の若さで病没し、弟の重年が跡を取っていた。兄弟の父である先々代の藩主継豊はまだ存命だが、長く病身で、嫡男が元服するのを待ちかねて致仕した。それがあっけなく嫡男に先立たれ、重年に御鉢が回ってきたのである。

もともと次男の育ちだった重年は、若い上に生来の蒲柳の質もあって覇気には欠ける。だがそのぶんおっとりして傲慢とは無縁の優しさがあり、靫負たち家臣にとっては奉公のしやすい、また仕えがいもある主だった。参勤のため国許に留まるのは一年おきだが、重年がいるだけで家士が城で続ける毎朝の鍛錬はしぜんと締まる。いつも機嫌良く笑ってうなずいてくれるのが、しもじもの家士の心までほぐすように温かみがあった。

だから新年の家臣総登城は皆が心待ちにしていたが、その総登城からわずか十日後のことだった。お松が軽衫姿で転がるように駆けて来ると、まっすぐに靫負の前へ指をついた。

「おじさま……」

お松は冷たい風に火照った顔もこわばり、吐く息が雪のように白かった。

「御城に江戸からの急使が参りました。我家はこちらより大手門に近うございますので、はっきりと見ましてございます」

靫負は書見台に向かっていたが、さすがに書を閉じた。

「使いは騎馬のまま大手門をくぐったのか」

「左様にございます。あの勢いでは橋のたもとで下りたとも思われませぬ。それゆえ私もあわてて駆けてまいりました」

靱負はうなずくと立ち上がった。ともかく城に行かねばならない。

使者が騎馬のまま御城に入るなど、よほどの文を携えているのでなければ、まずはないことだった。そして今の薩摩にとって一番の気がかりは、江戸に住まう藩主重年の御台所が病身ということだ。

「おじさま、やはり於村の方様の御身になにごとか」

於村の方こそ、その重年の継室である。世継ぎの善次郎をあげた正室は産後すぐ亡くなっているから、今や家中が誰より案じているといえば於村の方である。なかでもお松は於村の方と年も近く、鹿児島を発つ於村の方からじきじきに善次郎を頼むと声をかけられていたから、他の者の比ではなく熱を入れていた。

「於村の方様は善次郎様を実の御子とも、弟とも可愛がっておいでででございます。よもや、このまま会えぬようなことにでもなれば」

「これ、お松。滅多なことを申すものではありませぬ」

ちょうど座敷に入ってきた佐江がたしなめた。だが於村の方の病が軽いものでないことは、重臣たちはかたときも忘れたことがない。

城にまで馬で入る急使など、絶えてないことだった。

「おじさま」

「案ずるな。万が一、於村の方様の御身になにごとかがあったとすれば、使者は衣をあらためてのち御城に入るはずだ」

江戸鹿児島は五百里だ。危篤の報など知らされても間に合わぬから、使者が馬を下りぬはずはない。常から江戸留守居役とは密な文のやりとりがあり、直近の文には靱負も目を通したが、とりたてて於村の方の容態は記されていなかった。それをこえて、みまかられたとでもいうなら、やはり使者は騎乗のまま城門をくぐることはない。

佐江が太刀を手渡した。

「お気をつけあそばしてくださいませ」

靱負は目顔でうなずいた。佐江とお松、女たちの不安は分かるが、きっとそうではないだろう。

靱負は腹に力を入れた。御台所に一大事があった以上のことが、江戸で起こったということだった。

鶴丸城は戦国に藩主をつとめた島津義弘の継嗣、忠恒が城山の麓に建てた城である。

もとから薩摩は城より家士の強さこそ肝要という考え方だったから城郭には凝らず、天守もなく、七十七万石の城にしては堀も短く浅い。守り手が弱ければ城など無用の長物だから、この鶴丸城もいざとなれば背後の城山に籠って戦う心算である。

島津が興ったはじめからそうだったから、二国以上を治める太守である今も城自体は華美さがない。雄壮な破風(はふ)など持たないし、いくさとなっても守りには弱い平城だ。島津はもしいくさとなれば、薩摩、大隅二国に散らばる百を超す外城(とじょう)がそれぞれに砦となって互いに結び、巨大な外堀となる仕組みである。この鶴丸城も、半里と離れぬ目と鼻の先に上山城、内城、浜崎、東福寺と、四つの城を従えている。

だが外城のどれ一つ、城とは名ばかりの、砦よりは屋形に近い代物だった。だから家康が一国一城令を出して諸大名に二つ目の城は破却するよう命じたときも、島津の外城はそのままでいることを許された。これを城と呼ぶのは島津のみ、半日もかからずに踏み潰せると思われたのだろう。

　靫負は大手口の御楼門を見上げて大きく息を吸った。

朝鮮の通信使が歩き、参勤のときには家士たちが控える、江戸城にも引けを取らぬ石橋である。薩摩の幾千という家士たちがいくさの折はいっせいに走り込める幅だが、その先で待つのは質素でつましい薩摩らしい城である。

　そして靫負には、今日、中で待つのが吉報とは思えなかった。

　屋形へ上がる式台で大目付の伊集院十蔵とかち合った。靫負よりわずかに年嵩だが、精悍な身体つきが、あるいは靫負より若いかと思わせる。だがその顔にはやはり重苦しい知らせを案じている色があった。

「殿様じきじきにお目通りたまわり、方々お揃いの上で披露せよと申された由。それがしもたった今、兵部殿より聞かされたところでございます」

　兵部というのは筆頭国家老、伊勢兵部である。早飛脚が携えて来た書翰の宛て人には、兵部をはじめ、靫負ら在国の家老六人の名が連ねられていたという。

「於村の方様のご病状でございましょうか」

「いや、そうではなかろう」

在国の家老をすべて集めてからというのは、やはり御台所の病についてとは思えなかった。

ともかくも靫負たちは大広間へ急いだ。

すでに兵部たち他の五人の家老は揃っており、上段のそば近くに左右に分かれて座っていた。靫負は黙礼して左手の末座に加わり、大目付の十蔵は離れた下座にそっと腰を下ろした。

家老たちのあいだ、上段の正面に厳しい顔つきで目を閉じているのは、靫負も江戸藩邸で見かけたことのある家士だった。とすれば使者は誰に代わることもなく、一人で急ぎの旅を続けてきたことになる。

いよいよただ事ではないと靫負が肩衣を整え直したとき上段にお出ましがあり、一同は平伏した。

重年は今年二十六歳で、二十一のとき異母兄の宗信を亡くし、藩主となった。靫負にとっては息子よりも若いが、つねづね人柄が青空のように澄み渡っていると感服してきた。薩摩は海がはるか大陸にも南蛮にも続いているせいか、あの桜島が駘(たい)蕩(とう)としているからか、家士たちはかつて愚昧な主に仕えさせられたことがない。靫負にとっては重年が生涯四人目の藩主だが、折にふれさかのぼって考えても、島津に莫迦殿はいなかった。

「殿様に御祝儀を申し上げます」

使者が震えながら額を畳にこすりつけたとき、重年の顔はさっと青ざめた。まだ藩主になって五年だが、真の慶事がこんな形で届くはずがないことは先から承知である。

「此度、わが薩摩藩は上様より、濃州、勢州、尾州の河川御普請御手伝いを仰せつけられましてございます」

はじめは大広間にいる家老も大目付たちも、何を聞かされているのか分からなかった。

「御手伝い普請じゃと……」

美濃、伊勢、尾張の河川といえば木曽三川、たしか木曽川、長良川、揖斐川といっただろうか。靭負の覚え違いがなければ、三川は木曽の山々に源を発し、あまりの水量にしじゅう川止めになっていた。川下に行けば行くほど地面が薄いので、わずかの雨であちらこちらが水浸しになり、人家も作物もたびたび海へ流される。ちようどそこを東海道が通っているが、参勤で出水に行き当たれば幾日も足止めを食うから、島津家も入府には山深い中山道へ避けるほうを選んできたほどだ。

　靱負は江戸へは琉球使節などを伴って幾度も行ったことがある。だが木曽三川が海へ注ぐありさまは見たことがない。

「木曽三川、と申したか？」

　苦渋に満ちた声で問うたのは他ならぬ藩主重年だった。それをさかいに家老たちから呻きともため息ともつかぬつぶやきが洩れた。

「御手伝い普請とは、人馬や金子を、わが薩摩に出せということか」

　初代家康の時分から、幕府は御手伝いと称して城普請や江戸湊の埋め立て、河川改修などを諸大名に割り振ってきた。太閤の遺構を覆い隠す大坂城の建て直しや江戸城の普請、泥濘だった江戸の地面を埋める山崩しなどに駆り出されて、諸大名は湯水のように金子や藩士を使わされてきた。不手際があれば改易御取り潰し、図面通りに仕上げて当たり前とされ、持ち場を隣り合った他家とつまらぬ諍いでも起こせば、藩主の身にまで咎が及んだ。

「昨年の秋、三川流域はひどい出水に見舞われました由。まずはその折の急破の普請にかかり、しかるのち三川が溢水せぬように新たな堤を築けとの、御勘定奉行、一色周防守様よりの命にございます」

　大広間ではしばらく口を開く者はいなかった。急破普請とは、すでにある堤などの崩れた部分を直すこと、それが終われば幕府の与える仕様帳の通りに定式普請をせよというのである。

「濃尾平野など、知ったことではないわ」

　次席家老の義岡相馬が声を荒らげた。使者は己の失態でもあるかのように頭を下げた。普請手伝いを表むき慶事だとするのはならいである。

「して此度の御手伝い普請、わが薩摩の他にいずれの家中が命じられた？　西国大名、ことごとく一蓮托生か」

　御手伝い普請を有難がる藩はない。江戸藩邸の維持だけでも大層な費えだというのに、遠国の幕領の手入れに出せる金子などあるはずがない。それでなくても薩摩は他のどこより参勤に金子がかかる。

　江戸開幕以来、薩摩に積もり積もった借財はすでに四十万両だ。これは石高に直せばざっと八十万石になる。薩摩の禄高は七十七万石だが、豊作の年に五公五民としても一年の実入りは四十万石にも満たない。

だというのに御手伝い普請は金子を持ち出すばかりで、見返りといえば徳川の覚えがめでたくなる、ただそれだけだ。鎌倉殿の御代から守護をつとめてきた名門島津が、徳川家の感状一枚欲しさに国を荒らすなど愚の骨頂である。

義岡相馬がふたたび問うた。

「当家とともに普請を命じられたのは福岡の黒田か、肥後の細川か。それとも加賀や奥州、高禄ばかりが命じられたか」

「江戸詰めは何をしておった。御手伝い普請を被らぬで済むように、日頃から周旋して歩いておるのではないのか」

家老たちの声が重なり、使者はいよいよ肩をすぼめている。

「御手伝い普請、よもや受けたのではあるまいな」

「何を申される。断れる道理がないではないか」

それには異を唱える者はなかった。将軍の下命であれば親藩だろうと譜代だろうと、どんな無理も呑まねばならない。まして薩摩は外様である。

やがて藩主重年が厳かに口を開いた。

「そのほう、道中さぞや辛かったであろう。国許に重い知らせを告げるのは難儀なつとめじゃ。よう急いで帰って来てくれたの」

細いがよく通る声だった。親ほどの年嵩の家老たちははっと口をつぐみ、そのとき使者の頰を涙が伝って落ちた。

重年は優しく笑いかけた。

「幾日かかった？　十四日か、十五日か」

「十二日でございます。御家の一大事に、遅うなりました」

重年はゆっくりと首を振った。江戸鹿児島は早駆けで十四日半、参勤では四十日もかかる道程だ。

使者は唇を嚙んだ。

「此度の川普請、承ったは薩摩藩のみでございます」

「なんじゃと」

家老の新納内蔵（にいろくら）が片膝を立てた。ちょうど靱負の向かいに座していたが、日頃は口数の少ない、六家老のうちでも朗らかな老人である。

「なにゆえわが薩摩のみが仰せつかった？　かの地はたしか幕府と尾張中納言様の

采邑(さいゆう)であろう。なぜ西国の果てから薩摩が参らねばならぬ」

合点がいかないのはこの場にいる誰もがそうだ。だが徳川の領分だからこそ普請の命は下る。

重年がおだやかにうなずいた。

「上様は木曽三川の普請を、わが島津のみでせよと仰せなのだな」

使者は涙も拭わずに首肯した。

「仔細は江戸家老の島津主鈴(しゅれい)殿が追って知らせるとの仰せでございました。いずれ普請の絵図面と仕様帳を携えて戻られるそうでございます。なにしろ三川流域は三百五十ヶ村に及ぶとのことで、文ばかりでは心もとないゆえ、と」

さすがに顔色を変えなかったのは藩主重年のみだった。家老たちは皆、今にも昏倒するかのように青ざめている。

「左様か。どうやらこの薩摩から、よほどの藩士と金子を送らねばならぬらしい」

若い藩主からしてそう決意しているものを、馬齢を重ねて借財を増してきただけの家老たちになんの言えることもない。

「関ヶ原にもほど近いとは、因縁じゃのう」

靱負は目を閉じた。年をとると繰り言が多くなる。

「此度は戦う前から負けいくさか」

靱負は耳を塞ぎたい。だが誰の言葉も、ここにいる皆の思いを代弁しているだけだ。

重年は黙って膝頭の拳を握りしめている。

皆とうに分かっている。この御手伝い普請こそ、これから薩摩が向かういくさ場なのだ。

そして此度こそ薩摩は負けてはならぬ。靱負も誰も、今はただそう思うことしかできなかった。


木曽の奥深い山々から流れ出る木曽三川は流域に数々の峡谷を刻み、広大な濃尾平野を形作って伊勢湾へと注いでいる。

三川のうち最も巨大な木曽川はまずは飛驒川と合流し、濃尾平野を切り拓きながら、西の長良川、揖斐川と合流分流を繰り返して海へ向かう。

濃尾平野を流れる三川は東から木曽、長良、揖斐というが、平野はゆるやかに西へ傾斜している。地勢的にいちばん低い西を流れる揖斐川は、水量も流域も木曽川の半分に満たず、それほど荒ぶる川ではない。もとは伊吹山系から大垣城のほうへ流れる南北の杭瀬川が本流だったところを、戦国の時分に起こった大洪水で流路を変え、長良川と木曽川に近づいたのだ。そしてそれからは大雨になると三川が一筋の泥流と化し、辺りの土ごと海へ流れ込むことが多くなった。

土地の人々が四刻八刻十二刻と言い表すように、川上で雨が降ると、木曽の山水が峡谷に集まり、およそ四刻でまずは揖斐川に到達する。

雨雲は西から東へ流れるので、揖斐川が水かさを増したところで、八刻の後には長良川に雨水が流れ込む。

ゆるやかに東へ高くなる傾斜地の中央で長良川がどうにか持ちこたえているとき、木曽川の川上に至った雨雲が、十二刻で木曽川をいっきに増水させる。

もとから水の多い木曽川は溢水しやすいが、その水は西へと斜面を下り落ちることになる。それは水かさを最も増している長良川を巻き込んで、いっきに揖斐川へなだれ込む。木曽三川の出水は、こうして常に伊勢の側で起こるのである。

加えて木曽三川の東側は御三家、尾張中納言宗勝の支配地である。戦国の終わりに家康が大坂の豊臣家への備えとして木曽川の東に御囲堤を建てたが、これは西へ低くなる傾斜地の東側、いわば丘の上に念を入れて金城鉄壁をこしらえたようなもので、さしもの木曽川の溢水も、それを越えて尾張へ流れ込むことはない。

御囲堤は高さ八間、馬踏は八間から十間にも及び、本堤の他に二重、三重の副え堤まで施されている。これが犬山から弥富に至る十二里にわたって築造されているのである。

これが造られてのち、出水は美濃、伊勢のみの煩いとなった。どだい、人が定住して田を拓くには不向きな土地なのだ。だが川が溢れて滋味のある土を撒くからこそ、他とは比べものにならない豊かな物成がある。

濃尾平野ではこれまでも幾度となく三川分流が試みられてきた。揖斐川に長良川の水が加わることさえなければ、そしてそれには木曽川の水が斜面を下って長良川に入ることさえなければ、それほど大きな出水は起こらぬのだ。

寛永から正保のあいだだけで国役普請が十二回も行われたが、どれも上手くいかず、昨年八月の大きな出水で、もう一刻の猶予もなくなった。まずは急破普請で破れた堤をもとに戻し、今年も起こるに決まっている出水をどうにか防ぐ――。

だが三川の流域は小領が分立していて、幕府といえども統一的な治水を行うことができずにきた。幕領や親藩、そこに伊勢、美濃、尾張三州が複雑に入り組み、三川はそれらの境になっている。堤方として公儀目付や郡代を多数置き、現地の支配に任せるというのが、治水に苦しむ幕府にできる精一杯だった。

三川の東、御三家の尾張には、幕府はどうしても遠慮をせざるをえない。幕府は東に気をやりつつ、美濃国の幕領を治めるために勘定奉行支配の美濃郡代を置いていた。陣屋は笠松に設けられ、その堤方役所に三川の治水にあたる地役人が配されている。

だが美濃まるごとが幕領というわけでもなく、高木三家と称される交代寄合衆がいて、大名並みの格式を誇っている。四千石余りの知行（ちぎょう）を与えられた特殊な旗本で、知行地に住み、隔年で参勤交代もしている。禄高が足りない大名のようなものだが、旗本であるだけに徳川家との縁が深い。老中の支配を受け、その禄高は関ヶ原の戦いで家康を案内した功により、家康じきじきに拝領したものだ。

要は合流分流を繰り返す木曽三川と同様、流域の土地支配も三通りに分かれている。親藩尾張家と、幕領を差配する美濃郡代、そして大名に準じた交代寄合衆の高木三家である。

三川の流域は三百五十ヶ村余り、そこへ西国外様の島津家が未曽有の大掛かりな治水に乗り出すことになる。

木曽三川をその目で見たこともない薩摩藩士たちは、そこに烈しくしたたかな百姓たちがしがみついて暮らしていることをまだ思ってもいなかった。

江戸から二度目の急使が到着したのは宝暦四年（一七五四）一月半ばのことだった。江戸家老の島津主鈴がしたためた書翰は使者とともに師走の二十九日に出たが、この日になった。

靫負には正月の家臣総登城がはるか古の、どこか他家の出来事のように思えてならなかった。今年はまた参勤にあたり、総登城の折は勘定方の家老としてその費えばかりが気になっていた。大坂の薩摩藩邸に言って、商人から少し借銀をするつもりでいたところへ、参勤どころではない大ごとが出来したのである。

大広間の上段にはすでに重年が着座している。江戸藩邸からの文を携えて来たのは用人の岩下佐次右衛門である。

佐次右衛門は十通を超す書付を懐にして江戸から下り、家老たちはそれらに順に目を通していった。

濃尾平野の絵図を見ると、三筋の太い川が北から南へ、途中で幾度か合流分流して伊勢湾へ注いでいる。最も東を流れる木曽川は、まず平野の入り口辺りで中央の長良川とほぼ一筋に重なりかける。だが一筋にはならずにしばらく並走を続け、川下で大きな中州をこしらえて別々に海へ入る。

幕府の仕様帳に照らし合わせてみると、一筋に重なりかけるまでの木曽川と長良川のあいだを〝一之手〟にするとある。

また木曽川の東側、川下から河口に至る尾張側の普請場が〝二之手〟だという。

普請場は一から四まであり、〝三之手〟は中央の長良川と西の揖斐川が合流するまでの広大な土地である。

そしていったん合流した長良川と揖斐川は、あいだに細い中州を作って分流し、河口まぎわで一筋となって海へ入る。〝四之手〟はどうやらその長良川と揖斐川が合流する辺り一帯となっている。

　半刻あまりもかけて重年から家老までが書付を読むあいだ、佐次右衛門はじっと前を見据えて動かなかった。

　やがて重年の前へ書付が戻ると、伊勢兵部が重苦しく口を開いた。

「どうにもお断りする手立てはないのであろうな」

　島津主鈴からの書付は仰渡書（おおせわたししょ）の写しが三通、諸方からの承合（しょうごう）書付が六通、首尾書が六通である。

　師走の二十五日に御手伝い普請を命じる老中奉書を受けてから、江戸表の主鈴たちは日を置かずに老中と勘定奉行の屋敷へ幾度も用人を遣わせて、普請の全容をできるかぎり細部に至るまでつかんできた。

　島津主鈴は薩摩が選り抜いて江戸に残している留守居家老だ。なにごとにも抜かりはないし、老獪（ろうかい）な智恵者でもある。それが降って湧いたように御手伝い普請を命じられたということは、最初から周到に薩摩と決められていた御手伝い普請なのだ。もはや薩摩に断るすべはなく、何より、いったん命が下ってしまえば断ることができないのは御三家だろうと譜代だろうと同じことだ。

「普請場は三川の河口から川上まで南北に十五里、東西には五里でございます。堰や堤を築き、川底を浚い、まずは昨秋の洪水で崩れた急破の普請にかかれとの仰せにございます。普請の日月はおよそ一年にて、わが殿の裁量で普請をなすべく、藩士は幾人連れて行ってもかまわぬとのこと」

佐次右衛門は懸命に声を張り上げている。

「三川の支流は二百を超す由にございます。一之手から四之手まで、どの普請場にも甲突川を凌駕する暴れ川がありますとか」

甲突川とは城下を流れる大河である。鶴丸城はこれを天然の外堀としている。

「掛かりはいかほどになる」

伊勢兵部が尋ねた。

「御老中様は、費えは十四万両ほどになろうかと仰せでございました」

「十四万!」

その場にいる皆が絶句した。石高に直せばおよそ三十万石である。開幕以来の借財が四十万両になって喘いでいるところへ、さらに積み増すのだ。縁もゆかりもない濃尾平野へ、薩摩で実る一年分の米をほぼすべてつぎ込むのだ。

しかもそこには実際に人足として働く藩士たちの手間賃は含まれておらず、一年も藩士たちを他国で過ごさせるにはそれなりの費えもいる。薩摩は空になるが、そもそもどれだけの藩士を出せば、これほどの普請を成せるのか。

家老の誰一人、口をきける者はいなかった。

此度の使者である佐次右衛門は、主鈴に遣わされて勘定奉行を訪ねて行ったという。もとから薩摩には膨らみに膨らんだ四十万両の借銀があると、その袴の裾にすがったが、

――さすがは薩摩守じゃ。今の世に、商人がそれほど貸すとはの。

すげなく裾を払われ、道中、幾度も涙を呑んで薩摩まで帰って来たのである。

だが算勘ができる靱負にはすでに別のことが頭にあった。

木曽三川を十五里も普請して、それがたったの十四万両で済むだろうか。もしも真実、十四万両で収まるなら、幕府は薩摩にはせいぜい十万両と言うのではないか。

「河口は見渡すかぎり三川の押し流した土砂に埋もれ、百姓どもはその泥の中に田を拓き、稲を育てておるそうにございます。出水は年々歳々のことにて、今や土砂で川漁場も埋まりかけておりますとか」

家老たちは腕組みをする者も大きなため息をつく者も、ただ佐次右衛門の話に黙って耳を傾けているしかなかった。年に幾度も氾濫するとは、まだ地面が均（なら）されていないということだ。そんな土地に人が入り込んで田を拓くことが、そもそも無理なのではないか。

「百姓たちは己の家と田を、高い石垣で囲うておるとやら申します。川はその石垣のすぐ外を流れ、漁場へは石垣をくりぬいた門から舟を出し、さすればじかに水に入るとか」

大広間がざわめいた。百姓たちはまさに水の中に暮らしているのである。それを輪中（わじゅう）と呼び、川は屋根ほどの高さで流れる天井川だという。

「また、此度の普請は濃尾平野の百姓どもの御救い普請とするゆえ、村請けしかならぬとのお達（たつし）でございます」

御救い普請とは、出水で田に入れない百姓たちに働き口を与え、人足賃で暮らしが立つようにしてやる普請のことだ。

木曽三川流域ではこれまでも毎年、出水のたびに御救い普請が行われてきた。幕府が金子を出し、あるいは年貢を免じ、かわりに百姓に決壊した堤を修復させるのだ。

それほど幕府は三川流域の百姓たちを大切にしてきた。物成は豊かだが、毎年必ず田に入れない時期があり、そこを補ってやらなければ暮らしが立ち行かないのである。

だが土を耕す百姓たちが見よう見まねで石を積んで、満足な堤など築けるわけがない。だからこそ増水のたびに同じことが起こる。

「村請けでやれとは、いかなることじゃ？」

「人足はすべて地元の村々から雇わねばなりませぬ。職人や川並を他国から連れて来てはならぬのでございます。普請はかの地の百姓どもと、わが薩摩藩士のみでせよと仰せでございました」

「なんと。木曽三川の普請を百姓と侍でやれというのか。これまで幕府が幾度も手こずってまいった土地なのであろう？」

城壁の修築や架橋、湊の整備といった大掛かりな普請では、日の本各地にいるその道の職人たちを商人に差配させて集めるのが通例である。城の石組みならば近江の穴太衆、川に通暁しているなら大井川の川並といった者たちだ。薩摩は城にも凝らなかったし、川もそれほどのものはなかったから、大きな川普請はしたことがない。

「そればかりではございませぬ。御救い普請ゆえ、人足にはすべて同じ工費を与えよとのことでございました。女も子供も、差をつけてはならぬと」

「莫迦な！　川普請は力仕事ではないか。童にまで大の男と同じ金子を払えと申すのか」

次席家老の義岡相馬が使者に食ってかかる。

だがこれでは、たとえ商人に差配させたとしてもろくな人足を集めることはできない。その道の職能を持つ人足が、女子供と同じ手間賃で働く道理がないのだ。

これはもう薩摩への嫌がらせではないのか。心底普請の成就を望み、大藩の力が要るというなら、他国人足を雇う道を閉ざさせるだろうか。

島津主鈴の文には、すでに御手伝い普請は承知したと記されていた。ただし薩摩は諸事不案内につき、万端お指図いただきたいと伏し願ったとのことである。

普請にはすぐにも取りかかり、五月を目処にいったん休む。これは五月以降、雪解け水のために水かさが増すからで、次は九月から、おおよその終いは十一月とある。

　だがそう書いてよこした江戸家老たち自身、それで終わるとは思ってもいないだろう。文を読めば、この佐次右衛門が老中と勘定奉行のあいだを行きつ戻りつ、どれほど頭を下げて回ったか、苦労のほどが偲ばれる。

　首尾書には、それほどの人数は差し向けなくてもよいとしたためられている。だが普請場の様子次第だともある。

　幾度となく国役普請をしくじらせてきた木曽三川相手に、百や二百で足りるわけがない。だがたとえ百でも二百でも、はるか薩摩から遣わして、どこに住まい、どこで賄いを得ろというのか。

　勘定方の物頭が長かった靱負にはその労がはっきりと思い遣られる。これは遠い美濃で一年にもわたっていくさを続けるのとまったく同じことである。

「さて……」

　伊勢兵部が書付を奉書紙に包み直していく。

　その口は真一文字に引き結ばれている。その向こうに重年の苦しげに歪んだ顔がぼやけて見える。

「詳しい知らせはおいおい届くであろう。異論のない者などなかろうが、もはや主鈴たちも承知と申し上げたことである。我らの誰が留守居をつとめておったとしても、同じようにしたであろうな」

座は静まっている。御手伝い普請を断るならば御取り潰し、それがいやなら幕府といくさである。

伊勢兵部は書付を包み終えると諸家老を見渡した。最後に靭負と目が合った。

「わが薩摩が御手伝い普請を受けることはすでに決したことじゃ。まずは」

兵部はためらうように一つ息を吸った。

「普請の総奉行、ならびに添奉行を決めねばならぬ」

藩主重年の名代として普請のすべての責を負う御役である。つつがなく普請を成し遂げられればよいが、事と次第によっては己の家はおろか、主家の浮沈にも関わる。

「誰ぞ、御家のために引き受ける者はおらぬか」

皆が皆、息を詰めた。

国許を遠く離れて、数百という藩士たちを一年にわたって慣れぬ普請に従事させる。その間ずっと幕府のきびしい監視にさらされ、気位の高い交代寄合衆との軋轢も生じるはずだ。公儀の役人と交代寄合の家臣たち、親藩筆頭尾張の家士とともに、絶えず出水を繰り返す泥地に閉じ込められるのだ。

だが誰より窮した顔をしているのは藩主重年だ。この中から必ず一人、誰かにその御役を引き受けさせねばならない。

——私がお守りいたします。

先代藩主だった兄宗信が死に、重年が次の藩主に決まったとき、靭負は重年にそう言った。

——重年様が藩主におなりあそばすのは、神仏がお決めあそばしたこと。いや、何より重年様は藩主の器にございます。

幼いうちに分家に養子に出ていた重年はまだ二十一になったばかりで、宗家を継ぐのは荷が重いと悩み抜いていた。それを靭負は、己も全力で支えると誓ったのである。

——重年様がおわしませば、我ら家臣はどんな嵐の海も、きっと乗り越えてまいります。

その重年は今、一人でじっと上段に腰を下ろし、二十四代も続く七十七万石の重みに耐えている。重年が藩主になるのが定めだったというならば、靱負がこれまで地頭を長くつとめてきたのもまた定めだったのだ。

靱負はそっと家老たちを見回した。

江戸にいる二人の留守居を含め、薩摩の家老たちのあいだには、もうずっと門閥の争いも手柄の競い合いもない。だから誰が美濃の普請場へ行こうと、残りは薩摩と江戸で、同じ心で力を尽くしてくれると信じることができる。

「畏れながら、普請総奉行の御役はなにとぞ、それがしにお命じくださいませ」

「そのほう……」

上段に向かって手をついた靱負に重年が口を開いた。

「やってくれるのか、靱負」

靱負はあらためて頭を下げた。

「それがしは今でこそ家老に加えていただいておりますが、郷の地頭も長く、皆様方の中では百姓に最も近うございます。此度の総奉行の御役、それがしにつとめさせていただきとう存じます」

地頭はじかに土地を支配する御役だから、河川の氾濫に手を焼かされたことも、百姓たちの訴えを庄屋とともに聞いたこともある。木曽三川とは比べものにならないが、土地の差配がどういうものか知っているといえば、家老六人のうちでは靱負だ。

もう己が行くしかない。ならば重年に、任じる辛さは味わわせたくない。それは何かあれば腹を切れと命じることだからだ。

「もしもそれがしにお命じくださいますならば、添奉行の件……」

言いながら靱負は広間の下座に目をやった。

大目付たちが並び、皆が力強く靱負を見返している。五番手の家老である靱負が総奉行をつとめるとなれば、それを補佐する添奉行は大目付の中から選ばなければならない。

靱負は伊集院十蔵を見た。国許を一年も離れ、三つ巴の武家に入り交じって苦労を重ねるならば、せめて日常は気心の知れた相手と愚痴の一つも言い合って過ごしたい。

十蔵の目はわずかも逃げていなかった。

「添奉行はあれなる伊集院十蔵にお申し付けいただきとうございます」

靱負が言い終わらないうちに十蔵が畳に額をこすりつけた。

「どうぞその御役、それがしに賜りまするよう」

十蔵が満ち足りた顔でふたたび頭を上げたとき、その左の頬が弱い西日に照らされていた。朝のうちに城に登り、今はもう夕刻なのだと靱負はそのとき初めて気がついた。


御楼門の長い石橋を家老たちは無言のまま歩いていた。真冬の短い日はすでに海の彼方へ沈み、辺りは闇に落ちていた。

橋を渡りきると誰からともなく城を振り返った。

天守もない平城だが、そこには情け深い年若い藩主がいる。今、重年が誰よりも案じているのはこの靱負の身の上だとはっきり分かる。重年ほど一人ひとりの家臣に思いをいたす藩主もいない。

辻で分かれるとき、家老たちがそれぞれに深い眼差しで靱負を見送った。

だが誰も声はかけず、靫負も目顔でうなずいただけだった。重臣たちに争いもない今というときに御手伝い普請を命じられたのは、島津唯一の強運だったかもしれない。

靫負は踵を返し、足を踏み出した。お松の父、加納市郎兵衛を訪ねるつもりだった。

市郎兵衛は靫負と年は変わらないが、十年ほど前に中風にやられ、一人息子を亡くしてからはほとんど寝たきりの暮らしをしていた。それでも算勘の腕は藩随一で、寝つくようになってからは、ときに高僧のように物の表裏を見通すことがあった。これまで靫負が物頭として地方へ行くときは必ず同道して、陰日向によく支えてくれた。

薄い木戸を押し開き、靫負は中へ入った。お松が目ざとく見つけて玄関を下りて来たが、靫負は市郎兵衛に話があると一言告げただけで、足を止めなかった。

お松はわずかに顔をこわばらせていた。鶴丸城にどんな知らせがもたらされたか、城下の主だった者はすでに知っている。

靫負が襖を開くと、市郎兵衛はあわてて床から身を起こそうとした。

「そのままでよい」

だが市郎兵衛は首を振って起き上がった。まだまだそのくらいはできると言いたげで、靫負の用向きも悟っているようだった。

「此度はまた大ごとになりましたな、御家老」

市郎兵衛の声には張りがあった。手足はよく動かないが、病はそれだけである。

靫負は病のことも尋ねずに、今しがたの城での評定(ひょうじょう)について話した。江戸から届いた書付のことも市郎兵衛には一切隠さなかった。

ときおり小さくうなずきながら黙って聞いていた市郎兵衛は、床から出て膝を揃え直した。

「御家老のことでございます。総奉行は自らお引き受けなさったのでございましょう」

靫負は軽くうなずいた。市郎兵衛とは互いに何を話すべきかはよく分かっている。

「掛かりはいかほどになるだろう。幕府は十四万両と申したそうだが」

とてもとても、と市郎兵衛は首を振る。

「木曽三川が、一筋につき五万両で整えられるものでしょうか。それでは到底足りますまい」

「やはり市郎兵衛もそう思うか」

「はい。一筋につき十万両は下らぬのではございますまいか」

靱負は眉根を押さえた。幕府の言ってよこした倍の、三十万両である。

だが受けた以上、掛かりがどこまで膨らむかは後の話だ。まずは、その普請が幕府の目論見通りに実際にできるものかどうかである。

「ともかくは、是が非でも町請けに変えさせねばなるまいの」

百姓と侍がいくら石を積んでも、堅牢な堤は造れない。だいいち商人たちにその道の職人を集めさせて方策を教わらなければ、築堤のやり方など分からない。

町請けで多少の金子はかかっても、積んだ端から崩してしまうよりは結局、普請も早く成る。最後に幕府の出来栄見分を通らなければ一からやり直しを命じられるのだから、金子がいくらかかるかは後回しだ。

「人足には賃金を日払いせねばなるまい。まさか藩札で掛払いにするわけにもまいらぬ」

「ですが藩の金蔵には今、それほどの金子はございませぬぞ」

もとから借財が四十万両もあるのだ。金蔵に金子があれば、利子がつく前に返済に回しているというものだ。

「されば御家老は大坂へ参られるのでございますな」

「ああ。銀主には饗応を繰り返すつもりだ」

城からここへ来る道みち、靱負はまずは幾人かを大坂へ遣わそうと考えていた。大坂は商人の町だ。当座の金子を借りるとすればそこである。

「こちらからは薩摩絣でも送らせますか」

靱負はうなずいた。薩摩には琉球から入って来る絣がある。それが京や江戸ではやされ、けっこうな値をつける。それを銀貸しに進物として渡すのだ。

「吝い大坂の商人が金子を貸しましょうか。もとから薩摩は借財が膨らんでおりまするゆえ」

「左様じゃな。だが地に這いつくばってでも借りねばならぬ」

市郎兵衛が眉をひそめて首を振る。

「若い者は行かせられませぬ。ただでさえ侍が商人に頭を下げるとなると、刀を抜いてしまうこともございます。商人などと申すものは侍をまるで敬うておりませぬ。

血の気の多い薩摩の若者が、ただ黙って愚弄されておりますかどうか」

もとから借財のあるところへ、さらに借りようというのだ。

したたかな商人たちが薩摩藩士を人とも思わぬことはこれまでにも幾度かあった。ましてて大掛かりな御手伝い普請を受けたとなると、向こうが足下を見ることも増えてくる。癇癪を起こして刀を抜けば自らも切腹は免れないが、札差が幕府の権威をふりかざせば島津の家名にも瑕がつきかねない。

「皆には、あとから家老がじきじきに頭を下げにまいると言わせればよかろう」

靱負ははじめからそのつもりである。

「島津七十七万石の藩家老が金子借りたさに地に額をこすりつけるのだ。商人どもも、多少は胸がすくであろう」

そんな役をあとの五人の家老たちにはさせられない。靱負の向かういくさ場は、武勇を競う関ヶ原でもなければ、立身を心がける城中でもない。琉球使節を案内して行列の先頭を行く旅ではなく、草履の底をすり減らして大坂の町を歩き、ひたすら商人たちに頭を下げて回る御役だ。

「お供しとうございました」

市郎兵衛が突っ伏した。

「半生なんのお役にも立たずに来ましたものを、せめて商人どもにこの白髪頭の一つ、御家老のかわりに下げに参りとうございました」

市郎兵衛は乱暴に己の腿と膝頭を叩きつけた。

その拳を靫負は優しく止めた。

「市郎兵衛。このようなとき、身を粉にして動き回れるほうが、どれほど楽か。市郎兵衛の心は我らとともに美濃へ参るであろう？　だというのに、この身は床に縛りつけておかねばならぬ。その辛さを私は分かっておるつもりだ」

市郎兵衛がともに来てくれれば、靫負はどれほど心強かっただろう。川普請の難儀さは、なにも堤を築くことだけではない。石や材木といった諸色を集め、算勘し、大勢の藩士を滞りなく差配しつづけねばならない。

慣れぬ土地と御役で、怪我を負う者も病の者も出るだろう。そしてなにより幕府に親藩、交代寄合衆という支配が複雑に入り組む中で、若い者たちがどこまで己を抑えて、黙って土塊を搔いていられるのか。

「なあ市郎兵衛。義弘公はお辛かったろうな」

靱負の脳裏に浮かぶのは、関ヶ原で家康と戦った島津藩主である。普請場が関ヶ原に近いせいか、靱負はよく義弘公のことを考えるようになった。

　天下分け目の関ヶ原で家康と戦ったとき、義弘公の手勢は千五百人ばかりだったという。その寡兵を率いて義弘公は家康の本陣をかすめ、わずか数十人となって薩摩に帰り着いたのだ。

　あのとき義弘公が家康相手に一歩も退かなかったことが、その後の島津家の本領安堵につながり、島津の退き口といわれて未だに敬われる因になっている。島津は関ヶ原で西軍についたが、義弘公は陣を払って領国へ帰っただけで、負けたわけではない。

「義弘公は秀吉からは無理難題で、朝鮮で七年もいくさをなされた。どこにも大義などない、民を殺めるだけのいくさだ。太閤の命とはいえ、百姓も哀れと思し召したことだろう」

　それに比べれば此度の御手伝い普請には、濃尾平野の百姓を助けるという大義がある。この薩摩を先に富ませたいのはやまやまだが、民のためだと思えばまだ身の置きどころがある。

「我らが普請をやり遂げて薩摩に帰れば、ふたたび島津の名も揚がろう。美濃での苦労はまた、この地の普請に活かせる日も来る。どのような苦難も、長い目で見れば無駄ではなかろうな」

もしも普請をやり遂げれば、薩摩はあらためて幕府を恐れさせることができる。これが薩摩のいくさでなくて何だろう。薩摩の侍は皆、いくさをしに美濃へ行くのだ。

市郎兵衛は腿に手をついて何度も何度もうなずいた。

だが市郎兵衛の頰を伝う涙は、これから薩摩が流さねばならない幾多の涙のほんのさきがけにすぎないのだった。

靱負が去ると、市郎兵衛は涙を拭って縁側の障子へ目をやった。

「お松」

影を揺らしてお松は障子を引いた。

「聞いていたか」

「はい。お許しくださいませ」

お松は静かに中へ入ると、市郎兵衛が横になるのに手を貸した。

「お松」

お松はうなずいて、そっと掛け布団を整えた。

「行ってくれるな？」

お松は枕元に手をついた。

「私には亡き兄上のような算勘の才はございませぬ。ですが男ほどには食べませぬ。算勘とてずいぶん父上に教えていただいてまいりました。どうぞ私を美濃へお遣わしくださいませ」

「よく申してくれた。御家の一大事だ。女とはいえ、此方(こっち)のことには心を引かれるな」

「参りますからには、生まれ変わって兄上になったつもりで励んでまいります」

お松の兄は一馬といった。その名を借りて行こうとふと思いついたとき、祝言をあげるはずだった百瀬主税の顔が浮かんできた。主税は兄の朋輩(ほうばい)で、お松との縁はそこからできたものだった。

だがお松は唇を引き結んだ。これから薩摩はいくさ場へ向かうのだ。

「一馬を失うて、そなたのせがむままに算勘を教えてきた。儂も耄碌したものじゃと思うていたが、それがこのようなところで役に立つとはな」

「算勘方の皆様の、足手まといにだけはなりませぬ」

いくさ場でのお松は加納一馬だ。兄が生きていればどれほど懸命に励んだか、それをお松がかわりにやる。

「そのように思い詰めるな、お松。そなたの腕ならば算勘方に入っても引けは取るまい」

薩摩は他家に比べて、女子を見下す気風はずっと少ないといわれている。戦国にも、またそれまでにも、女子が家督を取った例がある。

そんなお松の気負いを減らそうとしてか、市郎兵衛は明るく微笑んだ。

「女子のそなたに算勘を教えたのは、なにも一馬を亡くして気が抜けたせいばかりではなかったな」

市郎兵衛は妻を、お松の乳が離れたと同じ時分に亡くしている。それからは息子の一馬に家督を継がせる日だけを夢見て後妻も迎えずに来たが、その一人息子にまで先立たれてしまったのだ。

「おはじきを数えておるそなたを見て、そなたの母はたいそう喜んでな。この子には算勘の才があるなどと申して、そこの縁側でよくそなたをあやしておった。かたときでも目を離しては、お松がおはじきを口に入れると笑うてな」

「母上がそのようなことを」

「女子というのは情の細やかなものだ。美濃であれもこれもと、何もかもその身に抱え込むようなことはするな」

お松はうなずいて、だがきっぱりと言い切った。

「父上、私は己が何をせねばならぬかは分かっているつもりでございます。私は父上のかわりに美濃で死んでまいります」

市郎兵衛は案ずるようにお松を見たが、すぐにそらして天井を睨みつけた。

「此度は死ぬことはまかりならぬぞ、お松。そなたばかりではない、誰が死んでもならぬ」

「父上、そのような覚悟では」

「いや。よいか、御家老は義弘公だ。御家老がこの薩摩に戻らねば、薩摩の退き口とはならぬのだ」

「おじさまが薩摩の大将ということでございますね」

「そうだ。あの方に生きて薩摩へ戻っていただかなくては、普請が成ったことにはならぬ。それには薩摩の者は一人たりとも命を落としてはならぬのだ」

「一人たりとも？」

木目の浮いた天井に市郎兵衛は何かを映して見ているかのようだった。

「薩摩の者は、誰も死んではならぬ」

市郎兵衛は呻くように繰り返した。此度の手伝い普請の肝は、一に普請をやり遂げること、二に藩士をつつがなく国許に戻すことである。そして藩士にはむろん靱負もお松も含まれる。

市郎兵衛は長いため息をついた。

「女子のそなたに一馬代わりの苦労をさせては、儂もあの世で母上に叱りとばされることであろうの」

市郎兵衛が朗らかな声になると、お松もようやく微笑むことができた。

「では父上は、まだあの世とやらに行かれてはなりませんね。私が美濃から戻るまで、元気で待っていてくださいますね」

市郎兵衛は目を閉じてうなずいた。

「ああ、そうしよう。御家老がこの地に戻られるのを念じて、待っていることにしよう」

市郎兵衛が此度の手伝い普請の先に何を見通しているのか、お松は尋ねないほうがよいと思った。


鶴丸城の太鼓が卯下刻（午前六時二十分）を告げる。お松は海の見える名山堀の手前に立つと、おそるおそる襟足に手をやった。医師の慈姑頭のように元結で束ねた髪は、どうしても頼りなかった。

だが桜島に目をやると、煙が白々と天空へたなびいている。すると心のつかえも消え、身体が空へ舞い上がるような際限のない気持ちが湧いてくる。

普請奉行の嫡男、百瀬主税とここで初めて行き逢ったのはもう四年も前の冬のことである。ちょうどそのころ兄の一馬がいやな咳をするようになり、お松は毎朝ここを通って漁師の村へ、兄に食べさせる魚を求めに行っていた。

朝も暗いうちに漁師村でその日いちばんの魚を手に入れると、お松は帰り道を急いでいた。ちょうど御城の太鼓が卯下刻を告げ、名山堀から見える海が朝日に輝くようになる。まだ秋のはじめまでは一馬もその刻限は御城に登り、槍の朝稽古に励んでいたものだった。そんなことを思うと、冷たい風が胸を刺すようでお松は辛かった。

そんな冬のある朝、お松の足音に、掘割で手拭いを浸していた男が振り返った。するとお男はお松が頭を下げるより先に立ち上がり、深々と辞儀をした。

顔を上げたとき、お松もそれが兄の朋輩の主税だと気がついた。兄と連れ立って歩いているところを城下で幾度か見かけたことがあった。

――一馬の具合はいかがですか。そろそろ朝稽古に出られるでしょうか。

お松もまだ十五の娘で、手元の盥(たらい)で生臭い魚が跳ねているのも恥ずかしく、満足に兄の様子も伝えられずに走って帰ってしまった。だがそれからも魚を買いに行くたび、主税とは名山堀で挨拶を交わすようになった。

ほどなくして兄が死に、妹思いの優しい兄だったからお松もたまらなかったが、それよりも父がすっかり気落ちして御役の他にはまったく家を出なくなってしまった。すると急に足が弱くなって、少しずつ中風の気が始まった。

振り返ってみれば、主税と口をきくようになったのは兄が亡くなる少し前からだった。兄が亡くなったあとも主税は市郎兵衛やお松のことを気にかけてくれ、月に幾度かは顔を見せてくれた。主税が来ると市郎兵衛は兄がいたときのように背を伸ばして壮健に見え、お松は主税にずっといつまでも来つづけてほしいと願ったものだ。

そして主税はそうしてくれた。お松は、兄が己のかわりに主税を残していってくれたのだと思った。

主税は今日も城の朝稽古である。名山堀をお松が通っていたのは四年前だから、今日ここでお松を見たらきっと驚くだろう。

なによりもこの髪だと、お松はため息をついて襟足に手をやった。

海に目を移すと、さざ波が日の出の橙(だいだい)色を弾いて、御城の太鼓が水面(みなも)を揺らしているようにも見える。お松は襟足から手を離すことができず、はっとしてあわてて引っ込めた。後ろから駆ける足音が聞こえてきた。

足音が止まり、お松はゆっくり振り向いた。いつの間にか見慣れてしまった上背のある侍が、目を見開いて立ち尽くしていた。

今年二十四になった主税は、この秋に家督を継ぐことに決まっていた。奉行といっても薩摩では幾人もおり、決して高禄ではなかったが、たやすくつとまる御役でないことはたしかで、当分のあいだ主税には致仕した父親が御役を教えることになっていた。

だが家督を継ぐなら嫁を迎えるには良い頃合いで、靱負を通じて昨年の暮れに正式な申し出があった。市郎兵衛が一も二もなく喜んだのは言うまでもないことで、年が明ければ祝言の細かなことも決める手筈になっていた。江戸から手伝い普請下命の知らせが届く、ほんの数日前のことである。

あれからの半月余りで、薩摩の城下は上から下まで、とにかく金子を集めねばならぬと倹約節約に狂奔している。若い藩士たちの中には声高に幕府とのいくさを叫びつづけている者もあるが、それはないと皆が了解している。

主税は首から手拭いを外してこちらへ近づいて来た。眼差しが涼しげで、どこか兄の一馬を思わせる。笑うとさらに一馬に似るが、十九で死んだ兄にはえくぼがあった。

「すみません、私がしばらくお宅へ伺わなかったゆえ、お松殿はここに?」

主税はどこか狼狽(うろた)えているように見えた。御家の一大事の折に、女子と会っているところなど誰にも見られたくないのだろう。

お松は小さく首を振った。短く切り揃えた髪が襟足にあたる。

「主税様に話があって参りました。急ぎのことでございます」

「まさか、お父上に何か?」

お松は思わず微笑んだ。主税は心配りが細やかで、いつも優しい。

だが主税はすぐにうつむいた。

「お松殿。ちょうどよかった。実は私もお松殿に話があったのです。祝言のことだが、しばらく待ってもらえぬだろうか」

「主税様……」

「いや、御手伝い普請さえつつがなく終われば、必ずお松殿を嫁に迎える。ただ、今は祝言などあげているときではない。此度の普請は、わが薩摩のいくさ場ゆえ」

無事に帰れるかどうか分からない。そしてもしも戻らなかったときは、別の道を探してほしい――。

　主税はそっとお松の耳の辺りへ手を伸ばした。

「お松殿、この髪はどうなされた」

　主税はいつものように微笑んでいる。それが主税の優しいところだ。

だがお松は兄のかわりに美濃へ行くと決めたのだ。髷を結えないお松はもう女ではない。

「主税様、どうか私のことはお諦めくださいませ。お松はこの先、男となって兄上のぶんも励む覚悟でございます」

　言い切るとお松は急いで頭を下げた。そのまま駆け出したのは、あと少しでも留まっていれば涙が出るからだ。

　走り去るお松を主税も引き止めることはしなかった。どんなに耳を澄ましても、お松を呼ぶ声は聞こえなかった。

第二章　御手伝い普請

一

カナはあのとき、優しい母の声で目を覚ました。母は百姓には珍しく腰回りの細い色白な人で、決して大きな声を出したことがなかった。だから幼い時分からカナは、母の白い手が泥を掻くのを見るたび、まるで白い米が泥に汚れていくようにもったいないと思ったものだった。なぜ母のように美しい人が、こんな出水ばかりのぬかるんだ土地で暮らしているのか不思議でならなかった。

――ええか、カナ。四刻八刻十二刻を、しっかり覚えておきなされ。泳ぎなぞ多少できたところで、荒れ狂った長良川が襲ってきたら、人には逃れようもないんじやけえ。

今度はどこからか祖母の声がした。ああ夢を見ているのだと、カナは思った。祖母と二人、田へ向かう小舟に乗って、輪中の堤のそばまで連れて行ってもらったときのことだ。

――わしは輪中の外へ嫁に行くのが夢じゃったがな。カナは母(かか)さま譲りのきれいな顔をしとるけえ、違う土地へ嫁に行けたらええな。

高い堤を上るとすぐ外側を長良川が流れ、少し雨が続くと、堤を破って鉄砲水が入って来た。春先の雪解け水、夏の初めの梅雨に秋の長雨と、輪中の民が気を張っていなければならない時節は一年に幾度もあった。

カナたちの家は地面から一尺も石垣を積んで高くした上に建っていた。地面はしょっちゅう水をかぶり、いったん溢水すると輪中の堤が盆の縁(へり)のようになって、なかなか水が引かなかった。

田の周りはそんな溢水に耐えるために畦(あぜ)を掘り抜き、その土を毎年田に積み増して高くしてある。だが畦のほうはとうに沈んで水路になっているから、田へ行くには舟を使う。だからカナも物心ついたときには小舟くらいなら巧みに操って、どんな細い水路も櫂ですいすいと曲がって行くことができた。

――そうさなあ。わしは生まれたときから輪中の堤の中じゃけえ、他所の田がどんなものかはよく知らねえけども。けど、田んぼさ歩いて行かれるちゅうは恵まれたことじゃろう。輪中ではちょっと雨が降ると、あの狭い水屋に寝泊まりせんとならんけえ。

祖母はカナの頰に顔を近づけて、そこだけ一階ぶんほど高くなった石垣の上の小屋を指さした。壁に幾本も出水の跡がついているが、中には食べ物が蓄えてあって、出水のときは地面が乾くまでそこで暮らすのである。

ほかにもカナたちの家には必ず舟つなぎの柿の木があり、俯せた舟が結んであった。ふいに鉄砲水が襲って水屋へ移るいとまがないときは、何もかも置いてその舟に飛び乗るのだ。

堤に立って見渡すと、濃い褐色の川が今にも堤を越えそうなところまで迫っていた。遠くの堤には破られたところもあって、泥が滝のように流れ込んでいた。

――それでもわしらのご先祖様は、千年も前からここに住んどるんじゃけえ。

祖母が腰をとんとんと叩きながら疲れたように微笑んだ。

はじめはまだ幕府も侍もない律令の世のことで、出水はそのときも変わらなかったというけれど、堤のほうはまだまだ低くて川上側に石垣を積んだくらいのものだった。

けれどいったん石垣をこしらえると水はそこで左右に分かれ、石垣の切れた端から集落に入るようになる。だからカナたちのご先祖様は徐々に堤を長く、あたって左右に分かれた水はそのまま川へ戻るように、石垣を丸く弓なりに積むようになった。

その堤が今のような輪につながれたのは鎌倉の世だという。尻無し堤とよばれた川上の石垣で川の水は除けることができたが、そのうち石垣には土砂がたまり、川面は高くなって、満ち潮になると海の水が川下から逆流して来るようになった。それでご先祖様は川下に潮除け堤を造り、川上の堤とつないだのだ。

今ではカナの集落ばかりでなく、近くに輪中は幾十もある。竜神様が見れば、丸い輪中は川面に浮いた水のあぶくだろう。

――カナ、起きて。

あのときもカナはよく眠っていて、母に揺り起こされるまで、どんな音も聞こえていなかった。だがカナが目を覚ましたときにはどこかで地鳴りがして、家の屋根が小刻みに震えていた。

――兄(あに)さまは？

――男はみんな行ったよ。さあ早く。

まだ目をこすりながら、カナは母に手を引かれて裏の舟つなぎの柿へと駆け出した。

真っ暗な家の中は、慣れているはずなのにまるで歩くことができなかった。天井を突き抜けるように烈しく雨が降っている。

――午(ひる)はちっとも雨雲がなかったのに。

――だからみんな分からなかったんだよ。だけどこれはもういけない。

まだ濡れ縁にも出ていないのにカナの足は水しぶきに濡れている。駆けているあいだに、まるで浅瀬のように踝(くるぶし)が水に浸かり始めた。

――母さま、一本撥(ばち)の太鼓は鳴った？

堤の決壊を知らせる太鼓の音なら、いくら眠っていても聞き逃したりしない。輪中の子はどんなに小さくても飛び起きて、いちばん近くの水屋に駆け込んで行く。

――きっと夜になってから山のほうで降ったんだ。だからこっちじゃ誰も気づかなかった。あんまりひどいときは太鼓なんか叩いていられないよ。

あっと叫んで母が膝をついた。いつの間にか腿の辺りにまで増えた水が、梁(はり)を押し流してきたのだ。

カナたちはもう進めなくなっていた。そういえば家の中のはずが、月明かりで周りがよく見える。ふと天井を見上げると、板葺きが飛ばされてきれいな三日月が覗いている。この辺りは雨など降らなかったのだ。

だったらあの地鳴りはと思い直したとき、カナはようやくすべてが呑み込めた。堤を越えた長良川の水が輪中の中を勢いよく流れているのだ。

カナは胸まで来た水を叩きつけた。

――大榑(おおぐれ)川を涸れ川にしないからだ！　父(とと)さまたちがいつも言ってたのに！

カナたちの福束(ふくづか)輪中は長良川と揖斐川に挟まれている。水量の多い長良川から、福束輪中を横切って揖斐川に注ぐのが大榑川だ。

長良川の氾濫に苦しんだ百姓たちが百年余りも前に掘ったというが、得をしたのは長良川の東の輪中ばかりである。カナたちの輪中では逆に長良川の水が堤の縁を勢いよく流れるようになり、案じなければならない川がもう一筋増えた。

輪中はいつもそうだ。カナたちにとって役立つものは、他の集落にとっては危険を増すことが多い。つい先年、大榑川も長良川との境目に食い違い堰を築いたが、福束輪中にはなんの良いこともなかった。両岸から互いにずらして石垣を積み、そこで水の勢いを殺いで分流するようにしたのだが、いざとなると長良川の勢いはまるで収まりもしなかった。

それにここ五十年ほどのあいだに三川の川下で相次いで新田が拓かれた。そのとき新しく堤を築いたり水路を掘ったりしたから、川は尻尾を押さえつけられたようになって、逆流した水が流れ込むこともあった。

――いいから早く引っぱりなさい！

母は天井に手を伸ばした。

カナの家は天井の梁にも舟がかけてある。いつもの出水なら舟つなぎの柿へ行って、水が来て舟が浮くのを待つが、今夜は増水に気づくのが遅れたから、そっちの舟はもう流されているに決まっていた。

カナは梯子を駆け上り、梁から舟を落とした。母が宙で引っくり返した舟に、カナが先に転がり込んだ。

ちょうどそのとき水かさが増して、舟はいっきに一尺余りも高くなった。

——母さま、早く！

カナは手を差し出した。

母がうなずいて手を伸ばしたとき、カナは重い泥の波に烈しく身体を押された。顔を舟の縁にしたたかにぶつけて目の前が暗くなった。

耳の奥で風がうなっている。舟底にこすった頬が冷たくて、髪が水に浸されて広がっていく。

——カナ！

遠くで母の呼ぶ声が聞こえる。

カナはぼんやりと目を開いた。

星がたくさんまたたいている。白い星たちがいっせいに右へ右へと流れて行く。木柱の砕ける音がして、頭の上にぱらぱらと木っ端が落ちてきた。

あっと我に返って身を起こしたとき、寸の間早く、舟は勢いよく滑り出した。

——母さま！

舟は木の葉のように川下へ吸い込まれて行く。すぐそばに根太が浮き、尖った先をカナの舟へ向けている。

カナは舟縁をつかんで頭を伏せた。きっとぶつかる、この舟は粉々になって、カナは泥に呑まれてしまう。

逆巻く風と水の音のほか、カナは何も聞こえなかった。根太に切っ先を向けられたまま、舟は滝を落ちるような速さで海へと引きずられて行く。

母はどこにいるのだろう。恐いと思ったのを最後に、カナは気を失った。

二

平田靱負たち鹿児島出立組が鶴丸城下を出立したのは一月二十九日である。いっぽう江戸藩邸では国許に詳細を知らせるかたわら準備を整え、留守居役の山沢小左衛門が五百人ほどを率いて、十日ばかり早く江戸を発っていた。

幕府の命で町方の工人たちを雇うことは許されなかったので、薩摩を発ったのは藩士とその一部が連れる用人のみである。数も幕府によって八百人ほど引き連れるよう命じられ、せいぜい三百と考えていた薩摩藩は色を失った。

だが御手伝い普請は何から何まで従わねばならず、鹿児島組は靱負と十蔵の二手に分かれ、江戸組も合わせると千人を上回る藩士が従容として美濃へ赴いた。

その間ずっと靱負が案じていたのは普請にかかる費えの調達だった。幕府の告げた通り十四万両で済むとしても薩摩に今それだけの持ち出せる金子はなく、この四月には藩主重年の参勤も控えていた。ただでも暮らしを切り詰めていたところへ、寝耳に水の御手伝い普請が降りかかったのである。

国許の金蔵を空にしても足りない金子は、大坂で商人に借りるしかなかった。靱負は勘定方の中馬源兵衛を先に大坂へ遣わし、美濃へ向かう途次で己もしばらく大坂に留まるつもりだった。

源兵衛が一足先に鹿児島を離れるのを、靱負は妻の佐江と見送りに出た。

前の晩、靱負と佐江は明け方まで話し込んでいた。朝はまだ目を赤く腫らしていた佐江も、街道口では朗らかに微笑んでいた。

「佐江様には手ずから握り飯をこしらえていただきまして」

源兵衛は佐江の渡した竹皮の包みを嬉しそうに振ってみせた。

「私もすぐ参るゆえ、商人に頭を下げるのはそれからでよい。そなたはせいぜい口のおごった銀主に美味いものでも食わせて回れ」

「国許で皆が米一粒でもと節約しております折に、いたたまれぬことでございます」

もとからハの字に垂れた源兵衛の細い目が、いよいよ泣き笑いのように瞼を下げた。

「薩摩では殿から童まで、ことごとく飯を減らしておりますものを、商人どもがこれ見よがしに粗末にしおったときは拙者とて、これに手をかけずにおれますかどうか」

泣き笑い顔のまま、源兵衛は腰の柄に触れてみせた。

源兵衛はこんな物言いはするが、大坂の町というものをよく知っていて、これまで幾度も藩の返済を先延ばしにさせてきた。

「おぬしのことゆえ案じてはおらぬ。だが商人どもも御手伝い普請のことは知っておるだろうからな。図に乗って、藩を愚弄することもあるやもしれぬ」

「なんの、桜島の煙でも思い浮かべて、どこ吹く風で貫きとおします。何があろうと腰の物を抜きはいたしませぬ」

靱負はうなずいた。まさにそれができると見込んでの先遣いだ。侍が何より我慢できない、藩主と御家を貶められた折でもじっと堪える強さが源兵衛にはある。

「我らはどのような目に遭うても、当座の金子を借りねばならぬ」

「重々、承知いたしております。大坂の商人相手に本気で腹を立てておっては、命などいくつあっても足りませぬ」

拙者はよう存じておりますと、源兵衛は頼もしく笑ってみせた。

「頼んだぞ、源兵衛」

「一両でも多く引き出せるようにつとめます。どうぞ佐江様も、安んじてお待ちくださいませ」

佐江も黙ってうなずいた。

そしてそれから数日後、同じ街道口に靱負たちが立ったとき、佐江は見送りに来なかった。

数百の藩士たちがいくさ支度をするでもなく、色の褪せた軽衫姿で整然と連なった。靱負たちはこのまま小倉まで歩き、そこから船で瀬戸内を進んで大坂へ入る。

船が小倉を出た夕刻、靱負は帆柱の陰から薩摩の空を見上げた。

どこに塒があるのか、二羽の鳶が夕日に向かって飛んで行く。もしも鳶のように帆柱よりも高いところへ上がることができたら、見える景色はどう違うのだろう。自在に山の頂上へも行ける鳥たちが靱負は羨ましかった。

お松がそっと靱負のそばへ来て、同じように南の雲を目で追った。

「おばさまは私の前でもお泣きになりませんでしたね。御家老にも常と変わらぬ笑顔でございました」

お松はまるで男のように御家老と口にした。

靱負はこれまでお松におじいと呼ばれるのがたいそう心地よかった。だがそれもこの先は叶わない。靱負はこれからの一年、たぶん失うものばかりなのだ。

鳶は一度大きく羽ばたくと向きを変え、陸へ戻って行く。

「帰る鳶が羨ましいものだ」

この船に乗る藩士たちを、靱負は薩摩に連れ帰ることができるだろうか。

想像もつかない木曽三川の難普請を己に差配できるのか。しくじれば己が腹を切ったくらいでは終わらない。下手をすれば島津家御取り潰しということもある。

「お松、主税には美濃へ行くことを話したのか」

「御家老。これからは松之輔とお呼びくださいませ。私は加納市郎兵衛の名代、加納松之輔にございます」

「お松……」

「お松はもうこの世にはおりませぬ」

お松はあっさり背を向けた。薩摩は女子ですらこれほどの覚悟で幕府の命を果たそうとしている。

できることなら靫負は今、義弘公と話がしたい。戦国の世に生まれながらの大将であれば、どんないくさ場でも配下に命を賭けさせることに迷いはなかったのだろうか。朝鮮へ、そして関ヶ原へ向かうとき、皆を連れ帰ることができると自信はあったのか。どうしても避けられぬと決まれば、人というものはただ黙って前を向くことができるのか。

「薩摩の女子は、まことに強うございますなあ」

振り向くと、ともに大坂へ向かう呉服問屋の夕霧屋が立っていた。

「手前もそこへ、隣へ行かせていただいて宜しゅうございますか」

「ああ、ちょうど話し相手が欲しかったところだ」

夕霧屋は幼い時分からの手習い仲間で、靱負がずっと親しく交わってきた商人である。鶴丸城の大手門の近くにたいそうな構えの店を三軒持ち、そこから京大坂や江戸に、呉服の他にも琉球や大陸の品を手広く商ってずいぶんと潤っている。

此度の御手伝い普請で、夕霧屋はまずは藩債を五千両がた引き受けた。だが薩摩は六割が武士という国だから、商人でどれほど募っても藩債をさばくには限度があり、伝手のある大坂へともに行くことになったのだ。

夕霧屋はこと川普請となれば町請けでなければ無理だと、はじめから言い続けてきた。費えについても十四万両はおろか、靱負の言う三十万両でも足りず、ざっと四十万両は下るまいと恐ろしい見立てをしている。縁もゆかりもない美濃の川普請に八十万石もつぎ込める藩があるものか。

「大坂で銀をいかほど集められるだろう」

これから薩摩でも必死の金子集めが始まるが、十万両と集まるだろうか。

「畏れながら、島津様はすでに借財が四十万両ございますのでな」

夕霧屋は悠然と海風に吹かれている。才覚があれば実入りを二倍にも三倍にもできる商人が靱負は羨ましい。

「金子を借りるとすれば、どこがよい」

「御家老もご存じの通り、大坂は十人両替が仕切っておりますのでな。彼らが、薩摩は此度の御手伝い普請を乗り越えると信用すれば、十万二十万の金子は用立てると存じます」

江戸や京大坂のような主だった町には、金銀の売り買いや両替を一手に扱う、名字帯刀を許された大商人たちがいる。他の商人たちから金子を預かって為替や手形を出し、相場を支配することで町を動かしている。

「大坂の金蔵にうなる金子は日の本一でございますのでな。夕霧屋の蓄えなど、どれほど掻き集めても蔵一つぶんも、よう埋めません」

それでもこの夕霧屋は鹿児島一だ。だが此度の普請には夕霧屋の蔵では足りず、大坂の蔵を八つ九つ開いてもらわねばならない。

夕霧屋はさも当然という顔で振り向いた。

「御家老にも幾度、頭を下げていただかねばなりませぬことか。ですが天満屋を抱き込むことができれば、あるいはと」

「天満屋か……」

靱負もよく知る、大坂の商人衆の元締めのような男である。

大坂は日の本中の米の値を決める商人の町だ。そこの商人相手に無体をすれば、まず幕府へ筒抜けで、藩主は参勤道中でも恥をかく。大名家が借財を踏み倒そうとすれば、噂は廻船に乗って津々浦々まで伝わり、商人という商人がその国には品物を卸さない。今の世で大坂の商人と手切れになれば、生き残れる大名家はただの一つもないのである。

靱負は薩摩藩の物頭や琉球通信使の饗応役として幾度も大坂に滞在したことがある。役儀柄、商人と付き合うことも多かったので、天満屋のことは御手伝い普請の命を受けたときから念頭にあった。

「夕霧屋もこの一年二年は儲けなど考えません。だが薩摩絣は、これまでの値では売らん。せいぜい高う売って、一両でも多く藩の御役に立てさせていただきます」

この夕霧屋にも薩摩藩は少なからず借財をしている。だがそれを返すも返さないも、まずは御手伝い普請を乗り切ってからのことになる。

「何はさておき、普請は町請けでなさることでございます」

百姓と侍だけで石を積んでも、木曽三川では一年も保たぬと夕霧屋は言う。

「一から堤を築くとなれば、ただの日傭取りを集めても役には立ちませんな。ですが商人ならば、どこに川普請の巧みどもがいるか、よう存じておりましょう」

「商人に集めさすとなれば、相応の日当も出さねばならぬ」

「はい。ですが年々の農閑期に御救い普請を当て込んでおる百姓どもの倍は働きましょう。村請けの十万両は死に金ですが、町請けならば二十万でも、それ相応のものはこしらえますぞ」

城の石垣でも、石工の穴太衆が積んだ石だけは大地震でも崩れずに残るといわれている。

夕霧屋は船縁から乗り出して薩摩の方角を眺めた。

「商人は人の足下を見るなどと申しますが、そのあたりをじっくり考えておるだけのことでございましてな」

靱負は暗い海を睨んで腕を組んだ。

「町請けになされば、必ずや普請は成りましょう。手練の仕事とはそのようなものでございます」

船を渡る風がわずかに強くなった。風は沖のものだ。

「手前は御家老が総奉行を引き受けられたゆえ、ついてまいったのでございます。夕霧屋も商人の端くれ。此度の御手伝い普請が成るか成らぬか、薩摩の足下を見たつもりでございますがな」

夕霧屋は頭を下げると背を向けた。

靱負はまた一人で暗い海を眺めた。このまま吸い込まれるような気がして離れられなかった。

幕府の命が下ってから靱負は幾度も考え抜いた。己が総奉行の器でないことは百も承知だが、それなら最初から器の者などいるのだろうか。

受けたからには、器量不足と嘆くのは逃げではないか。義弘公もきっと幾度かはそう迷い、薩摩を離れたのだ。

この船は朝鮮へ行くのではない。ただの大坂ではないか。

靱負はようやく海から目をそらした。空には星の一つもなく、日はもうとうに海の彼方に姿を消していた。

瀬戸内の海は穏やかで、靫負たちを乗せた船は横波をかぶることもなく二月の半ばに大坂に着いた。一行はそのまま長堀にある薩摩藩邸に入ったが、靫負と幾人かを残して、あとは先に美濃へ向かうことになった。

朝、窓の障子を開けると霧のような細い雨が降っていた。雨の匂いがする表へ出て、靫負はさっそく中馬源兵衛を伴って天満屋まで行くことにした。

藩邸から堂島川をさかのぼるとすぐに天満である。大坂は淀川を屋台骨にして縦横に川が走り、橋も多いから、店のすぐ前まで諸国の荷を運ぶことができる。江戸にもたくさんの掘割があるが、あちらは諸藩の江戸屋敷が河岸を押さえているのに対し、大坂では商人のほうがはるかに力を持っている。

天満に近づき、一町どころではない海鼠壁(なまこかべ)が切れたそばで靫負たちは小舟を降りた。壁伝いに戻るだけで四半刻もかかるが、これが天満屋で、薩摩藩の大坂屋敷よりも軽く一回りは大きい。だが本宅は別に、京の伏見にあるという。

先に大坂に入った源兵衛はすでに一度、天満屋を訪れ、主の十兵衛とも会っている。灰色の鬢に落ち着いた眼差しの、声を荒らげたこともなさそうな上品な風貌だが、目つきの鋭い男をいつも二、三人連れている。しかもその入れ墨のありそうな男たちが、天満屋に耳打ちされると針で突(つつ)かれたように駆け出して行く。天満屋は彼らを連れただけで通りを気ままに歩いているので、この大坂の町まるごとがその屋敷内のようだった。

天満屋十兵衛もはじめは大坂の数ある米問屋の一つにすぎなかったが、親の跡を継ぐとすぐに商いを手広くして大名貸しを始めた。それからは諸藩の名代として日の本中へ金子を送ったり立て替えたり、ときには幕府の蔵物の処分を託されることもあった。幕府や藩ともつながりが深い御用商人だが、それを大坂では掛屋(かけや)といって、ときには大坂城代の指図に逆らっても許された。

靱負たちが通された客間は、おおよそ今日のような集まりに使うのだろうとすぐに呑み込めた。重い唐紙(からかみ)を開くと八畳ほどで、向かいにも同じように唐紙がある。右手と左手、どちらにも飾り棚がつけられているだけで上段はなく、これなら金子を貸す商人と、借りる武士の側が悶着を起こさずに済む。

そして思った通り、靱負たちが入った向かいの側の唐紙が開いた。

「これはこれは御家老様、お久しゅうございますなあ」

さして待たされることもなく天満屋十兵衛があらわれた。商人の中には藩家老だろうと城代だろうと半日近くも当てこすりに待たせておく輩がいるが、天満屋はその手の狭量なことはしない。銀鼠の羽織が厭味もなく輝き、藩主だろうと百姓だろうと客には温厚だという人柄の滲み出る笑みを浮かべていた。

「此度はまた島津様は大変なことになりましたなあ。お武家様の世はまことに一寸先は闇でございます」

「天満屋は息災のようじゃ」

「なに、手前など、身の丈に合うた商いしかいたしませんのでな。気楽なものでございます」

天満屋は小莫迦にしたように皮肉を言う。まあこんなものだ。

「わが藩はもとから借財も多いゆえな。闇は今に始まったことではない」

靱負が鷹揚に応えると、ちらりと天満屋はこちらを見た。

この世からいくさがなくなったから安穏と商いなどしていられるのだ。そう言ってやりたいのは山々だが、それはべつに靱負の働きでも薩摩の働きでもない。

「天満屋、我らは今、一刻とても惜しい身上じゃ。取り繕うておるひまはない。金でも銀でもよい、一両でも多く貸してもらいたい」

「なるほど。一刻千金、でございますかな」

　天満屋は虚仮にしたように笑い出した。

「手前どもとて、ない袖は振れませんのでな。畏れながら島津様にはすでに五十万両近い借財がおありでございますな。いやはや、これが商人ならば、とうに一族うち揃うて、これでございます」

　と、首を縄で括るような仕草をした。

「まこと、お武家様は甘い世間に暮らしておいでじゃ」

「侍は金子のかたには死ねぬゆえな。わが藩にかぎって借財を踏み倒すようなことは断じてない」

　源兵衛もわずかに上気して口を挟んだ。

「幕府より支度金も出る。当座の金子さえ集められれば、島津は秋にはざっと四十万両を用意できる」

　だが天満屋はふんと薄く笑い捨てた。

「島津七十七万石ゆえ、八十万石とさばを読んで百六十万俵。四俵で一両として四十万両と仰せでございますな。ですが薩摩の実りは八十万石としても、年貢米は何俵でございます。それにこの秋、手前どもは薩摩様の米は五俵で一両とさせていただくやもしれません。いやいやそれよりお案じ申し上げますのは、千人からの藩士の方々が国許を離れなされば田も荒れるゆえ、例年通りの実りが望めますかどうか。薩摩のお武家様は日頃、半分は百姓の暮らしをしておられますからなあ」

さすがに源兵衛はそのくらいで顔つきは変えないが、がっくりと肩を落としてしまった。

源兵衛はこの短い日数のあいだに大坂の伝手を回って、五十両、百両という金子を集めていた。なかには一両、二両というのもあったが、そのたびに腰を折り、頭を下げてきたのである。

だがそれも仕方がない。とりあえず手許に金子がなければ普請を始めることさえできないのだ。

「はてさて島津様は真実、幕府の支度金などを当てにしておられるのでございますかな。手前の読みでは、金子代わりじゃと仰せになって御用木を下げ渡されるのが関の山でございますぞ。遠く離れた御留山まで伐り出しに行かされるとなると、費えも手間も増すばかりじゃ」

「なんと、伐り出しも我らにせよと仰せになるか」

「御上が伐り出して運んでくだされるとは、手前には到底思えませんな」

　天満屋は源兵衛に真顔で応えた。

　川普請に使う諸色といえばまずは石に土、木材の類だが、美濃からどこまで行けばそれらが手に入るのかも、薩摩は聞かされていない。幕府の支度金にしても、普請の一割分にも満たないことは靱負にも察しがついている。

「はてさて、島津様では此度の普請、いかほどかかると考えておられるのでございますかな。手前どもにとっては、島津様が御手伝いにしくじられようが、藩が御取り潰しとなられようが、多少の金子が返らぬだけのことでございます。少し知恵の回る商人ならば、十万両の証文を守りとうて新たに一万、二万と貸し付ける愚はいたしませんなあ」

　薩摩藩が取り潰されて借財を取り戻せなくても、それはそれで諦めるというのである。

　そのとき静かに唐紙が開いて若い男が盆を運んで来た。細身だが眼光は鋭く、こちらに軽く頭を下げると、それさえも不服だというように出て行った。手代らしくはなく、これが天満屋の連れ歩いている男の一人だろうと靱負は思った。

盆には鉄瓶や棗(なつめ)が載せてあり、天満屋はおもむろに手を伸ばした。

「薩摩の方々は木曽三川などごらんになったことはございますまい。三筋の川がまるで蛇ののたうつように、隣の川を呑んでやろうと常に蠢(うごめ)いておるのでございます。なに、大げさになど申してはおりません。三川は今でも雨のたびに流路を変え、一所に留まりませぬ。左様、海と思うて行かれることですな」

「海……」

小倉を離れるとき、吸い込まれるように見つめていた黒い海のさまが頭をよぎった。

「この大坂も、もとは淀川が土砂を運んで平野を作ったものでございます。ところが美濃は、平野の成る前に百姓どもが輪中をこしらえて住むようになったのでございますな」

言いながら天満屋は茶碗にひき茶を落とし、鉄瓶の湯を注ぎ込んだ。

「まだ人が住むには早い土地に田を拓き、石垣を積み……。出水などとは人が勝手に申しておることで、川のほうではまだ地面を均しておる最中でございます。ですが人というものは、物成がよその倍も三倍もあるゆえ、しがみついて離れません。また御上も、彼の地の米は決してお諦めにならぬ」

天満屋はゆっくりと茶筅（ちゃせん）を回し始めた。

「三川の水は引き潮では海へ流れ、満ち潮では再び川をさかのぼり、戻ってまいります。日に二度も土砂が行ったり来たりするとは、泥を混ぜるようなものでございますな」

手元の茶碗では、ひき茶が湯と合わさって粘りを出している。臼でひかれた茶葉は底へ沈む前に掻き回され、無数の泡をたてて湯と一つになっていく。

「淀川は源が湖ゆえ、多少の雨は己で蓄えてしまいます。ですが木曽三川は、山と渓谷でございますぞ」

天満屋は茶筅を動かしながら、こらえられぬというように、くくくと笑った。

「いっそこの茶のように、得心のゆくまで混ざらせてやることだと、手前は美濃で川止めに遭うたびに思うてまいりました」

三川の中でも最も雄大な木曽川は、ときに長良川と一つになって揖斐川にぶつかり、その飛沫が高く上がって日の光を覆い隠してしまうという。三川が合流する油島では一年を通して日差しも薄暗く、川幅は半里にも及ぶ。

「まずは美濃の海津と申すところで東の木曽川が中央の長良川にぶつかります。ところがその二川は一つにはならず、並んで油島まで下り、そこで西の揖斐川が合わさるのでございます」

　それでも三川はまた分かれ、長良川と揖斐川のみそのまま組んず解れつ、最後に長良川が揖斐川を抱くようにして海へ流れ込む。

「ですが百姓どもには、まこと頭が下がります。あのような中州とも呼べぬ泥濘の地に、ようも辛抱して田を拓いたことでございます。まあそのぶん、物成は良うございますがな」

　天満屋はゆっくりと茶筅を上げ、一服の茶を点て終えた。表面に浮いた小さな泡粒が次第しだいに消えていく。

「天満屋はもう存じておろうが、我らは村請けにて普請をいたせと仰せつかっておる。辛抱づよい彼の地の百姓ならそれも成し遂げると、そのほうは考えるか」

　まさかまさか、と天満屋は笑って首を振った。

「手前が御家老様ならば、どれほど高うついても大井川の川並を雇いますな」

「大井川の……」

天満屋は靱負に微笑みかけていた。それだけは曲げてはならぬと、その目は言っているようだった。

大井川もまた、年に幾度となく氾濫する大河である。駿河と遠江の国境にあたり、やはり信濃の高い峰々から流れ出て、流域は日の本でも指折りの雨の多い土地だ。

だが大井川は東海道で避けて通ることのできない要衝で、幕府も水が引くのをただ手をこまぬいて眺めているわけではない。しかも家康が晩年を過ごした駿府城の外堀とも考えられていたから、両岸には道中奉行の直轄する川会所も置かれている。橋は今も架けず、来る日も来る日も川の深さを測る人足がいて、渡るには馬や人夫を使う。大井川にはさまざまに川を知る人足が大勢いるのである。

天満屋は茶を飲むと、靱負に碗を回した。靱負も一口飲んで源兵衛の前へ置く。澱んで濁っていたものが、いつの間にか心地よく喉を潤すいい茶になっている。

「彼の地は川も三筋、激しくもつれ合っておりますが、人の思惑も支配も、また三筋はございましょうな」

天満屋の口ぶりは穏やかである。大坂の広大な座敷の奥に座り、こうしてゆったりと茶を点てながら、決して近くはない美濃の話をよく知っているものだ。

「三筋とは美濃交代寄合をつとめる高木三家と、幕府の手先の美濃郡代、それに親藩尾張ということか」

靱負が尋ねると、天満屋は小さく首を振った。

「尾張中納言様など、島津様にとっては幕府と諸共でございましょう。御上と、大名もどきの交代寄合衆と……、彼の地の百姓どもをお忘れになっておりますぞ。手前はなにも、きれいごとで申しておるのではありません。ただ彼の地では、輪中の民がいちばん強うございますのでな」

「輪中の……。肋（あばら）が一本多いと申す者どもか」

「おお。よくご存じでいらっしゃいますな」

天満屋は童にでも感心したように手を打った。

「天満屋」

靱負は手をついた。だが天満屋はあっさり首を振る。

「手前どもが貸さねば藩は御取り潰し、これまでの借財が返せぬなどという脅しは、この大坂では通用いたしません。ならば幕府といくさしかないなどという気短な話には、いよいよもって」

薩摩がいくさをするはずはないと天満屋はつぶやいた。

だがそんなことは言われるまでもない。

「薩摩は鎌倉殿の昔から、勝てぬいくさはせぬ。朝鮮でも勝ち、関ヶ原でも負けてはおらぬ」

「いかにも左様でございますな。そして琉球も攻め取ってしまわれた」

天満屋は鼻で笑っている。

「此度の普請はなんとしても町請けにする。大井川の川人足、必ず雇うてみせる」

「いやいや、まず無理でございますな。御家老様はあの輪中の民人をお知りになられぬ。薩摩の百姓のように一筋縄でゆく者どもではございませぬ。彼の地の百姓どもは常、土ではなく泥を耕しておるのでございますぞ。鍬の一ふるいからして、並の百姓とは違う苦労をしておりますからな」

それでもと、靱負は膝頭で拳を握りしめた。今このときも薩摩では子らがのどかに暮らしている。靱負たちが御手伝いを果たすのは薩摩にいくさを呼ばぬためだ。

「わが薩摩にはたしかに、すでに四十万を超す借財がある。だが此度の御手伝い普請は尋常の仕儀ではない。たとえ借財などなかろうと、到底用意することはできなかった」

「御家老様は此度の普請、それだけの大ごとと見ておられるわけですな」

「左様じゃ。これまでの借財はこれまで通り返してまいる。だがその借財は、昨日までの薩摩の信用が得させたものだ。新たな借財には、新たな信用を与えよう。よもや天満屋、これまでの四十万に、ただ上乗せするとは考えぬであろうな。此度は別口の、格別の借財だ」

薩摩ではこれから先、一粒でも多く米を上げ、蠟燭は一寸でも長く使わねばならない。誰も米など食わず、冬も火は使わずに単衣（ひとえ）を着て過ごす。それでも薩摩の地をいくさで荒らすよりは万倍もましだ。

「天満屋。向こう三年、薩摩の砂糖はすべて大坂に揚げる。それで三十万両、貸してもらえぬか」

「三十万両ですと」

天満屋は呆れて顔を背けた。

「国許と大坂で普請を始められるだけの金子を集めれば、あとは一千からの藩士の力でなんとでもする。薩摩の黒糖を一手に引き受けられるとすれば、大坂にとっても悪い話ではあるまい」

今、砂糖といえば大陸と阿蘭陀渡り(オランダ)しかない。そのどちらもまずは幕府が押さえてしまうから、大坂の船持ち商人といえども日の本の贅沢な人の口をすべて満たすことはできない。だが薩摩の黒糖はその量を超える。

天満屋は背けていた顔をゆっくりとこちらへ向けた。

「薩摩の、と申されますと」

「大島、徳之島、喜界ヶ島じゃ。そこから上がる砂糖はすべてここへ運ばせる」

天満屋は本来、話の短い男だ。己にとって用がないと思えば、家老が薩摩から出て来たくらいでは会いもしない。

「なるほど。それはたしかに悪い話ではございませんなあ」

「武家も商家もしょせんは変わらぬ。思いがけぬことが出来いたせば大きな費えを要すこともある」

「ですが商人は、己でその費えはなんとかいたしますなあ。でなければ店が潰れるまでのことでございます」

「天満屋！」

つい源兵衛が声を荒らげ、靱負がそれを押しとどめた。

「頼む、天満屋。そのほうが否と申せば、大坂では金子は集まらぬ」

靱負は畳に額をこすりつけた。源兵衛もあわてて靱負の横で同じようにする。

「まあ、手前にはそのようなことは不要にございます」

お手をお上げくださいませと、天満屋は靱負の手を取った。

「では、天満屋」

天満屋はうなずいた。

「島津の御家も、これまで数々のいくさ場で一か八かの賭けもしてこられましたろう。商人とても同じでございます。儲けを大きゅうしようと思えば、ときには多少の危ない目も見ずばなりますまい」

源兵衛が固唾を呑んで畳に手をついた。

「ですが大坂中を掻き集めても三十万両は無理かと存じます。左様、せいぜいが二十万……」

「かまわぬ。手許金がなければ、村請けだろうと町請けだろうと普請を始められぬ」

「左様でございますな。では、まずはこの天満屋の蔵から七万両、お持ちくださいませ」

「なんと、天満屋」

　思わず声を高くした靱負に、天満屋は笑ってうなずいた。

「大坂の商人衆には手前からも声をかけましょう。二十万より少しは多く集まるかもしれません」

　ついに源兵衛は嗚咽をもらした。そこへ天満屋が優しく声をかけた。

「京にも堺にも商人はおりますぞ。大坂の天満屋が七万両を貸したと言うてお回りください。商人衆のあいだでは、畏れながら薩摩様より手前のほうが信用が大きゅうございますのでな」

　そう言って天満屋が唐紙を振り返ったとき、先ほどの若い男が入って来た。

　男は相変わらず不服そうな顔をしたまま唐紙のそばに腰を下ろした。だが天満屋はそちらは顧みず、まるで居(お)らぬかのように話し続けた。

「せいぜい覚悟してお行きくださいませ。輪中の民人はそれはしたたかでございますぞ」

靫負たちは黙ってうなずいた。やはり冷水を浴びせられたような気はしていた。

「手前が小耳に挟んだところでは、美濃の百姓どもは、今年は春役で金子が出ると、すでに浮かれておりますとか」

「金子の出所は薩摩と知っておるのか」

「申すまでもございませんな」

三川の流域では、春のたびに堤などの補修に百姓が駆り出されるのが決まりになっていた。これは年貢替わりなので日傭銭は与えられないが、今年は薩摩が御手伝い普請をすると幕府が触れを出したのだという。

「まるで幕府が百姓どもの機嫌を取っておるようだの」

「それが美濃の、輪中の民と申すものでございます」

天満屋がちらりと唐紙のそばを振り向いたが、男はじっと座したまま、目をぼんやりと宙にただよわせている。

と、天満屋がわずかに身体をずらして、その男のほうを向いた。

「天満屋も先の冬に船が二艘沈みましたゆえ、今はどうしても七万両しか都合がつきませぬ。そのかわりに、この男をお貸しいたします」

吉次、と呼ばれて男は軽くうなずいた。だが靱負たちのことは見ようとしない。

「吉次は輪中で育ちましてな。美濃の絵図面が残らず頭に入っている男でございます。ただ、輪中を嫌うておりましてな」

靱負が目をやると、男はあからさまに顔を歪ませた。

「宜しく頼むぞ、吉次」

源兵衛が頭を下げると男はふてくされたように口を開いた。

「輪中の百姓てのは春役でも手を抜いてばかりの輩だ。ひとくちに輪中というが、川上と川下、河岸の東西で思惑もまちまちよ。己の輪中さえ無事ならって奴ばらが蜆のように泥に埋もれて暮らしてやがる。そんな土地で三川を一年で分けるなぞ、万に一つも叶うはずがねえ」

口は悪いが、靱負と源兵衛はじっと耳を傾けた。幕府が命じているのはまさに、三川を分流させよということだ。

天満屋は面白そうに吉次の言葉を聞いていた。

「さて、では手前はこれにて。どうぞごゆるりと、吉次の話でも」

だが靱負と源兵衛も即座に立ち上がった。大坂ばかりでなく堺や京へも行かねばならない。

天満屋は表門までともに歩いて靱負たちを送って来た。壁の外を見上げると、川の近いここでも鳶が空を舞っている。

「御家老様」

門を出たとき、天満屋が呼び止めた。

「手前はあなた様のお覚悟は分かっておるつもりでございます。商人ごときがそこを申すのはくどいが、どうぞ生きてお戻りくださいませ」

天満屋は情のこもった笑顔を見せると屋敷の中へ戻って行った。


江戸から美濃へ向かった藩士たちがつつがなく到着し、鍬入れ式を終えたと知らせが届いたのは、靱負たちが大坂に着いた明くる日のことだった。江戸留守居の山沢小左衛門たちは美濃大牧の大庄屋、鬼頭兵内の屋敷の母屋を借りて本小屋にしたといい、総奉行の靱負の来着を待たずに普請は開始された。

源兵衛たちが京大坂で金子集めに駆け回っているあいだ、美濃の先着組からは次々と文が届いていた。普請は夏の増水を避けて上期と下期に分け、まずは昨年の大水で決壊した堤を補修する急破普請と、例年の春役で必ず行う川浚えから取りかかるとのことだった。

一之手は木曽川と長良川が合わさる羽島の桑原輪中まで、二之手は木曽川東岸の、家康の御囲堤が切れた河口付近である。三之手は長良川と揖斐川に挟まれた普請場で、墨俣（すのまた）から油島の手前まで、ちょうど一之手の西にあたる。そして四之手は、三川のぶつかる油島辺りである。それぞれに藩士を分けねばならないので、普請場ごとに庄屋の屋敷を借りて出小屋にした。

靱負は文に目を通しただけでも、この手伝い普請でいかに諸色の調達に難渋するかが思いやられた。千人からの藩士を四つのどこにどう振り分けるか、その食料を日々どう調達するか、いくらかは百姓家に止宿するとしても、新しく長屋を建てなければ普請にかかれない場所もある。

もちろん普請に使う石や木材を広く買い集め、それらを四つの普請場に滞りなく配らねばならない。そのために美濃には算勘方も遣わしているが、大方は現地で始めてみるまでどうなるか分からなかった。

大坂に二十日ほど留まった靱負たちは京の薩摩藩邸へ移り、閏二月六日に伏見を発った。薩摩の参勤と同じように東海道はとらず、琵琶湖の東を中山道へ向かい、垂井から大垣へ入るつもりだった。そうすれば関ヶ原を通って島津豊久公の墓碑に参ることもできるから、靱負にとっては美濃への往き道でここだけが楽しみだった。

鹿児島をともに出た藩士たちは大坂で分かれ、先に美濃へ入っていた。最後まで藩邸に残っていたのはお松と中馬源兵衛だったが、源兵衛はそのまま大坂に置いて来たので、道中はお松と吉次の三人だけになった。

大垣から山懐の細い峠道へ入り、暗がりの中を歩いた。

烏頭坂に至る道は、騎馬が二騎も並んで駆けられるかどうかという狭い坂だった。大木が両脇から枝を広げ、空を覆い隠している。弱々しい光の中に窪んだ一筋が延び、この先だろうかと首を伸ばしたとき人影が動いた。

「御家老」

影が頭を下げ、目を凝らすと十蔵が幾人かの藩士を連れて立っていた。

「源兵衛から、こちらに立ち寄られると知らせて来ましてな。お出迎えにあがりました」

家士たちはいっせいに膝をついた。

見回すと誰が置いたものか、人がうずくまったような石が暗がりに浮かび上がった。わずかに光の帯が降り、風が山の香を落としてくる。

靱負が石の前に膝をつくと、家士たちもそちらへ向き直った。

約百五十年前、天下分け目の関ヶ原で戦った義弘公の甥が、ここに祀られている豊久公だ。いくさのはじめは千五百もいた兵が、退却を決めたときは三百になっていたという。

軍を退くとき家康の本陣を目指し、それを破って退却したのは島津家だけだ。たった三百でそれを成し遂げたからこそ、島津は今でも日の本中から畏怖されている。だが敵中突破した薩摩の退き口は壮絶で、義弘公を守るために三百の兵は末尾から五人ずつが殿軍(しんがり)となって地面に座り込んだ。

座って肩に構えた銃口は揺れることがない。だが弾が尽きたときには、立ち上がっても本軍に追いつくことはできない。

五人ずつの殿軍はそのまま身を楯にして義弘公を退かせた。どんなことをしても大将が薩摩へ帰り着かなければ、あとは幾人戻ろうと敗残の兵になるからだ。

家康の懐をかすめて本陣を突き破った義弘公の軍勢は五人減り、十人減り、美濃大垣の烏頭坂へ辿り着いたときには七十人になっていた。追いすがるのは家康に天下を取らせた譜代の重臣たちで、それまでの相手とは強さが違った。

義弘公がどうにか烏頭坂まで退いたとき、甥の豊久公が身代わりに立った。早くに亡くなった義弘公の弟の嫡男で、まだ三十を過ぎたばかりの若者だった。

そのとき義弘公がどんな思いで前を向いて駆けたのか、靫負には想像もつかない。いかに戦国でも、息子にも等しい甥を身代わりにするくらいなら、七十も近い己のほうがよほど死にたかったろうと思うだけだ。

だがそれでも義弘公は生きて薩摩へ戻った。甥を身代わりに死なせ、その老いた母親に最期のありさまを話して聞かせた。

「天下分け目のとき、ここで討ち死にした島津の侍の墓だってな」

吉次がざっかけない口をきく。

「気の毒なほど粗末な碑だな」

「皆が死ぬはずのいくさで、薩摩を勝ちに導かれた御方じゃ。薩摩に豊久公なくば、島津家の本領安堵もなかっただろう」

島津は勝てぬいくさはしない。この御手伝い普請がいくさなら、島津は必ず竣功させる。この難事をいくさにしなかっただけで、もう五分は勝ったも同じだ。

「此度も我らは薩摩へ帰り着かねばなりませぬな」

十蔵はそっと石に手を合わせた。

義弘公が関ヶ原へ向かうとき、国許では謀反があって思うように兵を集めることができなかった。だから戦国を締めくくる天下分け目の戦いに、島津七十七万石の大将がわずか千五百しか連れられずにこの地へ来た。

その心細さを靱負は思う。だが義弘公の働きは、島津の危地を勇躍の場に変えた。

「此度の普請、島津の名を高める、またとない好機となろう」

徳川相手の寡兵で、いくさ場も同じ美濃ではないか。あのときと異なるのは、もしも七十人などで帰れば島津の負けになるということだ。靱負は義弘公と違って、藩士を一人残らず連れ帰らねば勝ったことにはならない。

「十蔵にも苦労をかける。よく添奉行を受けてくれた」

十蔵は涙を浮かべて首を振る。

「御家老が総奉行に名乗りを上げられましたこと、まことに驚きました」

「当たり前のことだ。金子を借りるのに頭を下げてよい島津藩の家老など、私をおいて他にはおらぬ」

それでも甥を身代わりに立てねばならなかった義弘公に比べれば、靱負の辛さなど取るに足らぬものだ。

「皆で必ずや薩摩の地に」

靱負は石碑にもう一度頭を下げて立ち上がった。

藩士らが黙礼して立ち上がると、最後に吉次も腰を上げた。

「薩摩というのは、それほど豊かな国か」

「豊かとは？」

「生まれた土地ってだけで、そうも帰りたいか。俺の古里はこの辺りまで来なけりゃ、木なんぞ一本もなかった。家は竹を柱にして、あとは稗がらで作ったもんさ。木は泥ん中には根を張らんからな」

靱負は微笑んだ。吉次はぶっきらぼうなだけだ。

「稗ってのは三月(みつき)でできる。そんなら出水にもっていかれなくて済むだろう。輪中は物成がいいなんぞと言うが、輪中の百姓が米を食ってるわけじゃねえ」

　吉次は木の根でもたしかめるように土を蹴っていた。生国を嫌える者などいるはずがない。

「吉次も我らとともに、せいぜい働くことだ。此度の普請は大掛かりゆえ、輪中が水に襲われることもなくなるやもしれぬぞ」

「あいつらのために働くなんぞ、まっぴら御免だな。俺は大恩ある天満屋様に言われたんで、しょうことなしに行くだけだ」

　靱負は十蔵と顔を見合わせた。

「川ってのは道を覚えてやがる。俺なら昔の流れも頭に入ってる、それを教えてやれってな」

「では天満屋ははじめから我らに肩入れを？　七万両を貸すつもりだったということか」

「そこまでは知らねえ。だが天満屋様は薩摩が手伝い普請をするってことは昨年から知っていなさったな」

そして靫負が総奉行になったと聞いたとき、天満屋は大きくうなずいて膝を打ったという。

豊久公の碑から離れるとき、靫負は最後に深々と腰を折った。

己を顧みもしなかった豊久公の碑は、今も義弘公を守るように関ヶ原を向いて立っていた。

第三章　総寄合

　それを見たとき天満屋十兵衛の言葉がまっさきに浮かんだ。

　──海と思うて行かれることですな。川のほうではまだ地面を均しておる最中でございます。

　川面を見る前から気配に圧倒された。雨のような飛沫が上がり、どこからか地鳴りが響く。

　土が動いている。下草が切れた先で、ゆっくりとすべてが南へ流れて行く。

「これが川か……」

　三川がぶつかる油島の西岸で、靱負は身震いがした。

　飛沫が日を遮り、昼なお暗いと聞かされた光景が見渡すかぎりに続いている。靱負の身体を濡らす霧は川の飛沫なのか、それとも雨だろうか。

「この辺りが四之手じゃ。上期には手をつけず、秋の長雨が明けてからのことになろう」

江戸から先に着いていた山沢小左衛門が手庇(てびさし)をたてた。

「これほどの川が流れておるとは、日の本はなんと大きな国であったかのう」

小左衛門は絵図面に目を落としてため息をついた。幕府から与えられた絵図には、墨摺絵さながらののどかな流れが描かれている。

「水行(すいこう)普請というに夏場を休まねばならぬとは気のふさぐことじゃ」

「もとは木曽の山水ゆえな。冬は刺すように冷たかろうな」

「そればかりではないわ。百姓どもが忙しい田植えと稲刈りの時節も休めとのお達じゃ」

小左衛門たちは美濃へ入ってふた月ほどになり、すでに美濃郡代や交代寄合とのやりとりに辟易していた。

幕府が三川と天領のために置いているのが美濃郡代で、残る土地を大名並みの格で支配する旗本が交代寄合衆である。他にも高須藩のような小領があり、郡代と交代寄合が張り合っていたところへ、此度の普請で新たに代官や幕府勘定方、目付方が遣わされ、激しく反目し合っているという。

そしてそれらすべてを支配するのが江戸にいる勘定奉行、一色周防守である。薩摩に絵図面と仕様帳を渡し、思うままに挙げた普請場は上期に百九ヶ所、下期に九十一ヶ所とされている。

靱負と小左衛門は茫然と油島の前に立っていた。正直、薩摩の背負わされた荷の重さもまだ見当がつかない。幕府はいとも易そうに一ヶ所として〝堤欠所七百七十間〟などと書き付けているが、穴が開いてちぎれた堤を七百七十間も修復するとなると、石だけでもどれほど積まねばならないか。一間はほぼ畳の長さと等しいから、薩摩の侍たちはそこだけで畳七百七十枚分の石垣を築かねばならないのだ。

だというのに一色周防守を含め幕府の役人たちは、郡代からその下の役人に至るまで、この美濃の御役が最後の働き場ではない。ここを足がかりに次の立身へと、多分そのことが胸中、他の何よりも大きく占めているだろう。

いっぽうの交代寄合衆は、そんな順送りの郡代たちが忌々しくてならないらしい。ただでさえ旗本は将軍家直参だと鼻柱が強いが、それがここでは大名並みの格式まで与えられている。しかも、もとは一家だったものが西、北、東の三家に分かれ、内では互いに張り合いながら、外では一つになって高飛車に構えてくる。

　小左衛門の話を聞くにつけ、天満屋に教えられたことがいよいよ裏打ちされていった。それに比べれば木曽川の向こうにある親藩尾張など、木曽川の西で好きにせよと、高みの見物を決め込んでいるにすぎない。

「先が思いやられることだ。若い者が短気を起こさねばよいが」

「一色周防守様も今少し、藩士らの思いを汲んでくだされればよかったのだが」

「ああ。それはどうも望み薄じゃな」

　靱負たちが美濃へ入る少し前、閏二月の二日に江戸藩邸で於村の方がみまかった。かねて病身だったが、まだ二十三という若さである。昨年の四月に重年は参勤で江戸を発ったから、若い夫婦はそれが最後になった。

　美濃の普請場では藩士たちが於村の方の喪に服すため、しばらく御役を休みたいと願い出た。だが幕府からは構うなと返答があり、藩士たちは常通り早朝から普請場で鍬をふるったのである。

「今年はわが薩摩も艱難の年じゃの。殿もお身体は決して壮健ではないゆえ、気落ちなさらねばよいが」

小左衛門のため息は深い。島津家では先代藩主だった重年の兄も二十二歳で亡くなっているから、家臣としては世継ぎが善次郎一人では心もとなく、二人、三人と男子が続いてほしかった。だが生真面目にすぎ、下々の暮らしむきを案じてばかりの性分では、藩士がこのようなときに新しい継室を迎えるとも思えなかった。

「吉報は我らが御手伝い普請を終えてからということかのう」

「そうかもしれぬ。我らの上首尾が殿にとっては何よりの喜びとなろう」

美濃の普請場へは重年からの心得書も届けられていた。

公儀の仰せをよく守り、何より普請の成就を心がけて励んでくれるように。公儀の役人衆には慇懃(いんぎん)にふるまい、慮外の働きなど決してせぬように。普請場でも出小屋でも嗜(たしな)みを保ち、声高に与太話などせぬように——。

重年は心気病みのきらいがあり、大名には相応(ふさわ)しからぬ苦労性でもあった。心得書の最後には火の用心を案じる一文まであった。靱負などは、下士のしもやけまで気にかけていた重年の顔を思い浮かべるたび、なんとか藩の借財を一両でも減らしたいと願ったものである。

つくづく靱負たちは慈悲深い主に恵まれている。靱負が総奉行を引き受けたのも、まさにそのためだ。

靱負と小左衛門は舟を出させて油島から木曽川を下って行った。普請場でいえば、ここから河口に至る木曽川の東岸が二之手である。

「夕刻になれば、この辺りでも潮の香が漂ってくるぞ」

舟から乗り出して水を掬うと澄んでいる。だが水がこぼれると、指のあいだに砂がわずかに残る。

「川底は砂地ゆえ、小さな石ならば落としても呑んでしまうのだ。しかも近くには切り出せる石場もない」

小左衛門は早く美濃に入ったぶん靱負より苦労が長い。その頰にはすでに江戸では見なかった日灼けがある。

「蛇籠はこしらえさせてみたか」

「ああ。薩摩は侍というても、ふだんは百姓をしておる者が大半じゃ。なかなか器用に編むものだな」

ようやく互いの顔に笑みが浮かんだ。

川底が石を呑んでしまうため、かわりに落とすのが蛇籠である。童ほどの胴回りで、長さは男の背丈三倍ほどもある。大蛇（おろち）のように竹を編み、中に石を詰めるのだ。それを水底に杭で留め、百か二百繰り返せば堤になる。

二之手では、家康の御囲堤が切れる弥富村からの川下が昨秋の大洪水で水浸しになり、今回の御手伝い普請に加えられていた。そこには木曽川から東へ分かれる筏（いかだ）川が流れているが、その分流口には雨ともなると激しい流れがあたる。そのため川浚えをして蛇籠を落とし、堤を造れといわれている。

堤の長さは六十間ほどになるが、川の分かれるところに沿わせて造るので、猿の尾のように飛び出して見える。だからそれを猿尾（さるお）と呼ぶと、靫負は美濃へ来ることになって初めて知った。

靫負たちの舟は弥富村の端で岸につけた。海までは二里ほどである。日はまだ中天にあるが、潮風が強い。舟を下りると、脚絆（きゃはん）の足が踝まで泥に浸かった。

靫負はゆっくりと足を抜き、周囲を見回した。

この辺りでは川面と陸がまったく同じ高さである。家康がここで堤を止めたのは、まだ川筋が定まらぬと考えたからではなかったのだろうか。筏川は木曽川と比べると溝のようなもので、ほんの一雨でたちまち木曽川へ引き戻されそうだ。

　小左衛門は大儀そうに腕をあちらこちらと上げて、筏川と木曽川をさした。

「この川は木曽の檜(ひのき)を筏に組んで尾張名古屋へ運ぶためのものだそうでな。河口は半里先だが、そこまで川浚えをせねばならん。木曽川との分流口は、堤を造るついでに川幅も切り広げよとな」

「言いたい放題というわけか。幕府の手伝いで尾張藩の用水まで掘らされるか」

「幕府も尾張も交代寄合も、それぞれに思惑は異なるようじゃがな。それがわが薩摩に対するとなると、あれもこれもやらせればよいと手をつなぐ」

　百姓たちもひとくちに輪中といっても、川の東西、流れの上下で要望は大きく異なる。これまで幕府が国役でも大掛かりな普請ができなかったのは、百を超える輪中の言い分を聞いていては決壊した堤の一つさえ元に戻せなかったからである。この辺りでは堤を築けば逆に出水を呼ぶこともあり、隣り合う輪中どうしが堤の一つをめぐって激しい対立を繰り返したりもする。

　小左衛門は幾度めかのため息をついた。

「朝は卯中刻（午前五時四十分）に始め、上がりは申(さる)の正刻（午後四時）じゃ。儂はなあ、靱負。夕暮れのたびに、日が沈んでゆくのか、この地が海へ沈もうとしておるのか、果たしてどちらじゃと分からんようになる」

　おぬしもじきにそうなると、疲れ果てた笑みを浮かべた。

「恐ろしいことに、この地は一之手から四之手まで、昨秋の出水でことごとく水をかぶっておる。のう、百四十三ヶ村だぞ」

　幕府にはまずは昨年の溢水箇所から修繕せよと命じられているが、結局は一之手から四之手までいっせいにかかることになる。ただ上期では尾張側の一之手と二之手を普請の中心に据える。

「一之手はこの木曽川の川上、長良川との中州辺りじゃな」

　ここからでは見えぬと、小左衛門は北を向いて額に手庇をたてた。どこまでも平らな土地が続き、白い空を縁取るように木曽の山々が霞んで浮かぶ。

「一之手の辺りまで行けば、さすがに長良川はそれほどの川幅でもないがな。木曽川はほとんど変わらぬわ」

　小左衛門は鼻息をついて笑い捨てた。これほど泥水ばかり見せられ、その底に数かぎりなく水刎（みずは）ね杭を打たねばならぬと思うと吐き気がする。

　この二之手には筏川があるが、一之手には木曽川から中州を横切って長良川に注ぐ逆川という支流がある。それを涸れ川にし、わずかでも中州の出水を減らすというのが一之手の普請の目玉だが、常は猪牙舟が行き交い、荷運びに重用されているという。涸れ川にすれば、それはそれで不満に思う百姓たちもいるはずだ。

「逆川も、筏川ほどの幅か」

「いや、この半分ほどかのう。あれは猿尾を造るのも杭打ちも、それほど難儀ではないかもしれぬ」

　だが小左衛門は頭をうつむける。

「厄介は羽島の……、一之手の輪中の百姓たちよ。逆川を締め切ればじかに木曽川が溢れて入って来ると、笠松役所に毎日のように押しかけておるらしい」

　笠松役所とは郡代、青木次郎九郎が詰める幕府の役館である。

「百姓どもが笠松へ向こうておるあいだはよいが、普請が始まれば不平をぶつけてまいるのは我ら薩摩であろう？」

「ああ、左様だろうな」

「我らは美濃の地など何も知らぬのだぞ。逆川を涸れ川にしてくれと申したのは羽島の輪中の民ではないのか？　羽島の輪中だけでも考えが異なっておるのか」

「……若い者と諍いにならねばよいがな」

吉次のような口をきく能弁な百姓たちと、武士はあまり話すものではないと躾けられてきた薩摩の若い藩士たちが、泥濘の中で並んで土を掻くのだ。公儀の役人や交代寄合衆に気兼ねしながら、百姓の高腰にまで耐えられるだろうか。

靭負と小左衛門は口を開く気力も失せて、ともかくは大牧の本小屋へ引き返した。

これから靭負たちが暮らし、算勘をつとめる本小屋は近在一の豪農、鬼頭兵内の屋敷を借りたものだった。油島から揖斐川をずっとさかのぼった西岸にあり、千坪ほどの敷地に急ごしらえの長屋を建てて百人あまりの藩士が寝泊まりをしている。

諸色の手配や算勘に携わる家士は皆ここにいるが、尾州、濃州、勢州に散らばった藩士たちの食事の手配をはじめ普請場ごとの人足の確保、割り振り、日用の支払い、そして何より普請に要する杭や石の調達と、実際に土を掻く藩士たちにも引けを取らぬ忙しさだった。

どちらも藩家老という靭負と小左衛門が戻っても、本小屋では出迎える者さえいなかった。すでに美濃では薩摩の御手伝い普請を聞きつけて物の値が上がり始めており、算勘方では一刻を争って諸色を買い集めていた。

　鬼頭の屋敷は揖斐川に近いが、玄関を上がると川の音がぴたりと止んだ。薩摩の外城よりずっと堅牢な凝った造りで、奥から算勘方の藩士があわてて出て来た。慈姑頭に結ったお松だった。

「お帰りなさいませ。御視察はいかがでございましたか」

「すっかり泥水に酔うて頭が痛い。一之手は明日にいたす」

　小左衛門は苦笑しながら顔の前で手を振ってみせた。

「して、村々の請書は届いたか」

「はい。ちょうど今しがた交代寄合の高木様よりお届けがございました」

「東西、北、いずれの高木様か」

　さて、と首をかしげて、お松は詫びるような顔になった。

「まあよい。西家の高木新兵衛様であろうな。すぐ持ってまいれ」

　西家が高木三家の本家である。お松は廊下を小走りに去った。

　靫負は小左衛門と客間で待ち、風通しに障子を開けた。

　百姓屋敷とはいえ贅沢にしつらえた庭である。この母屋は部屋数も分からないほど広く、南に別棟がある。土台が石垣で高くなっているのは、溢水したときその中で暮らすという水屋である。

「薩摩の百姓より、よほど豊かな暮らしだな」

元来、薩摩は土を耕すだけの暮らしをする者が少なく、たいていは武士として外城を守りつつの百姓である。ただし扶持はたいがい二石、三石といったところで、あとは各々で田畑を作り、どうにか生計を立てている。

「輪中の百姓は武士にも物怖じせず物を言う。木曽三川の分流も、もとは輪中の村々が十年前から幕府に願い出ておったらしい。御公儀もあまりのうるささに薩摩へ投げてよこされたのであろう」

「私は二之手で早速、筏川など浚っても無駄だと老婆に言われましたぞ」

十蔵が縁側から、高木新兵衛が届けさせたという請書を持ってあらわれた。

請書とは幕府が村々に出した触れ書に村々が了承した旨をしたためたものである。此度の普請に乗じて竹木や萱、麁朶の類を値上げしてはならず、人足賃や馬、止宿の飯などもすべて常通りの額にするよう命じられている。藩士たちは千人にも及ぶので本小屋と五ヶ所の出小屋だけでは収まりきらず、残りは村々に分宿するのだが、どこも一汁一菜とし、酒肴の類は一切出さぬことで統一されている。

請書には殊更に、藩士たちに非分や不埒があれば公儀に訴え出ればよいと書かれていた。

薩摩では重年がなにごとも公儀の仰せのままにと諭し、輪中では幕府が、藩士に横暴があれば逐一申し上げよと許している。歴とした武士がいたずらに萎縮させられ、もとから幕府にも気を遣わせてきた百姓たちは自在にふるまう。

江戸組の藩士が美濃に到着した日、

──ああ、あれが関ヶ原で負けた薩摩の侍か。

聞こえよがしにそう揶揄した者があり、若い藩士の幾人かが刀の柄に手をかけたという。そのときは物見に集まっていた百姓たちがそれでぱっと散ったらしいが、その場にいた笠松役所の役人は薄笑いを浮かべていたともいう。

「我らには殿が下された心得書がある」

靱負は深々と息を吐き、請書を閉じた。案じてもきりがないし、やはりあの流れを見たあとでは、普請場で事故が起こることのほうが気がかりだ。

「火の用心も肝要じゃが、我らは出火よりは出水用心でまいらねばならぬ」

「左様だな。我らの殿はお心深い御方じゃ」

今このときも普請場の藩士たちを案じている重年の顔が浮かぶ。一年ののち薩摩へ帰ることができる靫負たちに比べれば、明日も分からずに朝鮮へ渡った義弘公の苦難はどれほど大きかったろう。

「輪中にも幼子はおる。その子らが雨を恐れず土手で花でも摘めるようになると思えば、我らの苦労も報われる」

靫負の言葉を聞いて、茶を運んで来た女が廊下の隅で足を止めた。

美濃の大庄屋、鬼頭の屋敷には据え付けの竈（かまど）が五つある。太い梁を渡した吹き抜けの天井をぼんやりと見上げながら、カナは初めてここへ来た日のことを考えていた。幾日寝ていたかも覚えてはおらず、ようやく足が立つようになって水仕（みずし）を手伝おうと土間へ下りたとき、ふいに祖母の声がよみがえった。

――大牧の鬼頭さの家は、同じ庄屋とはいうても、うちなんぞとは格が違う。そりゃあ立派な水屋があるんじゃけえ。

福束の輪中が水浸しになったときは大牧の衆にも助けてもらわねばならない、だから失礼があってはならないと母にも言われたことがあった。その母が今のカナを見たら、やっぱり仕方がないと言うだろうか。

カナは腕がだるくなるまで研いだ米を順に釜へ入れていった。竈はたしかに五つあるが、カナがここへ来て八年、これまで五ついっぺんに米を入れて炊いたことはない。揖斐川の対岸の輪中が出水にあったとき炊き出しで三つは使ったことがあるが、カナが一人で火加減を見ていたから一つを焦がし、義母にどやされたものである。

「どれ、手伝いましょうかね」

振り向くと女中頭のお昌が火吹き竹を手に土間へ下りて来た。身体つきもカナの倍近くあるという太り肉で、強い息が吹けるし、米を炊く腕前はやはり一番だ。

「薩摩という国は、ずいぶんと内証が豊からしいですねえ」

お昌はよっこらしょと、カナの隣に屈んだ。

「千人からの藩士を連れて来て、それで米のこんなに多い飯だっていうんですよ。口がおごってるったら」

「だけど川普請はたいそうな力仕事でしょう。米を食べないと力が出ないから」

「あらま、人がいいったら。私らは春役だって雑穀を食ってやってますよ」

お昌はよく口が回るが、そのぶん手も動かす働き者だ。あまり話さないかわりに動きも鈍いカナとは正反対だと義母にも言われたことがある。今もとんとんと竈の前をずれて、あっという間に五つの竈に火をつけてしまった。

「さあて、と。こっちはもう私らでやっときますよ。そろそろ薩摩の総奉行様がお戻りになる刻限ですからね、奥に行っててくださいな」

お昌に手のひらで払われてカナは外へ出た。表へ回ったが、まだ靭負たちは戻っていないようだ。

庭から縁側を見ると障子はすべて閉ざされている。一番手前は五十畳の大部屋だが、薩摩の侍たちは着いたその日に各々が文机を広げたと思うと、早々に近づくことも禁じられてしまった。鬼頭の家ではもろもろの手伝いに新しい奉公人も抱えて待ち構えていたのだが、侍たちには白湯の一杯も出してはならないそうで、大部屋の掃除も要らなくなったカナは前よりもひまになった。

――お前はなんて気がつかないんだろうね。だから清助もあんなことになっちまったんだよ。

義母の棘のある叱り声がよみがえってくるようで、カナは手のひらで耳をふさいだ。義母は根は朗らかだが、せっかく授かった初孫を麻疹でもっていかれてからはカナに容赦がなくなった。

カナはそっと目を拭って裏へ戻った。そのまま玄関で待っていようと、そちらへ向かいかけたとき話し声が聞こえて足を止めた。

カナは芥入れ場の脇からおそるおそる顔を出した。

「お松殿は思い切ったことをなさる」

こちらに背を向けて、慈姑頭の侍が立っている。その前には上背のある侍が笑って慈姑頭を見下ろしている。

「私は四之手の出小屋と決まりました。お松殿のおられる本小屋とも近うて、ついお顔を見に参ってしまいました」

「松ではございませぬ。松之輔とお呼びくださいませ」

同じ侍でも、結び髪のほうは頭一つも背が低い。

鬼頭の家を宿とする侍は算勘方といって実際に川普請をするわけではないから、

あまり恰幅の良い侍はいない。ここだけは昼餉も不要と言われているから、薩摩のほうで小柄な者を選んで連れて来たのかもしれない。

どことなく恋仲の二人らしいと気がついて、カナは逃げ出した。亭主の伍作が、侍たちは衆道といって男同士で好き合うのだと、脂下がっていたのを思い出したからだ。

――お前が悪いんだろう。赤児は手がかかるってんで家に置いといてやったのに、ろくに面倒も見られんで。

義母がそう言ったときも伍作は同じように笑っていた。

それでも義母は、もともとは懐の深い人だ。家も二親もなくしたカナを引き取ってくれたし、伍作とも夫婦にならせてくれたのだから。

カナはため息を呑み込んで玄関へ回った。出水ばかりの輪中の暮らしでため息をついていたら、堤を越えて入り込んだ水はいつまで経っても引いていかない。輪中を造ったご先祖様は、幾度水に襲われてもため息はつかなかった。一年に何度だって水を掻き出して、また苗を植えたのだ。

案の定カナは遅れたようで、玄関には薩摩の侍のものらしい脚絆が脱いであった。

カナはそれを手早く片付けて式台を上がった。

　母屋は東側の式台から入ると大きく南と北に分かれ、つきあたりの中庭の手前に、どちらへも行ける廊下が取ってある。南側は大部屋や客間ばかりで、ふだんからカナたちは掃除をするだけでほとんど北側だけで生活している。だから薩摩の藩士たちが南側を使い、カナたちは北側で暮らしながら藩士たちの御用を言いつかることになっていた。

　カナが南の大部屋へ行こうとしたら、廊下を伍作が歩いて来て、カナに鼻で笑いかけた。

　カナが黙っていると、けっ、と伍作は舌打ちをした。

「伍作は普請の手伝いに行かないの」

「朝から晩まで水に浸かって二匁（もんめ）ってか」

　輪中からは一日三匁五分と願い出たが、御上によって低く定められた。これが自村の普請場であれば一匁七分に下がる。

「だけど今年は春役でも金子が出るって喜んでたくせに」

「だから。一日でも普請を長引かせたほうが皆が得するだろう。うちは庄屋だから、わざと行かないでやってんだ」

　少しその声に険が出てきた。

「今度の普請は大大名の薩摩様がやるんだ。しっかり直してくれるかも分からないよ」

「阿呆ぬかせ。御上のやることなんぞ一緒に決まってら」

　カナはぼんやりと伍作を見返した。輪中の暮らしは倦(う)んでも仕方がない。千年もそうやって少しずつ田を広げたのだと福束輪中の父たちは言っていた。

「なんだよ、その面は。女は黙ってりゃいいんだ。赤児もろくに育てられなかったくせに」

　あっけにとられて口を開いたとたん、涙が落ちた。しゃくり上げるでもなく、乾いた涙がカナの頬を伝っていった。

　そのとき薩摩藩士の大部屋のほうから人が歩いてきて、伍作は逃げるように式台へ駆けて行った。

　侍はカナを見るとにっこりと微笑んだ。月代(さかやき)を剃らず、後ろで一つに束ねているのは、今しがた母屋の裏でひそかに語らっていた衆道の侍である。

「どうかしましたか」

侍は女のような言い回しで問いかけた。

カナは恥ずかしくなって、何も応えずに侍の脇をすり抜けた。そのとき白粉（おしろい）のような甘い香りがして、カナは背がぞくりとした。

靫負たちが縁側に出ると隅に若い女が座っていた。鬼頭家の主、兵内の倅の嫁だというカナである。

カナは今年十九で、芯の強い聡そうな眼差しをしている。色の白い、ぱっと目をひく美貌で、まめによく働いている。鬼頭の家では奉公人もいるのでカナが仕切ってもよいはずだが、どうも性質の大人しい、大庄屋の嫁にしては驕（おご）りのない娘だった。

もとは揖斐川の対岸にある福束輪中の小さな庄屋の家に生まれたというが、十一のときの大洪水で家と二親を流され、カナだけこの大牧で息を吹き返して鬼頭の家に引き取られた。あとは長男の伍作が惚れぬいて嫁にしたのだという。

兵内の女房はカナを靱負たちの世話役につけるとき、近在一の働き者だからと言ったが、ほんの二日三日眺めただけでもカナにきつい物言いをしていた。

それでも倦まずに働いているのは、見ていて清々しい。

「カナ、すまぬが今一度、一之手へ行ってまいる。笠松役所へも立ち寄るゆえ、皆が戻れば、我らにかまわず夕餉を済ますよう申してくれ」

大牧から揖斐川を下り、長良川に移って北へさかのぼれば一帯が一之手である。郡代の詰める笠松役所はそこから木曽川沿いへ行ったすぐ近くだから、視察の足で訪ねてみるつもりだった。

「でも半刻ほどかかります。今から出られたら、帰りは暗くなってしまいます」

「そうか。では向こうで提灯を借りよう」

「いえ、鬼頭のものでよければお持ちください。笠松で貸してもらえなければ困ります」

すぐにカナは立ち上がり、提灯を取りに行った。カナは気もきくが、郡役所は提灯も貸さぬのだろうか。

式台へ出るとカナは提灯を持って待っていた。今しがた脱いだ脚絆もすでに泥が落としてあった。

「総奉行様」

「ふむ、厄介をかけるの。カナ」

カナは小さく首を振った。

「あの、薩摩の皆様が普請をしてくだされば、輪中の出水はなくなるのでございましょうか。私たちは生まれたときからずっと普請の御手伝いをしてきましたが、毎年同じことでした。でも薩摩のような豊かな国が……」

「薩摩は少しも豊かな国ではないがの」

靱負は脚絆を巻きながら十蔵と顔を見合わせて微笑んだ。今の日の本に薩摩ほど、一朱一文の金子に汲々としている国はない。

「でも日に二千人も人足を使いなさると皆が言っておりました。それだけやってくだされば、今度こそ輪中には破れぬ堤ができますでしょう?」

「相手は木曽の山々から来たる暴れ川じゃ。二千が三千でも、成らぬときは成らぬのではないか」

言ってしまってから靱負は、カナが出水で二親を亡くしたことを思い出した。あわててその顔を覗き込むと目が潤んでいる。

「すまなかった、総奉行がそのようなことを申しておってはいかんな。江戸の御老中様は我らに三川の絵図面をくだされておる。その御指図の通りに堤を築けば、川は治まるとの仰せだ。それゆえ皆が励めば、きっと出水はなくなるぞ」

「では私たち輪中の百姓も懸命に働けば、尾張のような堤ができるのですね」

靱負がうなずくと、カナは顔の前で手を合わせて拝むようにした。

靱負は十蔵たちと連れ立って門を出た。

輪中にもカナのような百姓がいる。なにも八方ふさがりではないはずだと、靱負は美濃に来て初めて思っていた。


美濃郡代の笠松役所へは四半刻ほどで着いた。それというのも吉次が達者に舟を操り、揖斐川で川下へ向かうかわりに、支流の大榑川を辿って長良川へ入ったからだ。そこから逆川をさかのぼると木曽川に出て、あとはほんの一息、笠松役所には舟をそのままつけることもできた。

木曽川のほとりだが、この辺りはほとんど溢水することもないという。しっかりと根を張った高い木もあり、川の泥も薄い。なにより川がまだ地面より低いところを流れているから、二之手のある河口付近とは煩いが違うのだ。これが少し下手になると陸と川面が横並びになり、海が近づけば、川は家の天井ほどの高所を流れるようになる。

吉次は役所の桟橋に舟をつけ、靱負と十蔵は用人の案内を受けた。通された書院間は東の庭先に木曽川が弓なりに流れ、美濃に来て初めて耳にする心地よいせせらぎの音が聞こえた。

やがて肩衣（かたぎぬ）をつけた四十恰好の侍が入って来た。美濃郡代の青木次郎九郎である。鼻筋の通った、どことなく癇の強そうな怜悧（れいり）な顔立ちだった。美濃郡代は老中配下の勘定奉行に直属し、実務に精通した切れ者の旗本が任じられるといわれている。靱負たちは大藩の家老とはいっても将軍家の陪臣にすぎず、美濃の御手伝い普請では、勘定奉行の名代となる美濃郡代の命を受けることになっていた。

「貴殿が総奉行の平田靱負殿か」

靱負が顔を上げると、郡代の口元はわずかに引き攣（つ）れた。

「薩摩では御自ら普請総奉行を願い出られた由。木曽三川の川普請、よほど自信がおありとお見受けしたが」

思いがけず、幕府はそのようなことまで知っていた。

「わが薩摩は在国の家老が六人でございます。私のみ物頭が長うござりましたゆえ、しゃしゃり出た次第にて」

「ふむ。竣功のあかつきには、たいそうな手柄でござろうな」

青木は挑むような口ぶりである。だが大したことではない。

「郡代殿、我らは此度、いくさ場に臨むつもりで出てまいりました。上様がわが藩に格別に御手伝いをお命じくださった上は、我ら家臣は命にかえても普請を成就させてごらんに入れとう存じます」

「殊勝なお心がけじゃ。だがこの土地を甘く見ぬことですな」

幕府は幾度も大掛かりな普請を試みた。そしてそのたびに手痛いしくじりを重ねてきた。

「まずは一之手、二之手の急破普請でござるな。薩摩の方々のおつとめぶり、とくと見せていただきますぞ。不手際があれば江戸表に知らせるまで」

郡代は靱負たちの膝先に普請の仕様帳を広げた。それぞれの普請場で、どこをどれだけの長さ、何をこしらえてどう据え付けるかが細かく記されている。むろん薩摩にも同じものが渡され、靱負たちはその写しを携えて来ている。靱負も十蔵も、もう諳（そら）んじることができるほどである。

一之手は美濃四ヶ村、木曽川と逆川が主な普請場となり、築堤の総延長は約千五百間である。半里ほどだから、ここは最も容易な普請場となる。

二之手はほとんどが木曽川東岸の十三ヶ村となっている。堤や猿尾の全長は一之手の倍を超し、五十五町にも及ぶ一里半だ。

しかも木曽川は三川のうちでも水量が違う。なかには河口そばの新田もあるから、そこは川というより海での普請になる。河川の蛇行の具合や渦、川底が砂地か石かによっても手間は変わってくる。

さらに三之手になると仕様帳は幾枚にも分かれている。普請場は七十九ヶ村だが、河川は木曽三川を軸として、おびただしい支流が辺りを蜘蛛の巣のように走っている。堤や蒔石（まきいし）の総延長は六百二十四町、おおよそ十七里となる。

薩摩で藩主重年も交えて仕様帳を睨んでいたとき、十七里もの堤を造るなら、薩摩と大隅二国の境を石垣で縁取るのと変わらぬと思ったものである。

——ならばいっそ国境に堀を築き、幕府といくさをしては如何。

そう語気を強めたのは若い家士ばかりではなかった。

だがいくさが長引けば勝敗を決するのは兵糧の確保だ。薩摩は豊臣秀吉に攻められたとき、米も弓矢も鉄砲も、途切れることなく京大坂から補給されることに驚いた。

それまでの九州のいくさは、いくさ場での食い物は攻め入った先で奪い取っていた。そんないくさしか知らない国が、日の本の中央の秀吉に敵うはずがない。そう悟ったから薩摩は軍を退き、中央に臣従したのである。

靭負はふたたび仕様帳に目をやった。

義弘公は秀吉の命で朝鮮に渡ったとき、諸侯とともに兵糧の補給されぬいくさを七年も続けた。あの義弘公は朝鮮でも負けなかったが、今の薩摩は幕府には勝てない。そして薩摩は勝てぬいくさはしない。

「この仕様帳はそもそもどなたが書き起こしたものでござろうか」

靭負は感心せずにはいられない。蜘蛛の巣のような川の流れを絵図面に写し、どの新田の脇には堤を、あるいは猿尾をと、細かく記されている。この川の底は砂を浚い、あの川底では石を蒔けと、どれだけの歳月を川に潜って調べたのか。

この普請には、そこまでして三川を宥めたいという数多の人々の願いがこもっている。

「わが薩摩は全力で普請をいたします。それゆえ、どうかご助力たまわりますように」

つまらぬ意地の張り合いはせぬことだ。

三月に入れば薩摩と幕府、そして交代寄合衆と輪中の民が一堂に会する総寄合がある。急破普請の手入れはもう始まっているが、これからが上り坂にさしかかる。今はまだ靱負たちは山の登り口にさえ着いていない。

だが郡代は薩摩に手伝い普請を押しつけた一色周防守の手先である。

「薩摩公の働きぶり、我らはただ見守るだけにござる」

靱負たちが帰るまで、郡代はついに肩すかしを食わせるばかりだった。薩摩のいくさ場は、木曽三川ばかりが相手ではなかった。

三月五日、大牧の本小屋には朝から大勢が集まった。輪中の民も交えての総寄合である。

木曽三川の普請は薩摩にとっては下命を受けて手伝うもので、どこをどう普請するかは絵図面通り、幕府の指図と監視を受けてつとめることが最初から決まっている。直接にはそれが郡代、青木次郎九郎や、江戸から遣わされた幕府勘定方目付、吉田久左衛門である。

そこに三川の水行奉行に任じられている交代寄合の高木三家が加わり、薩摩は格でいえば三番手だった。

交代寄合の高木家は関ヶ原の後に四千三百石の知行を与えられた格別の旗本だが、西家から北、東両家が千石ずつを取って分立した。宝永二年（一七〇五）に郡代と同格の権限を持つ水行奉行に任じられてからは、三川の手入れや輪中から出される普請願いの見分にも関わり、何代にもわたってこの地を密に支配しつづけてきた。

その東家の当主が高木内膳である。笑みなど浮かべそうもない冷ややかな瓜実顔に切れ長の目をして、広間に入って来たときからずっと扇子をもてあそんでいた。

口をきくときはそれを頰にかざすのでいよいよ顔からは何も読み取ることができず、靫負はどことなく京の公家のようだと思っていた。

だが意外にも幕府の普請場仕様帳を書き上げたのはこの内膳と郡代の青木たちだったらしい。昨秋の大洪水のあと村々からの普請願いは四十通にものぼり、そのとき郡代と内膳は溢水の箇所を余さず回り、絵図面に起こしたという。

そうだとすれば内膳の能面のような顔は出水でも動じない強さのあらわれとも思えるし、郡代の頑迷さは、我慢強く泥地を歩いて行く姿とも重なってくる。

「一之手、二之手の急破普請、はかが良いと伺うて祝着にござる」

内膳は声もどこか雅びている。郡代の青木はともかく、内膳が泥地を歩くとは到底信じられない。

内膳は郡代へ鷹揚に笑いかけ、そっと目配せをした。

広間には三川の大きな絵図面が広げられており、集まった庄屋たちは食い入るようにそれを覗き込んでいた。

三川は東から木曽川、長良川、揖斐川と縦走し、木曽川の東岸、尾州には家康の築いた鉄壁の御囲堤がある。木曽川と長良川は河口から六里半ほどの桑原輪中の南端でいったん合流し、すぐ分かれて三里余りも箸のように並んで油島でまた一本になる。ちょうどそこでは西からの揖斐川もぶつかるが、木曽川だけは跳ね返るように東へそれ、揖斐川は油島で長良川に呑まれ、合わさって木曽川ほどの太さになる。

一之手の普請場は木曽川と長良川が最初に合流する桑原輪中の南端辺りまでで、交代寄合西家の高木新兵衛が幕府御使番臨時目付とともに指図することになっていた。

二之手は木曽川の東岸から三川の河口辺で、尾張中納言の采邑地でもあるため、郡代の青木が指図をする。三之手は長良川と揖斐川に挟まれた、油島の手前までという広域で、長良川の対岸はちょうど一之手にあたる。ここの指図が、東家の内膳だ。

残る四之手は揖斐川西岸の勢州側で、三川の激しくぶつかる油島が含まれ、交代寄合北家の高木玄蕃（げんば）が指図役をつとめる。

「さて、薩摩藩は町請けを願い出ておられるが、この輪中の民どもでは不都合がござりますかな」

内膳が口火を切ると、郡代がすかさずうなずいた。

「これまでの国役普請はすべて彼らを使うたものにて、他国の者は木曽三川など知りもせぬ。商人に口出しをさせれば、いたずらに値を釣り上げることになりましょう」

「左様。他国人足を使うては御救い普請にはならぬ」

絵図面に群がっていた庄屋たちも一様にうなずいている。総寄合とは名ばかりで、ここは郡代と交代寄合が考えを摺り合わせる場にすぎない。

それでも靱負は膝を詰めた。

「ならばせめて川職人を雇うことはお許しいただきとうござる。人足賃は倍になろうと、三之手、四之手の普請は我ら薩摩ばかりでは不首尾も出てまいります」

上期の急破普請では元からある堤を修復するだけだが、下期の普請では海のようなところに川分け堤を一から築かねばならない。泳ぐのがやっとという武士や百姓にそんなことができるはずがない。

いかにも感じ入ったように内膳が郡代を振り向いた。

「噂通り、薩摩の衆は湯水のごとく金子を使うとみゆる」

「まことでござる。上様のお覚え目出たきを願うて普請に凝りたければ、他所でやるがよい。堤など美麗でのうてもよいわ」

郡代も内膳も、本心なのか愚弄しているのか分からない。だが靱負は実際に普請場を回ってみて、これはとても藩士だけでは無理だと思った。

「滅相もないことでございます。ですが三川を分かつとなると、我らのように木曽の川を初めて見た者ばかりでは」

「ほう、薩州にはこのような川はござらぬか」

「ございませぬ。はじめは海かと見紛うたほどにて」

郡代と内膳が同時に噴いた。

靱負は腹の底でゆっくり息を吸った。

そのかわり薩摩には年じゅう灰を降らす山がある。いくら耕しても物成の悪い砂のような地面は、少しの長雨で山ごと崩れることも珍しくない。

だから薩摩の家士は普請に慣れていないわけではない。だが油島のような場所でやみくもに働かせて、藩主重年から預かった大切な藩士たちに事故でもあれば、靱負には詫びるすべもない。

靱負は懸命に頭を下げた。

「大河を日に幾度となく渡るという大井川の川並ならば、人足賃を二倍払うても惜しゅうはございませぬ」

「ああ、ならば輪中の民の手間賃もそれと等しゅうしてやるのじゃな」

内膳は欠伸(あくび)を扇で隠しながら言った。

「人足賃が倍じゃと聞けば、当家の百姓どもも堪えるかもしれぬの」

「百姓と同賃では川職人どもが承服いたしませぬ。格別の技を持つ者が高う取るのは、ものの理(ことわり)でござります」

内膳がぴくりと眉をつり上げた。

「儂に道理を説くか。この地をどこと心得る。上様の御領と御親藩の狭間の濃尾勢州ぞ。我ら交代寄合とて、上様より格別の命を賜っておる。他国者などを入れて土地の秘事が洩れれば如何いたす」

郡代も脇息にもたれながら内膳へ媚(こ)びるような顔を向けた。

「薩摩は物知らずの田舎者ゆえ、我らが言うてやらねばならぬ。町請けなどにすれば、いいように商人に集(たか)られて高う人足賃を巻き上げられるのは目に見えておるわ」

「左様じゃな。商人どもは利をもっぱらに考えおるゆえ、堅固な普請など致すものではないわ。だが村請けならば己が田畑のためじゃ。手抜きはすまい」

常は反目し合うはずの郡代と交代寄合が、薩摩をやり込める折にはがっちりと手を結ぶ。

内膳はぱちりと音をさせて扇を閉じた。

「そういうことじゃ。薩摩は田舎者ゆえ関ヶ原でも負けたのよ」

靱負が思わず口を開きかけたとき、わずかに早く十蔵が身を乗り出した。

「薩摩は負けてなどおりませぬぞ」

おや、と内膳がおどけたように郡代を顧みる。

「わが高木家は関ヶ原で神君家康公を案内し奉ったによって格別の交代寄合に任じられた。薩州の島津家は関ヶ原ではどこにおられたものやら。よもや桃配山（ももくばりやま）の向かいではあるまいな」

内膳と青木が目配せをして笑い、十蔵が拳を握りしめた。桃配山は家康が陣を布（し）いた場所である。

「我ら島津は……、かつて関ヶ原でその名を轟かせたと同じように、此度はここで語り継がれるほどの普請をいたしますぞ」

「まこと、大口を叩くものじゃ。関ヶ原では西軍に属し、薩摩へ命からがら逃げ帰ったのではないか」

「なんだと！」

つい片膝を立てた十蔵を靫負が押しとどめた。だが内膳はいよいよ前のめりで言葉を重ねてきた。

「この地では薩摩風を通せるなどと思わぬがよい。いかに本領安堵であろうと、関ヶ原での負けは負けじゃ。おお、関ヶ原も美濃国であったの。ひょっと、この辺りを尻をまくって走られたのか」

内膳が身体を揺すって笑いをこらえ、その供侍はそろって噴き出しかけている。

靫負は目を閉じ、腹に力を入れた。そしてゆっくりと目を開けた。

もうここまでだ。

靫負は膝を立てて庄屋たちのあいだに割って入り、絵図面を筒に巻いた。

「大名並みが、ほざくのも大概にせよ」

十蔵が驚いて靫負を振り返った。

靫負は巻き終えると畳に当てて端を揃え、小さく息を吐いた。

「交代寄合は江戸城に登れば、どこで上様をお待ち申し上げておる？　わが薩摩守は御三家、御三卿がたに次ぐ大広間に控えるが、大広間ではそのようなことを申す大名はおられぬ。ならば松溜か、帝鑑の間か」

そのどちらにも譜代が詰めるが、交代寄合にその格がないことはこの場にいる武士はみな知っている。

「薩摩守が従四位下と知っての雑言か。まさか無位無官の者が申しはすまいな」

座は静まり返り、十蔵の顔からも赤みが消えていった。靫負が見込んだ十蔵は、これで得意げな顔をするような男ではない。

靫負は絵図面を手に立ち上がった。上座ではないが、広間の中央に立って皆を見下ろした。

「薩摩は此度、有難くも上様から御手伝い普請を仰せつかった。かつて関ヶ原で格別の働きをしたからこそ、同じ美濃で任じていただいたのじゃ。薩摩七十七万石のこの地での働きぶり、とくと見るがよい」

靫負はそのまま広間を出た。己のふるまいが江戸表へどう伝わるかより、居並ぶ庄屋がそれぞれの百姓たちに何と伝えるか、それのほうがこれからの薩摩にはよほど肝要だった。

カナが土間に下りて茶を沸かしていると、伍作が引き戸を開けて入って来た。

「ちょっと一杯よこせ」

言い終わらないうちに横へ立って、柄杓（ひしゃく）で一杯掬い上げた。

「つくづく内膳様は頼りになる御方だぜ。まあ生まれたときからここで暮らしていなさるんだ、輪中のこともよくご存じだからな。持ち回りの代官なんぞとは根が違うってこったな」

「そう。でも、総寄合を抜けたりしていいの？」

「百姓なんぞ、はなっから数に入ってねえ。口がきけるわけじゃなし」

伍作は柄杓を乱暴に戻すと、上がり框（がまち）にどっかりと腰を下ろした。

「やっぱり俺らが頼りにするのは高木家だけだな」

「交代寄合だろうと郡代だろうと同じだよ。百姓は毎年毎年、おんなじ普請ばっかりやらされてさ」

「けども、もうちっとで大井川の人足を呼ぶって話になりかけてな。そっちだけ人足賃を倍にするって薩摩がほざいたのを、内膳様は止めてくださったんだぜ」

「そう。それは良かったね」

カナには伍作の相手をしているひまはない。いつ呼ばれても出せるように、たっぷりと茶を沸かしておかなければならない。

「なあ。あの総奉行様ってのは、よく分からんお侍だなあ」

「ふうん」

「郡代様たちに何を言われても、のらりくらりと躱(かわ)してな。だけども内膳様ってのはえらい御方よ。大榑川の普請と油島の締切を薩摩に約束させちまったもんなあ」

伍作は板間にごろりと仰向けになった。梁についた煤(すす)を指さしてみたり、なかなか上機嫌のようだ。

「薩摩は油島んとこで三川を三つに分けるんだってよ。できるんかな、そんなこと」

「薩摩のお侍も大変だね。だけど本当に大榑川を涸れ川にしてくれるんだろうか」

「ああ、大榑川か。涸れ川にはせんで、洗い堰にするってな」

「なんだ……」

カナはため息をつきかけて、あわてて呑み込んだ。

大榑川は長良川から分かれて揖斐川へ注ぐので、締め切ってしまえばそのぶん長良川の水が増す。それはそのまま油島へ向かうから、やはり大榑川は残すことになったという。

「反対したのはどうせ桑原輪中だろうね」

「お前は大榑川のことばっかりだな」

億劫（おっくう）そうに伍作が身体を起こして何か言った。だがカナは茶葉を選り分けていて聞こえなかった。

「だけどもいい気味だ。普請じゃ水をかぶる輪中も出てくるからな、かわりに薩摩が新田を拓くってな」

この辺りではどだい、すべての輪中が得心できる普請などあり得ない。普請が大掛かりになればなるほど、堤を築いて弾いた分の水の行き先を考えなければならない。

「大榑川も油島も、御上が薩摩に渡した仕様帳にはなかったそうだからな」

「…………」

「油島はなあ。川下の松ノ木村まで半里あるっていうが、そこにぴったり堤を築いて揖斐川と長良川を完全に分けちまうんだと」

「へえ。ほんとにそんなこと、できるのかな」

カナは湯沸かしに茶葉を落としながら感心していた。

油島にはカナも行ったことがあるが、三川が合わさって一面の泥水で、まるで海のように右から左まで水面の切れ目がない。ちょっとでも雨が降ると竜でも飛び出しそうに水面が膨らんで、舟で渡るどころか陸から眺めているのですら恐ろしくなる。

「でも新田まで造らされるなんて、薩摩のお侍様も気の毒に」

「なに言ってる。どうせ俺たちは年貢を取られる一方だ。二言目には輪中、輪中って言ってやがるが、しょせんは御上の懐に入る米のことじゃねえか」

ああその通りだとカナは思った。

そのとき伍作はちっと舌打ちをして立ち上がった。

「さっきからお前は、俺の話を聞いてるのかよ」

カナが振り返ると伍作は顔を背けて出て行った。開け放した引き戸から土を蹴りつけて走って行くのが見えた。


靱負が美濃に入ってひと月半である。普請は二月の末に始まったが、閏二月を過ぎ、三月も晦日に近づいていた。

藩士はようやく川普請に慣れてきたが、五月になれば三川には雪解け水が満ち、それとともに百姓たちは田植えにかかりきりになる。そこまでを上期として普請はいったん終わるが、薩摩は下期に向けて蛇籠を編んだり石を集めたり、手伝いの人足たちがいなくなるだけで、やらねばならないことはむしろ増すことになっていた。

靱負はこの日も国許の鹿児島へ文を書いていた。普請はまだ全容もはっきり見えておらず、大坂で集めた金子も減るいっぽうである。急破普請ばかりの今は不首尾もないが、堤を支える石も蛇籠にする竹も食い物も、何もかもが値を上げ始めていた。

靭負は国許へ繰り返し文を出し、金子を送るように頼んでいた。薩摩では節約令が出され、御加勢金と称する献納金や年利七分の借上金も始まったというが、もしも町請けにできれば、まずは村請けの倍近い金子が入り用だった。

三月二十七日、これまでの諸色の費えを文にしたためていた靭負のもとへお松が駆け込んで来た。

靭負はちょうど灯明を吹き消したところだった。

「三之手の福束輪中でたいそうな騒ぎでございます。高木家の新兵衛様がお見回りに来られ、蛇籠の伏せ方がまずいと仰せになりました」

高木新兵衛は交代寄合三家の本家の当主だから、三人の水行奉行のうち薩摩が最も気遣いの要る相手である。本来は一之手の指図役だが、三之手は長良川を渡った対岸にあり、見回りのついでに立ち寄ったのだという。

「新兵衛様は蛇籠の伏せ直しを命じられた由にございます」

「三之手のどこだ」

「海松新田だそうでございます」

靭負は思わず額に手をあてた。仕様帳では五十二間にわたって蛇籠を伏せ並べることになっている。先達（せんだつ）ての総寄合で東家の高木内膳に啖呵を切ったつけが早速まわってきたらしい。

「どれほど危ない作業か分かって申しておるのか」

もとから堤が破れるほどの激しい流れの箇所に、背丈より長い、重い石の籠を埋めるのである。舟からゆるゆると眺めて難癖をつけるなど、底意地が悪いとしか言いようがなかった。

だが指図役に命じられてしまえば、手伝い方の薩摩は従わざるをえない。

「伏せ直しはどの蛇籠をと、指定なされたわけではないのであろうな」

「はい。端から端まで指しておられた由でございます。あの、御家老は今から参られますか」

「いや。私が行けば角が立つ。ともかく皆にはこらえよと申せ」

それどころか、はっきり五十二間と命じられてしまうかもしれない。

どのみちひとたび口に出したことは新兵衛も引っ込みがつかないだろう。いま靫負が出て行って面罵されれば、若い藩士たちに禍根を残す。

「くれぐれも怪我だけはしてくれるなと、海松新田の藩士たちにな」

お松が出て行くと靱負はふたたび灯明をともした。

三之手の急破普請の費えは七千六百両余、そのうち薩摩の応分は六千八百両余とされている。もとから幕府の仕様帳など当てにならないところへ、こんな理不尽も重ねられる。国許へ金子を乞う文など書きたくなくても頼る先は薩摩しかなかった。

そうしてよく眠ることもできずに夜が明けてから、靱負は三之手の海松新田に渡った。

長良川から分かれた大榑川が南を縁取り、川沿いから靱負の足下まで一面の潰れ地が広がっている。昨秋の大洪水で大榑川から大量の泥水が流れ込み、稲を押し流すだけ押し流して、あとはそのまま霜が下りる時分まで水が引かなかったという。田には小石がまき散らされ、ところどころ土塊から下草が勢いよく伸びている。

「いったい高木様はどこからごらんになったのだ」

傍らの吉次に呟きながら、靱負は破れた堤のほうへ歩いて行った。

ここが以前、稲をつけたとは信じ難い一面の泥である。一歩踏み出すたびに足が沈み、はたして堤がつながれても田がよみがえるかは分からない。ただこの辺りはまだ海も遠いので、溢れた水に潮が混ざらなかったのが救いである。

「堤はあらかた、つながっておるではないか」

もとから残る堤と比べても、法面（のりめん）にも幅にもまったく遜色がない。石を詰めた籠をいくつも積み重ね、そこに土をかけてひたすら踏み固めたのである。

土に含まれた水が一滴残らず滲み出すまで幾日も丸太や足で踏みつづける苦労は大名気取りには分かるまい。ほんのいっときでも雨が降れば、また一からやり直しなのだ。

河岸へ近づくと、堤の切れ目で藩士たちが男を取り囲んでいる。藩士たちの軽衫姿とは違って羽織である。

あっと靱負は駆け出した。幕府の普請役に藩士たちが何か言い募っているらしい。

「ああ、これは総奉行殿」

先に普請役がこちらに気づいて振り向いた。たしか郡代配下で青山喜平次というのではなかったか。

「今朝は西家の高木様より知らせをいただき、急ぎ参った次第にて」

柄の大きな、ゆるんだ瞼が目に落ちかかっているような男である。

「此度はまた厄介なことになりましたなあ」

今にもつかみかかりそうな藩士たちの中で、喜平次はしまりのない話し方をする。だが喜平次に怒りをぶつけるのは筋違いだ。

「さあ、皆は持ち場へ戻れ。青山殿とは私が話す」

「ですが御家老。どこをどう直せばよろしいのでございますか。高木様は他の普請場も見て回られた由。この場だけ伏せ直しとなれば新たな費えもかかり、我らは皆に申し訳が立ちませぬ」

「そのほうたちは費えのことまで案じずともよい。ともかく怪我などしてくれるな」

「ですが、どこを」

靱負がとにかく堤を指して腕を大きく払ったときだった。

「その必要はございませんなあ」

喜平次が顔の前で手のひらを振った。

「それがしは見分を仰せつかったゆえ、朝から堤の脇を歩いてまいりましたが、どこも十分な出来とお見受けいたしました」

藩士たちがざわめいた。喜平次は相変わらず、垂れた瞼で大樽川を遠望している。

「たぶん高木様の御巡察の折は、群雲でもあって立籠が傾いて見えたのでござろう。朝の光で見れば、薩摩御家中ご苦心の堤、まだ途中とはいえ見事なものでござる」

藩士たちは互いに顔を見合わせた。

「高木様にはそれがしが文をしたためまするゆえ、左様、立籠を五つ六つ、直していただけますかなあ」

「それだけで宜しいのでございますか」

「さすがに何もせなんだでは高木様もお立場がござるゆえ」

喜平次は困ったように笑って人さし指で頬を掻いた。

「水行奉行様の仰せゆえ、たしかに目に余る不出来があったと文には書かねばなりませぬ。ここは高木様の顔をたて、そういうことにしてくださらぬか」

「なんと、かたじけない」

靭負は肩に入っていた力が抜けた。藩士たちがいっせいに堤へ駆け出したとき、思わず額に手をあてて空を仰いだ。

「青山殿、どう礼を申し上げればよいものか」

「いやいや、この足で歩いてまいり、真実そう思うたまでのことでござる。いや、それがしなど大した御役には立てぬが、かねて郡代様が薩摩の皆様のことをたいそう案じておられまするゆえ」

「郡代の青木様が？」

喜平次は人の好さそうな笑みを浮かべてうなずいた。

幕府はこれまでにも木曽三川の普請には多年の実歴があり、交代寄合や尾張藩との軋轢も今に始まったことではない。郡代の青木次郎九郎も幕府の威光で尊大にふるまっているが、禄高でいえば三百五十石にすぎない。それで大名並みの交代寄合や薩摩藩に張り合わねばならないから、実はたいそう気苦労をしている。

「郡代様はこれまで、流域の惨状もつぶさに見てまいられました。輪中の民どもの訴えで、この地をくまなく歩いて普請願いをしたためられたのはあの御方でございましてなあ」

靫負はうなずいた。細密な絵図面といい、それをもとにした仕様帳といい、一朝一夕に書けるものではなかった。どの輪中の周囲に何間にわたって堤を築き、この村では川底の砂を浚い、石を撒き、その新田では猿尾を置き、あるいは堤に穴を開けて水を流せと、それは細かい指図がなされている。

「この地の川はまこと、凄まじいものでござってな。郡代様はいつも、人が住むのが早すぎたのじゃと仰せになっておられます」

つくづく靱負にもよく分かる。ここはまだ川の流路も定まらず、三川の押し流す土砂が海と戦っている最中である。

「人はまことに非力でござる。せめて皆が持てる力を合わせねばなりませぬ」

「左様にございますな。幕領があり、尾張中納言様の采邑地があり、交代寄合衆が治め、輪中の民が張りついている。己の輪中のみを考えておる百姓どもはいっそ楽でござろう」

郡代もこの喜平次も、外様の薩摩などには語らないが、幕府には高須藩の扱いという難題もある。高須藩は福束輪中にほど近い海津を領国とする禄高三万石の小藩だが、尾張徳川家の連枝であり、その地に指図することは親藩尾張に口出しをしたも同然になる。

高須藩は元禄のはじめ、あまりの水害の多さに一度は廃藩となっている。そのとき幕領として郡代の支配下に置かれたが、ふたたび親藩尾張の支藩として立てられたのである。

「なかなか三川ひとくるめで普請をいたすことができぬ土地でございますな」

「左様でござる。それゆえ郡代様は此度の薩摩の御手伝いに望みを託しておられます」

幾百とある村々の願い出を一つひとつ聞いていては普請など覚束ない。三川と海から地面を守るためには、皆がそれぞれ矛を収めねばならぬところもある。

「木曽三川の普請は、島津家ほどのお力なくば決して叶うものではございませぬ。少なくとも郡代様はそのことがよう分かっておられます。なにとぞお見捨てなきようにに願いまする」

郡代は郡代で、そこまで言える配下を普請役に選んでいるのだった。

喜平次はその日のうちに高木新兵衛にあてて文を書いてくれた。その中味を靭負は知らないが、新兵衛からはその後、どんな横槍も入れられなかった。

第四章　木曽三川

四月に入ると日差しは急に強くなり、揖斐川もいくぶん水かさを増したようだった。

揖斐川は三川のうち最も穏やかで、それ一筋では滅多に溢水しない。だが西に傾いた平野の東側に長良川と木曽川があったから、二川がいつも流れ落ちてきた。そのため三川がぶつかり合う四之手の油島では、下期の普請で仕切りの堤を築き、揖斐川をあとの二川と分けることになっていた。

昨秋の大洪水で油島の上手の揖斐川沿いがひどい水浸しになり、西岸では堤がことごとく破られた。それで油島に取りかかる前に急破普請でそれらを補修することになり、薩摩からは永吉惣兵衛と音方(ねがた)貞淵が普請掛に任じられて四千六百間にも及ぶ堤を築いていた。

惣兵衛と貞淵は薩摩では同じ町内で生まれ育ち、この美濃へも揃って来た朋輩だった。どちらも泳ぎは得手で恰幅も良く、四つの普請場のうち最も難場といわれる四之手に配されたときは抱き合って喜んだものだった。上期では盛り土をするばかりだが、下期になれば水に潜ることも多くなる。普請掛として数百人を束ねることになっても、そうそう泳ぎで引けは取らぬと思っていた。

二人は毎朝、止宿している百姓家を出るとわざわざ油島の対岸を歩き、早くここにかかりたいものだと言い合った。辺りは見渡すかぎり海も川面も陸も、一切が平らに続いて木の一本すらなく、目を凝らせば東の木曽川の向こうに腰を屈めて土を搔いている二之手の藩士たちの姿が見えた。

朝から潮の香は強かったが、夕刻になれば揖斐川はぴたりと流れを止める。はじめは二人とも首をかしげたものだったが、潮が満ちて川の水を押し戻しているのだと分かるようになった。この辺りでは川が川ではなく、ときに海が相手となった。

ひたすら破れた堤に盛り土をする日々が三ヶ月も続き、一之手の小藪村で、仕様帳にはなかった新田掘りが御手伝い普請に加えられたと聞いたのは四日前のことだった。藩士たちはそれぞれ持ち場近くの百姓家などに分宿して行き来もないから、他の普請場の話はそれほどは伝わらない。だが人足として働く輪中の民は、同じ村内でも別の普請場へ行くから、家へ帰っては互いに噂を持ち寄るのである。

　惣兵衛と貞淵はこれまでの暮らしはほとんどが野良だったから、気のいい輪中の女房たちのざっかけない話を聞くのも楽しかった。どこの国でも鍬ふるいに女の話し声が欠かせぬのは同じだと笑い合っていた。

「お侍さ、これからの時節は四刻、八刻、十二刻を覚えていなさるがええのう」

　三尺ほどの棒で盛り土を突いていた老婆が手を止めて腰を伸ばした。三ヶ月のあいだ、一日も欠かさず普請場へやって来ては一人前の人足賃を巻き上げていくので、内心惣兵衛たちも顔をしかめている輪中の年寄りである。

　老婆が突いているのは千本という道具で、突くたびに盛り土からは水が湧いて出る。その水が切れるまで突くと堤は頑丈になり、増水しても破れない。

「揖斐の山々に雨が降れば四刻でここの水が増す。大日ヶ岳に降れば八刻で長良川が」

「木曽の山ならば、十二刻で木曽川が増えるというのであろう」

　貞淵は鍬を地面に下ろし、柄に顎を乗せて合手を入れた。

「婆よ、最前からよう休むのう。その口と同じように、もそっと手も動かしてくれれば有難いがのう」

わざと聞こえるようにため息をついて、貞淵はまた鍬をふるった。

「薩摩の百姓は働き者ゆえな。このような堤、国許なら半分の手間でできるわ」

「お侍さあは人使いが荒いのう。わしらもこれで精を出しとるで」

「ようも言うものじゃ。我らも常なら薩摩の土地を耕しておる。わが家にもお前のような婆さまがおってのう。腰も折れ曲がっとるが、今年は男がおらぬゆえ、朝から晩まで田に入っておるじゃろう。普請さえなくば薩摩へ帰って手伝うてやりたいわ。今時分、我らの国許では食うものも食わずに美濃の人足賃を集めておるであろうの」

薩摩では残された女子供や年寄りたちが田の面倒を見ているが、美濃では男たちは己の田に帰り、あぶれ者の年寄りが手間賃欲しさに普請場にやって来る。しかもその費えは、美濃など見たこともない薩摩の者たちが、爪に火をともして貯めているのである。

「なあに、お侍さ。わしらは薩摩をそりゃ有難いと思うておるで。まさか潰れ地のあとに新田を拓くのまでやってもらえるとはなあ。わしが四之手に来られるのも御上のおかげじゃ」

老婆は木曽川に向かって手を合わせた。その東に尾張があり、江戸城があることを輪中の百姓は知っている。

「おうおう、ならば婆よ、せめて西を向いて拝め。薩摩はあっちの空じゃぞ」

惣兵衛がだるそうに逆をさした。この辺りの土は水を多く含むから、薩摩とは違って一搔きが重い。

「なあにさあ、なんでも薩摩に頼めばやるんじゃて教えてくれなすったのは御上じゃわ。お前さんらはそんなことも、儂らには隠しておって」

「なんのことだ」

「儂らは潰れ地のことは諦めておったで。じゃが薩摩のお侍さには何を言うてもいいんじゃろ」

老婆は屈託がない。惣兵衛と貞淵は首をかしげて顔を見合わせた。

「なに、薩摩は関ヶ原で負けたけえ、なんでも言うことを聞かねばならんのじゃろ。あっこの関ヶ原じゃあ、それは大きないくさがあったんじゃろう。儂らはあんまりよく知らんかったけども」

　貞淵がぽんと軽く鍬を下ろした。

「婆よ、そのようなことをどこで言うておる」

「どこ？　うちの嫁は多良役所で聞いたと言うとったがな」

　油島から西へ行った、多良にある交代寄合衆の役館である。西高木家の陣屋のことで、普請場でいえばこの四之手が最も近い。

「貞淵、手を休めるな」

　惣兵衛が低く声をかけた。そちらに目をやると、惣兵衛は青ざめた顔で鍬をふるっている。夏はともに海や川に潜り、剣術も学問も揃ってやってきた仲である。何も言わなくても互いに考えていることはよく分かった。

「さあて。儂らは日暮れまでにここを仕上げるぞ。婆ももそっと腰を落として力を入れんか」

　貞淵は声音を変えずに老婆に笑いかけた。まだ短い春の日はすでに中天に昇っていた。

同じ百姓家に止宿する惣兵衛と貞淵は夕餉を断って外へ出た。まだ日もわずかに残り、多良役所まではそう遠い道のりでもなかった。

「飯は食わんでよかったか、貞淵」

「無論。そのほうがいざとなれば都合が良かろう」

惣兵衛は黙ってうなずいた。交代寄合の陣屋へ行くからにはどちらも覚悟はできていた。

暗がりの峠道を歩くあいだ、二人は一度だけ話をした。

「惣兵衛、儂は美濃の百姓と軽々しく口をききすぎたかのう」

「いや、そのようなことがあるものか。貞淵が明るう声を上げるゆえ、儂も皆も、鍬が軽うなっておったのじゃ。薩摩も美濃も、土地を耕す苦労は変わらぬぞ。美濃の百姓どもの暮らしがこれでわずかでも楽になると思えば、なかなかに良い御役であった」

きっと堤もすぐにつながると、惣兵衛は気持ちよさそうに微笑んだ。

二人の目に懐かしく浮かぶのは力いっぱい煙を吐く桜島や、城山の懐に抱かれた天守も持たぬ鶴丸城である。薩摩では城下の隅のほうに建った粗末な長屋暮らしで、しじゅう引き戸を開け放して子らが飛び出して来た。女房たちは夜明けから溝に並び、洗濯に余念がなかった。

「おぬしは薩摩にいた時分と何も変わらなんだなあ」

「おぬしもな、惣兵衛」

やがて篝火(かがりび)を焚(た)いた門が道の先にあらわれた。すぐに門番の侍が気づいてこちらに目を凝らした。

「水行奉行様にお取り次ぎ願えまいか」

ともに四之手の普請掛だと名乗ったが、門の侍は首を振った。

「総奉行様よりのお使者ではなかろう。身分を弁(わきま)えよ」

「ぜひにも問い質さねばならぬ儀があって参った。どうかお取り次ぎ願いたい」

「問い質すだと？」

門番が身構えたとき、式台から二人ばかり駆け出して来た。

「薩摩の者は帰れ。明日も朝から野良が待っておろう」

一人が走りながら叫んでよこすと、門番までが笑った。

「用件も聞かずに無礼であろう」

「ああ、我らでよければ承ろうか」

胸を張った侍に、貞淵がうなずいた。

「我ら薩摩は御手伝い普請に命がけで臨んでおる。百姓らにつまらぬことを吹き込むのは止めてもらえまいか」

「つまらぬこと？」

「薩摩は関ヶ原敗残の者ゆえ、百姓といえど好きに使うてよいと申したそうではないか。そのほうらも侍ならば、武士が百姓どもに愚弄されて御役など果たせぬことは分かるだろう。そうでなくとも此度の普請は、皆の協同が何よりの肝要じゃ。人足どもが薩摩を甘く見るようなことが続けば我らとて」

「ほう、どうすると言うのだ」

惣兵衛があわてて割って入った。

「我らは話をつけに来ただけだ。争うつもりは毛頭ござらぬ」

「話をつけにだと？ これは難癖ではないか。そこの関ヶ原で負けて逃げ帰りおったのは事実ではないか。それゆえ人足として美濃で泥を掻いておるのであろう。百姓どもがあまりに物知らずゆえ、我らが教えてやったまで。それのどこが偽りか」

陣屋の侍たちは薩摩をあからさまに見くびっていた。だが惣兵衛も貞淵も、はじめからそれは考えてきた。

藩主重年からは普請が始まる前に心得書が下されている。なにごとも紛議を醸さず、円満に普請を進めてくれるよう。役人衆には慇懃に、決して慮外の働きなどなさぬよう――。

だから貞淵らは顔色は変えても、決して太刀に手をかけるような真似はしなかった。

「我らのような一介の藩士が殿の御名を辱められてそのままに打ち捨てることができぬのは、そなたらも武士ならば分かるであろう。我らは争いなどいたすつもりはない。普請をなだらかに進めたい、そのために愚かしい物言いは止めてもらえぬかと頼んでおるのじゃ」

「愚かとはあまりの雑言じゃ。島津は関ヶ原で負けおった。薩摩守はその島津義弘の末裔よ。それのどこが申してはならぬことなのだ？」

侍たちが得意げに笑い声をたてた。惣兵衛と貞淵はじっと胸に手をあてて重年の心得をひそかに唱えていた。

　喧嘩口論かたく相慎むべし。もし何様の儀これあり候とも、堪忍せしむべく候。奉行の下知相背くべからず――。

　二人の瞼には病の身をおして藩士を見送りに出た重年の姿が浮かび、眉を曇らせて普請場に立ち続ける靱負の顔がはっきりと浮かんでいた。

「さあ帰れ、帰れ。我らこそ、妙な言いがかりをつけられるは迷惑千万。我ら互いに、諍いを起こせば主に咎が及ぶのだぞ。そのようなことも弁えられぬとは、薩摩家中はどうなっておる」

「待たれよ。我らとて覚悟を決めて参ったのだ」

「覚悟とは、ようもほざくものよ。美濃での薩摩は、何もできぬ腑抜けの集まりじゃ」

　惣兵衛はそっと拳を握りしめた。

「我らは殿より、なにごともお申し付けの通りにと言いつかっておる。それを破るようなことはせぬ」

「おお、それは重畳。薩摩守殿も我らと同じことを仰せられておるのではないか」

侍たちはあっさりと背を向けて、高笑いを残して陣屋の中へ消えた。

茫然とそれを見送った二人は門番に払われる前にどちらからともなく歩き出した。

もう日は完全に沈んでいたが、四之手へ帰る道はぼんやりと白んで見えていた。

「儂が悪かったかのう」

貞淵はそう言ったが、声はわずかも淀んでいなかった。

「なあに。儂も悪かったかもしれぬ」

そう応えた惣兵衛の声も澄んでいた。往きで背負っていた重いものはどちらの胸からも消えていた。

さばさばして見上げた空には美しい星が出ていた。

「見てみろ、惣兵衛。儂は美濃に来て初めて星を見た気がするぞ」

「星空は薩摩と変わらぬのだな。ならば毎晩見ておけばよかったかの」

「ああ、それはたしかに大損をしたことだ」

互いの心ははっきりと分かっていた。薩摩では、誰よりも潔くあることを競ってきた半生だった。

「我ら二人でよかったな」

「ああ。殿やわが薩摩を侮る言葉は、儂とおぬししか聞いておらぬ」

「我らさえ口を閉ざしておれば、殿が愚弄されたことにはならぬ」

顔を見合わせると大きな笑みが浮かんだ。細い山道に、空高く笑い声が舞い上がった。

やがて二人の耳に川の流れる音が聞こえてきた。道の先に見慣れた百姓家がぽんやりと浮かび上がっている。

「悔いはないのう、貞淵」

「ああ。おぬしとはまこと、ともによう励んでまいった。愉しかったな」

「いかにも。どこまでも同じ荷をかかえてまいるのも一興じゃの」

貞淵と惣兵衛は肩を叩き合って門をくぐった。


四月十五日の早暁、お松は大牧の本小屋を駆ける慌ただしい足音で目を覚ました。空はまだ白みだしたばかりで、普請の始まる刻限には一刻以上もある。だがそのただならぬ気配は、屋敷の隅のお松の居室まではっきりと伝わってきた。

急ぎ身繕いをして廊下へ出ると、カナが青ざめた顔で走って来る。ちょうどお松を呼びに来るところだったらしい。

「ああ松之輔様、大変でございます。すぐ総奉行様のところへおいでくださいまし。四之手で御切腹があったそうでございます」

「切腹ですって？」

つい声が裏返ったがカナは気づかなかった。カナは首が折れそうなほど激しくうなずいて、廊下の端から庭へ飛び出して行った。

屋敷の中はどの障子も開け放たれている。美濃へ来て怪我人もなかったのに、いきなり死者が出てしまったのだ。

「ああ、大目付様。どなた様が……、切腹なさったというのはまことでございますか」

十蔵を見つけて、お松は思わず袖にすがった。

「おお松之輔か。四之手のな、百姓家の庭隅だそうじゃ。夜半に続けて腹を切ったようでな」

「続けて？」

「普請掛の永吉惣兵衛と音方貞淵の二人が腹を切った。どちらも書付の類を残しておらぬゆえ、誰ぞ何か聞いておらぬか、いま調べておる」

昨夜、二人は夕餉を断り、上石津村の多良役所へ行くと告げて出かけたらしい。だが陣屋のほうでは、二人は来ていないと言っている。

お松は十蔵とともに靫負について行った。

百姓家の庭にはすでに藩士が集まり、二人の亡骸が戸板に乗せられていた。

二人の腰の物は浄めて鞘に納められている。蠟のように白い顔のすぐそばに、土に吸われた血溜まりがまだ消えずに残っていた。

「いつのことだ」

靫負が尋ねたが応える者はなかった。二人が覚悟を決めた刻限も、何があったかも、誰も知らないのである。

靫負は膝をつき、そっと二人の頬に触れた。

「なぜお前たちが腹など切らねばならぬ。お前たちが死ぬことなどなかったのだぞ。なんのために私がここにいる……」

靫負の頬を涙が伝っている。その場にいた藩士たちはみな声を殺して泣いていた。

美濃へ来てからずっと二人の下で御役についていた者たちだ。

　ここは皆、無力な者の集まりだ。失態もない二人の切腹の因に、誰もが少なからず思い当たることがある。だがたとえ総奉行であっても、その理由を聞かされても、何も言ってやることはできない。ただ堪えるしかないのが、幕府が命じた御手伝い普請だ。靫負が涙を流すのは己の非力のゆえだ。

「吉次……。この辺りに二人を葬ってやれる寺はあるか」

　吉次は常に影のように靫負に寄り添っている。

「桑名の海蔵寺はどうだろうな。あの寺の和尚（おしょう）なら、くどくど尋ねたりしねえだろうが」

「ふむ。察しが良いな」

　靫負は立ち上がった。近在の寺社には、薩摩と関わりになるなと内々に通達があったと聞かぬでもなかった。だから二人を葬ってくれるかどうかは頼んでみなければ分からなかった。

「皆……、誰と何があったなどと、二人の死を詮索するな」

「ですが、御家老」

靭負は静かに首を振る。

「真実、遺恨があったのか、相手は交代寄合か高須藩か、幕府御普請役か郡代か。こうして二人並んで腹を切ったのだ、いずれ普請にまつわることが因であろう。だがそれでも、二人は何も言い残してはおらぬであろう」

「…………」

「二人で呑んで、二人で背負うて旅立ったのだ。我らが忖度するのは、二人の意を無にするのではないか」

きっと惣兵衛と貞淵にはこの世に恨みはない。次の諍いを招かぬように、二人だけで周到な死を選んだのだ。

藩士たちはそっと戸板を持ち上げると靭負のあとに続いた。

お松はただぼんやりとその後ろを歩いていた。美濃から生きて戻るのは決して並大抵のことではない。藩士たちの誰一人、その覚悟を持たずに薩摩を離れた者はいないのである。

どれぐらい歩いたのか、やがて寺の山門が見え、吉次が走り込んで行った。

戸板が山門の前で止まり、靭負だけが入って行く。お松がついて入ったのは頭が動いていないからだった。

　石畳もない手水所（ちょうずどころ）の前を通り、靱負は一歩一歩踏みしめて歩いて行く。古びた本堂の前には住持らしい僧侶が立っていた。

　白い髭を伸ばし、頭は空豆のように頭頂でへこんでいる。靱負が深々と頭を下げると、小さくうなずいて近づいて来た。

「お二方とも、薩摩の御方かな」

　住持は双方に手を合わせた。

「何があったのですかな」

「薩摩に連れ帰ってやることはできませぬゆえ、こちらへ葬ってやっていただきとうござる。ごらんの通り、腰の物にて怪我を負いましてございます」

「ほう……」

　駆け寄った藩士たちがざわめき、住持が目をしばたたいて靱負の顔を覗き込んだ。だが腹を切ったと言えるわけがない。切腹したとなれば法度により双方の家は断絶である。

「お武家様のことじゃ。ゆえあってお腹を召されたのではございませぬかな」

「断じてそのようなことは。どうか和尚殿。この者たちのことで向後、決して寺には厄介はかけませぬ」

　ならぬと言うなら、関ヶ原で死んだ数多の家士のように、道ばたに墓石を建てるまでである。

「切支丹（キリシタン）ではござらぬな」

「無論。音方貞淵などは国許では宗門改め方でございました。明日にも当方より一札入れ申す」

　住持はうなずいた。

「このお二方の煩いはもう消えて無（の）うなった。総奉行殿もそう思い定めて、今日をかぎりに己を責められぬことじゃ。お二方はもはや御仏となられた」

　靭負が顔を上げたとき、住持がわずかに微笑んだように見えた。

　読経が終わると靭負は本堂へ招かれた。

「さぞやお忙しかろうが、茶の一服ぐらいは差し上げてもよろしかろう」

住持はさっさと背を向けて階を上って行った。

「吉次はどこでお拾いなされたかの」

靱負に茶をすすめながら住持が尋ねた。

「息災にしておるようで安堵いたしました。目をかけてくだされておるのですな」

「やはり和尚殿は、吉次を昔からご存じでございましたか」

「ああもう赤児の時分からでしてな。あれは一風変わった童でございましたゆえ、よう覚えております」

住持は自らも湯呑みに手を伸ばした。

三川の流域では毎年夏から秋にかけて必ず出水があり、そのたびに笠松役所は堤方を遣わして溢水のようすを細かく帳面に記していく。翌年に春役として定式普請を行うためだが、吉次は幼い時分から何が面白いのか、その堤方役人の後ろをついて歩いていたという。

「あれは大垣近在の庄屋の倅でございましたがな。いつぞやの大水で二親をもっていかれましてな」

父親は亡骸さえあがらず、母親は土石に埋もれた家の中から二日後に見つかった。

吉次は手を血だらけにして泥を掻き続けたが、泥流に押し流されてきた大岩は人の力ではどうにもできなかった。

「出水とは凄まじいものでござってな。目の前の、その土の下に母親が埋まっておると分かっていても、どうにも引っぱり出してやることができん」

土の下から助けを呼ぶ声はだんだん小さくなり、やがて辺りが凍ったように静まりかえる。明かりもない闇の中に吉次の泣き声だけが響く。

「それで吉次はこの地を離れたのですな」

「左様。輪中の米を買い付ける商人に連れられて行ったゆえ、いずれ大坂にでもおるかと思うておりましたがの」

ちょうど吉次が生まれた時分から、三川の川下では続々と新田が拓かれるようになった。そうなると流路が固定される上に遊水池は減り、吉次の暮らしていた川上の輪中もひんぱんに出水に襲われるようになった。

支流では逆に流れが滞り、悪水被害も出た。輪中はそれぞれに対立を深め、そこに元からあった交代寄合や藩、幕府の思惑が複雑にからんだ。

吉次はまだ少年だったが、木曽三川の流域をひとくるめにして、なんとか溢水を減らせないかと懸命に考えていた。出水の跡を調べる堤方役人について歩いていたのもそのためだ。

当時、吉次の輪中では、そばを流れる大榑川を涸れ川にしたいと多良役所に願い出ていたという。村々の上願は、濃尾平野に領国を持たない高木三家が裁断を下すことになっていたが、郡代の笠松役所にも聞き合わせをするので、事はいっこうに進まなかった。

そのあいだにも三川は日々、川上から土砂を運び、輪中の堤の外では目に見えて川床が高くなっていく。輪中の民も負けずに堤を高くしたが、もう雨など降らない時節でも、川に浮かぶ舟の底板が家の屋根と同じ高さにあったという。

靫負は茶を飲みながら三川の絵図を思い出していた。大榑川の出水で家が流されたといえば三之手だろうが、靫負はまだ大榑川が暴れた姿は見たことがない。

大榑川は木曽三川に比べれば小指で搔いたようなものである。もとは長良川の出水の跡を輪中の民が掘ったものだが、三川といい大榑川といい、いっこうに流路が定まらぬのだ。下期で大榑川に手をつけるときは、長良川の水を揖斐川に入れるなど真っ平だと腹を立てる輪中もあるだろう。

「薩摩のお方には美濃の民の苦労など知ったことではなかろうが、ここの者たちは幾百年も荒ぶる川と戦うてまいりましてな。泥の中に堤を築き、それでも水に呑まれてまた立ち上がる。三川を抑えようと抗うて、年々の普請をしても民は命を落とすばかりじゃ」

住持は公儀の繰り返してきた数々の普請のことを言っていた。

「春役じゃ国役じゃと言いながら、交代寄合も郡代も、尾張中納言様も、結局は己を利することしかせぬ。それにひきかえ輪中に暮らす者らは命がかかっておる。水、水と争うのも無理はなかろうて」

百姓たちは武家にいいようにあしらわれ、輪中ごとの対立を煽られるような目にも遭ってきた。

「わが薩摩はなんの因果か、その渦に巻き込まれることになりました。ですが巻き込まれたうえは、なんとか三川を抑えて百姓どもの助けになってやりたいものでございます」

三川がどれほど暴れ、人の営みを拒もうとしても、幼い子らを押し流すのは許さない。この地に人が入るのが早すぎたのだとしても、子らはここで生まれたのだ。

「総奉行殿はもはやお気づきかの。この地には暗君はおりませんぞ」

靱負は黙って住持を見返した。何百年も連綿と続いた薩摩に莫迦殿はいないが、それなら千年保たれてきた輪中の地もそうだったのかもしれない。

「鳥が空を羽ばたかねば生きてゆけぬように、ここでは人は水を掻かねば、みな海に沈む。この地では郡代も交代寄合も、民の倍は川のことを考えておるゆえ、人の上に立っておられるのじゃ」

ここでは人は日々、水と戦っている。その指揮をとる郡代や水行奉行が愚かな怠け者であるはずがない。

「なれど人とは、つい己が何と戦うておるのか忘れる生き物にございますな。三川があまりに強大で、目を背けとうなるゆえかもしれぬ」

あの新田さえ拓かなければ、あの輪中さえなければと、百姓たちはいがみ合う。そして侍たちは藩だ御家だと多くのしがらみにとらわれる。もしもその垣根を越えることができれば、人にはきっと三川をも宥める知恵がある。

障子から明るい光が差し掛かり、日は今日も何も変わらず昇っていく。

住持が立ち上がり、靱負も従った。

「吉次は幼かったゆえに、水にも争いにも倦んでしもうた。吉次のかつて見た夢を叶えてやってくだされよ」

山門で住持が背を向けたとき、靫負はずっとその後ろ姿を見送った。

きっとこの寺に世話になるのは今日が終わりではない。和尚とはこれから幾度も会うことになるのだと、靫負は己の登り始めた山の険しさを思っていた。


二之手で次の死者が出たのはそれから十日も経たない四月二十一日深更、寅刻（午前四時）のことだった。

大牧の本小屋にははじめ、また四之手の藩士が切腹したと伝わって、お松は今度こそ百瀬主税ではないかと背筋が凍りついた。だが仔細が明らかになってみればそれは木曽川東岸の普請場に配された侍で、交代寄合の西家家臣、内藤十左衛門という者だった。

お松たちがその知らせを聞いたとき十左衛門にはまだ息があり、止宿する百姓家で療治を受けていた。お松はカナを連れてその百姓家を訪ねたが、真一文字に切れた腹をちょうど医師が縫い合わせているところで、カナはあっと叫んでそのまま気を失った。あとは二人揃って縁側へ出され、お松はせめてもと庭にできた血溜まりに土をかけていた。

後ろから主税に声をかけられたのはちょうどそのときである。

「お松殿も青い顔だ。そのようなことは私がしよう」

だがお松は頑なに首を振った。お松は美濃では松之輔だ。お松が女に戻れるとしたら皆でつつがなく薩摩へ帰り着いたときだが、はるかな薩摩へ帰れる日など来るとは思えなかった。

「まさか交代寄合衆の御家臣までが腹を切られるとは」

傷口を縫い合わせて膏薬を貼ったというが、もう長くは保たないだろうと主税は言った。それがかえって苦痛を長引かせることはお松にもよく分かっていた。

「なにゆえお腹など召されたのですか」

書置きもなく、たった一人で、あの傷口を見れば十左衛門の覚悟のほどが知れる。深々と腹を抉った疵は胴がつながっているのが不思議なほどで、喉にはそのあと突いた痕が二つもあった。

医者など呼ばず、そのまま介錯してやるのが本人のためだった。だがこの百姓家には郡代の青木次郎九郎までが駆けつけて、虫の息の十左衛門から理由を聞き出そうとしている。

「堤の盛り土が薄いと、御徒目付様にやり直しを命じられたそうだ。西家から配されておったゆえ、主家に泥を塗ると窮したらしい」

十左衛門は郡代の他には誰にも事情を話そうとしなかった。だがよくよく尋ねてみれば、十左衛門は己で盛り土が薄いと気づき、先に人足たちにやり直しを命じていたという。

それを村の庄屋が口先ばかりでいっこうに働かず、幕府の見分の日になった。案の定、目付からは叱りを受けたが庄屋のせいでやり直しもままならず、これでは主に申し訳がたたぬと思いつめたのである。

「この地の百姓は、薩摩の百姓とはまるで違うておるな。侍だとて恐れもせぬ」

「輪中の民は肋が一本多いと申すそうにございます」

お松もその謂れは知らないが、身体が逞しく、そのぶん肚も据わっている。侍の脅しにびくともしないのは、武士も刀も呑んでしまう三川の地を耕せるのは己たちだけだと知っているからだ。

そして近頃のお松はそれを正しいことだと思う。人が何より畏れ敬わねばならないのは自然そのものだ。三川の傍らで暮らせば、人には武家も百姓もない。

「なるほど我らも輪中の民というものをもっと深く知らねばならぬ。御公儀や交代寄合のやりように腹を立てても詮無いことだ」

「どうかくれぐれもお怪我のないようになさってくださいませ。自刃などと聞けば主税様ではないかと案じられて……」

辺りが滲んで見えて、お松は我に返った。あわてて主税から目をそらすと、縁側の柱にもたれさせておいたカナがいつの間にか姿を消している。

主税もそそくさと駆け出した。

お松はその背を見送って、百姓家の周りを歩いてみた。

ここは海が近い木曽川の東岸だが、家康の御囲堤は筏川の上手で切れている。侍を止宿させるだけの身代だから離れがあって、そこにも舟が立てかけてあった。

その陰に、どことなく見慣れた、帯を高く結んだ女が立っている。

お松が目を凝らすとやはりカナの背で、男がちょうどこちら向きになって何かを手に握らせている。

お松が引っ込むより先に男が気づいて、とんとカナの肩を叩いて踵を返した。男はいつも畚負が連れている吉次のようだった。

「松之輔様……」

カナがきまり悪そうにしているのでお松はそのまま行こうとした。

「あの、松之輔様、さっきは粗相をしてすみませんでした」

はきはきと言ってぺこりと頭を下げた。カナというのはどこか仕草に品のいいところがあると思うと、少し心が落ち着いた。

「もう大事ありませんか」

「はい。すみませんでした。あの、あのお武家様は助かりますか」

「カナ……」

「中和泉新田の百姓たちが言うことを聞かなかったというのはまことですか。輪中の民があのお武家様を追いつめたから、切腹なさったのでしょうか」

目から涙がこぼれ落ち、カナはその場にしゃがみ込んだ。

「カナ、誰のせいでもありませんから」

お松は駆け寄って、丸まったその背を撫でた。薄いが骨ばった働き者の背だ。輪中の民が肋一本多いなどというのは出鱈目(でたらめ)だ。

そのときカナが驚いたように頭を上げた。

「松之輔様は、細い指をしていらっしゃるのですねえ」

カナは顔の前でぱっと両手を広げると、私はこんなですと、裏返してお松に見せた。そして恥ずかしそうに駆けて行った。

靫負は吉次だけを伴って郡代の笠松役所をひそかに訪れていた。

五月に入れば雪解けによる増水で普請は三月以上も休みに入る。江戸から来ている普請目付たちはいったん帰るが、薩摩藩士には格別の休みはない。薩摩は来年の春までに御手伝い普請を終えるつもりで、下期の普請に向けて石を集め、蛇籠を編まねばならなかった。

九月になればいよいよ土台から堤を築き、油島で三川を分かつ普請が始まる。これまでのように破れた石垣をつなぎ、地面を耕して田を拓くのとは難しさがまるで異なるのである。

　郡代は客間にあらわれてもしばらくは無言で座っていた。高木家家臣の十左衛門が自刃したのは一昨日のことで、瀕死の十左衛門から口上を聞いたのはこの青木である。

　十左衛門は郡代に真実を語ったあと息絶えた。前日に腹を切って、ちょうど一日を長らえたのだ。

「今日はまた、難題でござるかの」

　郡代の頬にはさすがに窶れが見える。郡代にせよ靭負にせよ案じることは無数にあるが、集約すればそれらはただ一つと言ってもいい。要はこれから、普請は無事に進むのか。この先、遺恨を呑んで切腹する者は出ないのか。

　そのためにはこの話はどうしても聞き入れてもらわねばならなかった。

「島津家はふたたび同じことを願い出るよりございませぬ。下期の普請、町請けをどうぞお許しくださいまするよう」

「また総奉行殿はそのようなことを」

　郡代は脇息に寄りかかって首を振った。

それでも靱負は食い下がった。普請を成し遂げるためには、まずこれ以上の藩士の死を防がねばならないが、切腹にせよ事故にせよ、普請が滞りなく進めば起こることはない。

郡代は大儀そうにため息をついた。

「どこをどう、町請けで商人たちに任せようとお考えか」

靱負は書付を取り出した。

「ここにしたためておりますが、町請けをお許し願いたいのは三十八ヶ所にございます」

「三十八！　話にならぬ。町請けがどれほど高くつくか存じておるのか。商人どもに食い物にされるだけじゃ」

「百姓どもに人足をさせる今のやり方では、三川を分ける堤など、とても築くことはできませぬ。されば来年も再来年も同じことの繰り返しでございます」

薩摩は普請が竣功しなければ帰れない。だが輪中の民は普請も出水も毎年の決まりごとだと諦めていて、前の年に築いたばかりの堤が切れてもなんとも思わない。

「輪中の民は度胸が据わり、横着でございます。屋根よりも高い川床に寄り添うように暮らし、堤の盛り土が薄うても怯えもいたしませぬ。あたまから、いったん三川が暴れれば人にはどうしようもないと諦めておるゆえでございます。ですが薩摩の御手伝い普請はそれではなりませぬ」

靱負はまばたきも忘れて郡代の目を睨みつけた。

「これから先、わが藩士たちは命がけで三川の川底に潜ります。逆巻く泥水の中へも入らねばなりませぬ。そのようなときに川職人がおらねば、幾人が命を落としますことか」

毎年の決まりごとなどと高を括っている百姓たちの手抜き普請に付き合わされてはかなわない。一度の出水で破られる堤など、こしらえても仕方がない。

「此度の内藤十左衛門割腹の一件」

靱負がそう口にすると、郡代の顔に明らかに影がさした。

「あれは百姓どもの増長による死ではございませぬか」

「いかにも左様。十左衛門がたまさか交代寄合の家臣であったというだけで、同じことは笠松役所でも薩摩でも、いずれ起こるやもしれぬ」

言ってから郡代は目をそらした。十日ばかり前の貞淵と惣兵衛の死が胸をよぎったのかもしれなかった。薩摩ではすでに似たようなことが起こっているのだ。

「此度の普請で薩摩がしくじれば、次は奥州の伊達家が御手伝いに参るのでございましょうか。それもしくじれば、さしずめ加賀の前田……。そのたび郡代様のご心痛は変わりませぬ」

　こまごまとした普請を重ね、川に潜って堤を築くのも百姓と侍だけで、他国から来た藩士たちはろくに三川の絵図面さえ頭に入っていない。公儀に命じられたことを唯々諾々とこなすだけでは百姓たちを救うことにはならない。第一、こなそうにも、百姓と侍だけで三川を分かつ堤など築けるはずがない。

　まして休工のあいだはこれまで以上に石や材木を集めなければならない。そんなことはいつも米を買い叩かれている侍がやるよりも、商人に任せたほうが上手くいく。

「薩摩は此度を、この地の最後の普請とする覚悟でござる。郡代様はいかがでございましょうか」

　靱負は畳に手をついた。

「三川を分かつには、川を熟知する者の知恵が欠かせませぬ」

しばらく郡代は口をきかず、それにしても四十近くはとつぶやいた。

「郡代様……」

「百姓どもは、我らとそのほうらの対立を煽るような手を使うかもしれぬな」

輪中の民は利口でしたたかだ。郡代の笠松役所と交代寄合衆の多良役所の力加減も分かっているし、島津が外様ということの意味も知っている。物頭が長かった靱負もこれほど知恵の回る百姓たちは他に見たことがない。

「三川をなんとかしたいというのは、この地に根をおろす者すべての悲願じゃ」

「ならば郡代様、どうか」

「ならぬ。御救い普請じゃ。百姓どもを食わせねばならぬ」

「百姓どもも使います。ですがこれからは輪中の百姓たちではできぬことも出てまいります」

郡代は靱負の差し出した書付に目を落とした。かつて郡代が村々を地道に歩き、普請を願い出た川筋の名が連ねてある。その三十八の普請場がどれほど困難な御役になるか、郡代にはよく分かっている。

やがて郡代は諦めたように書付を返した。

「たしかに諸色を集めるには商人のほうが秀でておるだろうな」

郡代はそう言ったが、その目は油島締切堤と書いた靱負の文字をじっと睨んでいた。

この地に暗君はおらぬと言った海蔵寺の住持の声がよみがえる。

「郡代様、我らはもう一人も死なせてはなりませぬ」

「分かっておる」

「ならば」

「……まずは石集めを商人にやらせてみるか。諸色の調達ならば、輪中から異論は出るまい」

「かたじけのうございます」

靱負は畳に額をこすりつけた。そこで上首尾となれば、かなめの油島で諸国の川並たちの力を借りることができる。

靱負の瞼には、思いを呑んで旅立った音方貞淵と永吉惣兵衛の顔が浮かんでいた。今より一人も欠けさせずに皆を薩摩に連れ帰らせてくれと、二人は靱負に念じているようだった。

第五章　生きる

一

岸で干されていた舟がいっせいに川へ押し出された。幾艘もの舟が帆を高く上げ、川上へと漕ぎ出して行く。

「競うな、競うな。気をつけて行け」

添奉行の十蔵が声を張り上げる。舟からは藩士たちが次々と手を挙げて、やがて小さく見えなくなった。

五月に入り、急破の修復を続けた上期の普請は一応の終いとなった。幕府の目付たちは江戸へ帰り、輪中の民も今はほとんどが野良に精を出している。舟を操るのは薩摩の家士ばかりである。

木曽の山々で雪解けが始まったのか、普請場はどこも水かさを増していた。これまでは潮に押し戻されることも多かった泥水が、今は飛沫を上げてまっすぐに海へ向かって行く。下手に材木を川岸につけておくと一晩のうちに海まで流されることもあり、これではとても潜ることなどできないと、普請を休むのも納得がいった。

そここの川岸から人足は姿を消したが、薩摩では皆が新たな御役に励んでいた。下期の普請が始まる前に石や竹、材木や土などをこれまでとは桁違いに多く集めなければならず、算勘方が手分けしてそれらを近在から買い求めていた。竹は割いて蛇籠に編み、中に石を詰める。川底に打ち込むための杭も幾万本と用意し、一本ずつその根元を削るのも刻のかかることだった。

諸色を集めるために薩摩の出す舟は、日に三百艘にもなった。美濃は少し川上に行くだけでは大した石がなく、十里もさかのぼって買って来るのである。木材にしても同じことで、幕府は薩摩の一割ほどの官木は出してくれるが、木曽山中の幕領から伐り出すのは薩摩の役目だった。それらの木々を筏に組んで流すのも侍にとってはおよそやったこともない仕事で、それを三百もの普請場のそばに揚げていくのも骨が折れた。

「尾張中納言様が御領の材を分けてくださるとよかったのですが」

舟が残らず見えなくなったとき十蔵がつぶやいた。木曽川の東には広大な尾張藩が広がっているが、そこからは何も手に入れることができなかったのである。

美濃側の堤は、尾張より三尺低かるべし――。

それはいまだに三川流域を縛る厳命である。家康の御囲堤に守られた尾張藩はごくまれに河口近くが洪水に遭うことはあっても、他の濃尾平野ほどの被害を受けたことはない。だというのに尾張藩が普請をするときは、美濃側はそれが終わるまで取りかかることは禁じられていた。

「郡代様も此度こそは強固な堤を築きたいとお考えだが、材が集まらねばそれも叶わぬな」

郡代の笠松役所が長年尾張領に手をつけかねてきたことは、もはや靭負たちにもよく分かっていた。尾張は親藩筆頭だから将軍でさえ遠慮のある先なのだ。

「尾州、濃州、勢州とは因果な地でございますな。国が三つならば川も三筋。意地を張り合うは幕府に親藩に交代寄合と、やはり三つ巴でございます」

「そこへ我らが、西国の果てからのう」

「そういうことでございますな」

だが三つ巴というなら、これからは武士と百姓、そして商人ではないか。靭負は家村源左衛門の一件からそう考えずにはいられなかった。

薩摩藩の算勘方で先達て切腹する者が出てしまったのである。その者が源左衛門だ。

町請けが始まって源左衛門は商人を通して材木を買いつけていたが、杭の寸法を間違えてしまった。明くる日に気づいて商人を呼んだが、いったん売り買いをしたうえは取り消さぬと突っぱねられて、皆が血の滲む思いで集めた金子をと、詫びて腹を切ったのだ。

だが靭負があとから帳面を繰ってみれば、商人の書付には、あわよくばと仕組んだ跡があり、ろくに眠りもせずにつとめていた源左衛門が騙されたのだとすぐに知れた。

これが大坂や薩摩での常の商いなら、算勘方は誰しもこのような手痛いしくじりには覚えがある。だが商人の側でも店の信用を重んじ、また藩をおそれて詐術は止め、算勘方でも二重三重に帳面を見直すのだが、ここではそんなゆとりがない。だから源左衛門も誰にも打ち明けられず、申し開きさえせずに命を絶ってしまったのだ。

靱負は後手に回ったと言うしかない。あらかじめ算勘方に、どんなときも死んでまでの詫びは要らぬと言っておけばよかったのだ。己は江戸も大坂もよく知り、商人のしたたかさも承知していたのに、考えが至らなかった。

「商人と渡り合うのも一筋縄ではゆかぬな」

「源左衛門のことならば、もうお忘れになることでござる。いくら悔やんでも源左衛門は戻りませぬぞ」

「ああ、十蔵の申す通りだ」

十蔵は力なく微笑んだ。

「あの折の御家老のお話で、もう算勘方から死者は出ますまい。どの普請場も薩摩から選りすぐりの者を連れてまいっております。源左衛門で最後でございますぞ」

だがその選りすぐりの普請掛は二人も割腹し、どうやらあれを皮切りに、藩士たちのあいだでは己が腹さえ切ればよいという風があるようなのだ。

「御家老。それがしは町請けで石集めができて心底良かったと思うておりますぞ。なんと井筒屋など、尾州から石を買うてまいったと申しておりましてな」

「ほう。尾張が我らに石を売ったか」

「左様にございます。商人は商人どうし、侍とは別くちの、話の通り道を持っておるようでございます」

井筒屋は町請けの高札を聞きつけて西宮からやって来た廻船問屋である。行きがけに淡路島で石を仕入れ、ある日いきなり河口から大きな千石船であらわれた。

――突然これほどの石を持ち込んで、島津が買わぬと言えばいかがいたす。

十蔵がまずは足下を見ようとしたが、井筒屋は、買い叩かなければ同じだけの石を五日のうちに用意してみせると応じた。

――なるほど、高うございますか。ですがお武家様はご自身の費やした刻の値をまるで勘定にお入れにならぬのですからな。算勘方の皆様が四方八方から石を集めなさる、その労にはいかほどの値がつきましょうか。手前はそれも肩代わりしてまいったのでございますよ。

何より薩摩藩士の身分では尾張からは麁朶一本さえ手に入れることはできない。

それが商人どうしであれば、尾張の人足を使って蛇籠を編ませることもできるのだ。

――雑な作りの蛇籠など引き取らぬと言うてやればよろしゅうございます。手間賃の欲しい百姓や町人など、日の本にはごまんといるのでございますからな。

十蔵はすっかり井筒屋がひいきのようである。

「商人の道を開けば、御家老の気苦労も少しは減じましょう」

「いや、儂のことはよいが」

だが十蔵は首を振って言い切った。

「そのぶん御家老には皆に声をかけていただけましょう。御家老が普請場を見回ってくださるだけで力が湧くと藩士たちは申しております。薩摩は負けるいくさはいたしませぬぞ」

己がよく唱えてきたその言葉が、靱負は増水した川の音でほとんど聞こえなかった。

「松之輔様、お目覚めでございますか」

卯上刻（午前五時）を過ぎたとき、唐紙越しにカナが上ずった声で呼んだ。

「算勘を始められる前に見ていただきたいものがあるのです。どうか厠へ来ていただけないでしょうか」

「厠？」

お松はすぐに唐紙を開けた。

カナはすでにひと仕事終えた出で立ちで、華奢な肩をすぼめて廊下にうずくまっていた。

「この三日ばかり、ずっと気になっていることがございます」

カナは思いつめたようすでお松の先に立って歩き出した。

薩摩の本小屋となっている鬼頭の屋敷では、藩士たちは屋敷内に止宿する者のほかは庭地に長屋を建てて暮らしていた。カナは藩士たちが出かけると中を掃き、芥場や厠を浄めている。

その日もカナはすでに芥場と厠をすべて終えていたが、そのうちの一つへお松を連れて行った。

「今日で三日でございます。これは血ではございませんか」

せた。

カナは引き戸を開き、そこだけ拭き残しておいた黒い染みへあっさりと手を這わせた。

あっとお松は身を引いた。カナの手のひらについたのはどろりとした血の澱である。

「厠は五ヶ所ありますが、いつもこの厠だけでございます」

カナはちらりと傍らの長屋へ目をやった。藩士たちは御役の始まる卯中刻まで、まだ寝静まっている。

「これは赤痢ではないでしょうか」

お松がうなずくと、カナはほっとしたように手水場へ駆けて行った。

その厠の脇の長屋で暮らしているのは二十人ほどだ。だが算勘方へはむろんそんな話は伝わっておらず、普請場へ出る藩士たちが病で休んだとも聞いていない。

お松もカナのもとへ行った。

「松之輔様。鷲鼻の、頰が髭で隠れたようなお侍様がおられますね。あのお方ではないかと思うのです」

カナは三日前から、気になって藩士たちの行き帰りを見ていたという。するとその男だけは背にびっしょりと汗をかき、ずっとうつむいて口も開かない。この長屋で病のように見えるのはその藩士だけらしい。

「ありがとう、カナ。尾上半兵衛様だと思います。添奉行様から話を聞いてもらいます」

お松はすぐに屋敷の十蔵を起こし、半兵衛を留め置いてもらった。

座敷の中であらためて見ると、半兵衛はまだ普請にかかる前というのに着物の襟の辺りを水でもかぶったように濡らしている。額には玉の汗が湧き、頬も赤かった。

半兵衛はそわそわと、一刻も早くこの場から立ち去りたそうにしている。

「そのほう、赤痢であろう。夜通し厠へ通っておるそうではないか。しばらく普請場は休め」

「滅相もございませぬ。それがしは普請場では一人離れて蛇籠を編んでおりますゆえ、滅多なことはございませぬ」

「そのようなことを申しておるのではない。病ならば軍役は休むのが薩摩の定法じゃ。今は幸い休工中ゆえ、下期までに本復いたせばよい」

「添奉行様はそれがしに、何もせずただ死ねと仰せでございますのか」

半兵衛はいきなり立ち上がった。

「己の寿命は己で測っております。蛇籠を作るぐらいのことは、まだそれがしにもできましてござる」

言い捨てて座敷を出て行った。

そしてその明くる日、今度は近くの百姓家から女房が本小屋へ駆け込んで来た。高熱で起き上がれぬ者がどうやら赤痢のようだと言う。聞けば他にも病の者はいるが、誰一人として普請場を休んでいない。互いに隠し合い、周りもそれに気づかぬふりで通してきたので、どうにも動けなくなってはじめて赤痢と知れたらしかった。

しばらくして半兵衛が普請場に出られぬほどになったとき、あちこちの止宿先で同じ病の藩士が出てきた。

そのことはもう靱負の耳にも入っている。だが靱負が皆を止めたという話は聞かず、カナはおろおろと病人の世話に明け暮れている。

お松がその居室に呼ばれたときも、靱負はじっとうつむいて文を書いていた。

「国許へな。二百人ばかり、新たに遣わしてもらえぬかと頼んでいたところだ」

淡々と筆を動かし、最後に硯箱を閉じた。

「丈夫な者を選んで連れてまいったつもりだが、慣れぬ土地で連日の川普請ではな」

靱負はぼんやりと障子の外へ目をやった。昨日、今日と雨が降っている。

「皆、休もうといたしませぬ。これでは治る者も治りませぬ」

「普請が再開されてもさすがに川に入ることはできまい。それゆえ働けるうちにと思うのであろう」

止めても誰も聞かないのだ。はじめに養生していれば治るのに、無理を重ね、己の働きを恥じて食事を断つ者もある。

「カナはよう世話をしてくれるの。御公儀は鬼じゃと言うて、薩摩のためにどれほど泣いてくれておることか。あれは良い庄屋の女房になるだろうな」

カナの涙は靱負の涙だ。カナが泣きながら袖をつかみ、今日ばかりは普請場を休んでくれと頼んでも、誰もが出て行ってしまうのだ。

このところは日も長くなり、藩士たちは遅くまで泥まみれで箕を運んで砂利拾いをしている。公儀は図に乗って篝火まで焚き、日が沈んでもなお作業を続けさせる。

「皆にはわずかでも滋養のつくものを食べさせたい。せめて玉子など、夕餉に出すことはできぬか」

「玉子でございますか。ですが一晩に千個となると、値が嵩みます。百姓たちは足下を見ますでしょうし」

「このようなときだ、多少はかまわぬではないか。働き手が欠けるほうがよほどの痛手じゃ」

この本小屋の他に、出小屋は三州に散って五つだ。むろんその他に百姓家に止宿する者が大勢いる。

「ではカナから伍作に頼んでもらえばいかがでしょうか。伍作はあれで、庄屋うちでも伸(の)しているようでございますので」

「そうだな。何にせよ、ここでは庄屋次第じゃ。一日二日、前後してもかまわぬだろう」

「承りました」

そのまま出ようとしたが、やはりお松は足を止めてしまった。

「御家老様、この先も自刃する者は出ますでしょうか」

靱負はすでに筆を走らせており、顔を上げなかった。

病にかかり、足手まといになりたくないと命を絶つ者が出たのは昨日のことである。赤痢は流行病だが、医師にかかって養生すれば、若く丈夫な者はまず助かる。だがここでは医師が足りず、家族のもとで身体を休められるわけでもない。壮健だった若者もすでに幾人かが死の淵にあり、腹を切ったのはそれを世話していた者だった。

病が篤くなれば己では腹を切る力もない。昨日死んだのはそんな朋輩を看病してきた若い侍で、まだ熱が出始めたばかりだったが、脇差を握れるうちにと思い定めてしまったらしい。

「病で厄介をかけるよりはと死を選ぶのは、まことに薩摩の侍らしゅうございます。病に倒れた者も、腹を切りとうございましたでしょう」

「若いというのはそこまで愚かなものか、お松」

靫負が乱暴に筆を置いた。お松はあわてて腰を下ろしたが、靫負はぼんやりと宙を見上げて、お松の顔を見ようともしなかった。

「豊久公が義弘公のお身代わりに立たれたのは、ついそこの伊勢街道ではないか」

靫負は唐紙の外へ顎をしゃくった。いつの間にか雨脚が強くなっている。

「慣れぬ土地で来る日も来る日も泥を掻かされ、挙句に病じゃ。朋輩の世話をするのに、誰が厄介などと思うものか。薩摩の侍が命を捨てるのは、他を生かしたいと願うゆえじゃ。なにゆえ病にかかった者が詫びねばならぬ。なにゆえ自ら命を絶たねばならぬ」

あまりの冷えた声にお松は身がすくんだ。

「豊久公は自刃しようとなされた義弘公をお諫めしたではないか。皆、なぜそれが分からぬのだ」

美濃へ入るとき、お松は靱負とともに豊久公の碑を訪れた。靱負は義弘公ではなく豊久公を思っているのだろうか。

「さすがの義弘公も一度は短気を起こされた。それをお止めした豊久公こそ、薩摩らしい侍ではないか。あのとき義弘公が薩摩へ帰り着かねば、薩摩は関ヶ原で敗残となっていた。薩摩は、帰り着いたからこそ名を揚げたのじゃ」

だから靱負たちも帰らねばならない。木曽三川を相手に、普請をやり遂げて薩摩へ帰らねば勝ったことにはならない。

お松は思わず頭を下げた。

「面目次第もございませぬ。なにとぞお許しくださいませ」
「分かればよい」
お松がそっと目を上げたとき、靱負はもう常の顔に戻って筆をとっていた。

六月も半ばを過ぎて、雨は切れ間がなくなった。せっかく藩士たちが幾日もかけて踏み固め、水を抜いた堤だったが、まだ乾ききらぬところへ三川の水が勢いよく押し寄せた。

はじめに堤が破れたのは揖斐川の西岸、四之手の福永村だった。三川のうちで最も水量の少ない揖斐川から出水したので皆がうろたえたが、残る二川の堤が破れることはなかった。たまたま西で雨が強く、東へ行くにつれ雲が小さくなったからのようだった。

福永村は三川の交わる油島のわずかに上手で、川はもとから百姓家の天井ほどの高さを流れている。さては続いて長良川で決壊かと藩士たちは身がまえたが、次に堤が切れたのは同じく揖斐川の西岸、三之手の押越(おしこし)村と直江村だった。揖斐川に流れ込む牧田川が出水し、一帯が水浸しになったのだ。

大水の出た明くる日、お松はカナと連れ立って四之手の崩れた堤の近くまでやって来た。カナは今もお松を松之輔と呼んでいるが、どうやら女と察しがついたようで、それが互いにとって気安く話せるもとになっていた。

雨は夜半に止んだが、破れた堤からは絶え間なく泥水が流れ込んでいた。藩士たちが土嚢を積み上げているが、水かさが下がればそれをどけて一から石を積み直すことになる。

「この堤は先達ても切れたのでございますよ」

カナはまるで己の咎でもあるかのようにうつむいた。

「先達てというのは、昨秋の出水の折ですか」

「ええ、まあ……」

カナは顔を背けながら、松之輔様には聞いていただいたほうが、と言った。

「この辺りの百姓はあとから入って来た者たちで、他の輪中とも仲があまり良くありません。ですから少し」

そこでカナは言い止した。お松が首をかしげたとき、つい先の堤で人の騒いでいる声がした。

　お松たちが近づいて行くと、百姓たちが堤に上って土を踏み固めているところである。そりゃあ言いがかりってもんだと、百姓の一人がにやついた顔で藩士に応えている。

「だがこの堤ばかり三度も切れるのはおかしいではないか」

　お松も名は分からないが、若い藩士が二人して、堤の上と下に分かれた人足たちに声を張り上げている。

「だからお侍さ、そう熱くなりなさらんと。儂らはこれでも他国者の半分は働いとるで」

「半分だと？」

「ああ。そりゃあそうじゃろ。商人が他国から連れて来た人足は、輪中の倍は貰うとるじゃねえか。儂らばっかりが馬の扱いかのう」

「そうじゃ、そうじゃ。そのぶん倍の日数は働かせてもらわんとなあ。堤が三度も破れたんはお天道様のお慈悲だで」

　堤の上から百姓たちが大きな笑い声を浴びせた。

藩士の一人はよく肥えていて、すでに汗が噴き出して首筋まで赤くなっている。今にも飛びかかる勢いで、堤の下から食ってかかった。

「ではおぬしらは、わざと手抜きをしておるのか。ああそうじゃの、その足踏みを見ればよう分かるわ」

「じゃから、手間賃のぶんは働いとると言うとるじゃろう。じゃが、儂らは一日でも長う人足として雇ってもらわねば損てもんじゃねえか」

「莫迦を申せ。国許で皆が食うものも食わず、必死で集めた金子じゃぞ。我らは一文たりとも無駄にはできぬのじゃ」

藩士が懇願するように言うと、百姓たちの陰でくすりと笑うのが聞こえた。ほれ、とっくりと見ろ、薩摩の侍は銭のために頭を下げよるぞ――。

肥えた藩士の傍らで、幽鬼のように青白い藩士が茫然と立ち尽くしている。

「儂らは毎年の国役とおんなじように働いとる。お役人様がたにも例年通りでええと言われとるで」

「役人だと？　郡代か交代寄合か、どちらの差し金じゃ」

お松が前へ出ようとすると、カナが目ざとく、しっかりとお松の袖を引いた。

「そんなこたあ、どっちでも同じじゃねえか」

また堤の上からだ。今しがた大声で笑った百姓が法面にしゃがみ、藩士をからかうように見下ろしている。

「薩摩の侍が腰にぶら下げとるのはただのお飾りだで。そんなことじゃで、関ヶ原で大負けしおったんじゃ」

寸の間、辺りの気がぴんと張りつめた。だがすぐに百姓たちがどっと沸いた。

その百姓の声はいよいよ大きくなっていく。

「儂らはよう聞いとるで。知らんのは薩摩の侍ばっかりじゃ。こないだも伊助の婆さまに、薩摩の殿様は負けた殿様じゃと言われて腹を切ったんじゃねえか」

お松はあっと息を吞んだ。音方貞淵と永吉惣兵衛の切腹は隣の四之手でのことである。

「薩摩の侍は百姓には手出しできんのじゃ。それで悔しゅうて腹を切ってしもうてのう」

「それは音方と永吉のことか」

肥えた藩士が呻いた。

「名なんぞ知るか。ほれ、その腰の物で怪我したっちゅう」

　百姓はしゃがんだまま藩士の太刀を指し、己の腿の左側をぽんぽんと叩いてみせた。

　もうお松は気が遠くなりそうだった。後ろに仰け反って空が見えたとき、褐色の鳥が輪を描いて舞っていた。

「あとは頼んだぞ」

　どこかから低くうなるような声が聞こえた。ぼんやりとお松が声のほうを向くと、首まで赤くした侍が、痩せた侍の肩に手を置いていた。

　肥えた侍は勢いよく堤を駆け上がった。辺りにいた誰もが息を吞むだけで、声をかけることも、ましてや止めることもできなかった。

　侍は堤の上にすっくと立つと太刀の鞘を抜き捨てた。両手で柄を握りしめ、腰を落として迷いもなく太刀を振り下ろした。

　しゃがんだ百姓を袈裟懸けに斬り捨てたとき、百姓のほうはまだ何が起きたか分からぬげにぽかんと口を開いていた。

　真っ青な空を裂くように鮮血が真上へ噴き出した。カナが絶叫し、斬られた百姓が目を見開いたまままくずおれる。

　斬った侍は太刀をさっと一振りして鞘に戻すと、傍らに腰を下ろした。お松の手が宙に伸びたときには、侍は腹に脇差を突き立てていた。

　侍はぐらりと前へ傾き、堤の上に俯せた。

　カナが声を放ったまま尻餅をついた。見ていた百姓たちもいっせいに腰を抜かしてへたり込んでいる。お松はカナに引きずられて動けない。もう一人の痩せた藩士が堤を駆け上がって行く。

　侍は突っ伏した朋輩には目もくれず、その横に仁王立ちになった。ちょうど背が日輪をさえぎり、後光のように輝いた。

「とくと見たか、おぬしども。今より薩摩を愚弄する者があれば、きっと同じ目に遭わせるぞ」

　あまりの大声にお松は押し倒されそうになった。あんな痩せた侍のどこからあれほどの声が出るのか。

「相手が他家の武士なれば、このような手が使えぬのはおぬしらも存じておろう。だが百姓には、己の命一つで始末をつけることができるのじゃぞ」

腰を抜かした百姓たちのあいだから悲鳴のような細い叫びが上がった。皆が尻餅をついたまま後ずさっている。

「我らに雑言を吐き、従わぬ者があれば、この先も斬って捨てる。あとから腹を切れば御家に瑕はつかぬわ」

痩せた侍は百姓たちを睨めつけると、突っ伏した侍の耳元にそっと何かをささやいた。そして静かに脇差を抜くと、首に刃をあてて介錯をした。

小さな血しぶきが上がって、侍の身体は朋輩の膝先へ倒れ込んだ。痩せた侍は動かなくなった朋輩の背を撫で、肩をふるわせていた。

カナとお松は手を取り合ってその一部始終を見ていた。やがて百姓たちが戸板を運び上げ、侍の亡骸はそれに乗せられて海蔵寺へ運ばれた。

痩せた侍が朋輩を葬り、自らも腹を切ったのは翌日の夕刻、普請場から戻った直後のことだった。

それを知らせた侍に、お前は決して死ぬなと靱負が話しているのをお松は聞いた。本小屋の軒先で聞いた靱負の声は絞り出すようにかすれていて、侍が立ち去ると靱負はそっと目頭を押さえていた。

だがその後も藩士たちの自刃は続いた。ある者は蛇籠に詰める石を集めていた最中、自普請に回すからと先々で搬出を拒まれ命を絶った。またある者は堤の土が固まる前に大水に遭って役人に罵倒され、不手際を藩主に詫びて腹を切った。その中には誰一人、死なねばならぬ者などいなかった。

「どうして刃を己に突きたてることなどできるのですか」

幾度目かの海蔵寺からの帰り道、カナが泣きはらした顔で靱負に尋ねた。

「故郷には帰りを待ちわびているご家族がおいででしょう」

「皆、薩摩を出たときからずっと死を考えておるゆえな」

靱負の足取りは傍目(はため)には力強く、誰よりも早足だった。

「我らはどの辺りまで登ったのだろうな、佐江」

靱負がそうつぶやくのをお松は後ろで聞いていた。

二

「御到着なされたぞ！」

泥濘の中を、若い藩士が泥を撥ねて駆けて来る。出迎えの皆がつい期待して身を乗り出したそのままに、駆けていた藩士は足を滑らせて泥の中に顔から突っ込んだ。見ていた皆がわっと歓声を上げて、転んだ藩士のほうも笑いながら泥から身を起こす。今日はたぶん、この美濃で最も胸の高鳴る一日になる。

七月五日、島津重年が美濃の普請場を視察に訪れることになっていた。重年は参勤のため五月に薩摩を発ち、継嗣の善次郎を伴っていた。

善次郎を連れているのは将軍家に継嗣として届け出るためだ。まだ二十六歳の重年が早々と世継ぎを定めたのは自身が病がちだからで、そこを考えれば家士たちは不安になるが、異国で暮らして半年余、藩主の姿を仰ぐことができるのは何にも勝る喜びだった。

重年は昨日のうちに中山道を折れて美濃路へ入り、大垣宿で靱負たちの出迎えを受けていた。そしてこの日、大垣から竹ヶ鼻へ出ると、まずは三之手の普請場を見分した。

まだぬかるんだ普請場のそばまで来ると重年は駕籠を下りた。そのまま後ろの駕籠へ自ら歩いて行き、そっと善次郎を抱き下ろした。

「さあ、ここからは歩いてまいるぞ、善次郎」

大らかにそう言うと、供侍たちが止めるいとまもなく善次郎の幼い足を泥濘の中に立たせてしまった。

みるみる善次郎の顔が歪んでいく。おそるおそる足を泥から持ち上げ、なんとも居心地悪そうに父の顔を見上げた。

だが重年は袴の裾が泥に触れるのも気に留めず、善次郎の前にしゃがみ込んだ。両脇に藩士たちが控えている。月代の伸びた藩士たちが、どれも小さな善次郎をじっと見つめて笑みを浮かべている。

善次郎は身をこわばらせた。

「どうじゃ、善次郎。一歩踏みしめるだけでも大ごとであろう。このようなところで皆は長いあいだ働いてくれておるのだぞ。善次郎も手で触れてみよ」

重年はまずは自らの両手を泥の中に浸した。

善次郎もおずおずと父のした通りにした。

「のう、善次郎。濡れた土は重いであろう。それを家士たちは簣一杯、朝から晩まで運んでくれておるのだぞ。耐え忍んでおるのは、すべてわが薩摩藩のためじゃ。

そなたは生涯、このことを忘れてはならぬぞ」

重年は泥を掬い上げると、善次郎の手に握らせた。善次郎は必死に口を引き結び、父にうなずいてみせた。

辺りで御成を待っていた藩士たちのあいだからすすり泣きが洩れていた。

善次郎は重年とともに壊え土の中を歩き、昼餉は石田村の出小屋で麦飯を口にした。

そうして夕刻も迫るころ、ようやくお松たちの待つ普請場へ至ったのである。

二人の姿が壊え土の先に見えたとき、善次郎がとつぜん顔を上げた。

「お松？　お松ではないか！」

善次郎が重年の手を振りほどいて駆け出した。皆があっと声を上げたとき、小さな善次郎の身体は泥の中に転がった。

「善次郎様！」

お松は我を忘れて駆け寄った。

泥の中からその小さな身体を起こしたとき、ふわりと懐かしい鶴丸城の広間の香がただよった。薩摩での満ち足りた日々が次から次へと瞼に浮かんだ。

善次郎の白い頬に泥がついている。お松たちが何よりも大切にしてきた、薩摩の宝の善次郎が泥に汚れている。

「お松、この髪はどうしたのだ？　なぜ男のような形をしておるのじゃ」

「善次郎様……」

お松は嗚咽をこらえ、善次郎の頬を拭った。善次郎はお松を覚えていてくれた。男の形のお松を、泥の中から見分けてくれた。なぜ薩摩の宝の善次郎に、このような泥の中を歩かせねばならぬのか。

「なあ、お松。辛くはないか？　このようなところにおらず、私とともに薩摩へ帰ろう。なあ、お松」

お松はもう顔を上げていることができなかった。あの仕合せなとき、善次郎はその中央で日輪のように輝いていた。

「善次郎、お松は次の春になれば戻って来るぞ。それまで善次郎は立派に励んで、待っておらねばならぬぞ」

重年が傍らに立ち、善次郎に優しく語りかけた。

「お松ばかりではない。ここにいる皆が春になれば薩摩に戻る」

「殿……」

重年は善次郎を抱き上げてゆっくりと歩き出した。

やがて善次郎は重年の肩から飛び降りると己の足で歩いて行った。


靱負たちが重年を見送りに発つと、お松は本小屋の井戸端でそっと水を汲んだ。今も手には善次郎の頬の柔らかさが残っているようで涙が溢れてくる。まだまだ童の身体つきで泥に足を取られていたが、次の春、薩摩に戻ったときには今日より背丈も伸びているだろう。善次郎が正式に薩摩七十七万石の嫡男となるのは守り役だったお松にとっては何よりの喜びだ。

お松は急いで釣瓶の水に手拭いを浸した。算勘方もすでに御役を再開している。

母屋の角を曲がったとき、カナが男と立ち話をしているのが見えた。前と同じ、相手はやはり吉次である。

お松が立ち止まるとカナが気づいて、吉次はすぐ立ち去った。

「松之輔様」

カナはにっこりと微笑んできた。吉次のことが気にかかったが、カナの笑顔はいつも作りごとがなくて、お松も心が安らいだ。

「あの、皆が驚いておりました。松之輔様はそんな男のような形をしておられますのに、あの若様の侍女でいらしたそうですね」

「カナ、隠していて……」

「いいえ。私はもしかしたらそうじゃないかと思っていましたから」

カナは忙しく首を振った。

「隠しごとなら私も。あの、今のは兄でございます」

「兄？　吉次が？」

「はい。ですから」

お松とカナは笑い合った。

「だったら、あいこですね」

「はい」

やはりカナの笑顔はとてもいい。

「あの、松之輔様」

お松は笑ってうなずいた。美濃にいるあいだは、やはりお松は松之輔でいなければならない。いつか薩摩へ帰れるときがくれば、カナには松と呼んでもらおう。

「薩摩の皆様方は松之輔様を女だとご存じなのに、どうして誰も松之輔様を侮らないのですか」

「侮る？　私が女子だからですか」

カナは心細げにうなずいた。カナとお松は同い年だが、ときおりカナがずっと年下のように思えることがある。カナのほうがもう夫もあって、これほどの大庄屋の跡取りの嫁なのに妙なものだった。

「伍作たちが驚いていました。松之輔様に指図されているお侍様がたくさんいたって。あの、松之輔様はご身分が高いのですか。だって島津様のお世継ぎ様も、松之輔様のことをあんなに慕っていらして」

正直なカナの目はお松の足下のほうへ動いた。お松はいつも粗末な軽衫を洗い替えして穿(はは)いている。

「だから私も、これまで信じられませんでした。お侍様が女の言うことなぞ聞かれるはずがないって」

伍作は私の話などまるで聞きませんと、カナは恥ずかしそうに微笑んだ。

「もしかしたら薩摩というところは、皆そうなのですか」

たぶん島津が特別ということはない。たとえば靫負は妻の佐江の話をよく聞いていたが、薩摩がたまたま情け深い藩主を持ったのと同じで、それはどこでも人による。

「伍作はそんなにカナの話を聞かないのですか」

「……私はもともと鬼頭の家の下女でしたから」

侮られるのも当たり前ですねと寂しそうに笑った。

カナは揖斐川の東側の福束輪中で生まれ、十一のときの出水でここまで流されて来た。息を吹き返してからは大庄屋の鬼頭家で下働きをして育ったのだ。

「でも伍作はカナをお嫁にしたのでしょう。カナが好きなのだから、話だって聞いてくれるのではありませんか」

「でも私は鬼頭の跡取りを死なせてじまいましたから」

お松は驚いてカナを見返した。急にカナの笑みに暗い影があることに気がついた。

「生まれて三月と保たなかったんです。あまり乳が出ませんでしたから。みんな、私が痩せているからだって」

「……義母上様も？」

カナは困ったように目をしばたたいた。お松は美濃へ来たはじめ、カナが伍作の母に冷たく当たられているのを見たことがある。

「でもカナが伍作と仲良くしていれば、御子はきっとまた生まれます」

「それが私にはなかなか……」

そう言ってからカナははっとしたようだった。きっと誰にも話したことがなかったのだ。

お松は繰り言も言わずに働いてきたまっすぐなカナがとても好きだ。

「カナは私が、もうこの年だから赤児を産まないと思いますか？」

カナがびっくりしたように顔を上げた。そしてぱっと明るい笑顔になった。

「ええ、ええ。そんなこと思ってもみません」

つい釣り込まれてお松も笑う。

「でしょう。だったらカナにだって生まれます」

カナは頬を赤らめた。

「ではあのお侍様が、松之輔様の夫になられるお方でございますね」

お松はうつむいて首を振る。首まで赤くなりそうだ。だが首を振ると束ねた髪が肩に触る。

「私は髪を切って薩摩を出て来ましたから。これは女子の形ではありません」

「髪なんてすぐ伸びます。松之輔様だってこの先、私と伍作が仲直りできると信じてくださっているんでしょう？　だったら松之輔様とその方だって同じじゃありませんか」

なにしろ私たちは同い年ですよとカナは明るく言った。お松の心の中をすうっと風が吹き抜けたようになった。

「松之輔様。夫婦というのは、思うことを言い合ったほうがよいのでしょうね」

お松は微笑んだ。母も早くに亡くなったし、お松に分かるはずがないのだが、カナは真剣だ。

「私のよく知る奥方様はいつもそうなさっていました。ご主人様も奥方にだけは安心してなんでも話しておられるようでした」

お松の嫁入りを靱負にせっついていてくれていた佐江の顔が浮かぶ。

佐江と靭負はしじゅう語らっていたが、靭負が薩摩を離れるときまで、佐江は愚痴めいたことはついに一言も口にしなかった。カナなら、靭負のこともお松のことも明るく笑って送り出したあの佐江のようになれる気がする。

「松之輔様。私もこれからは伍作にはっきり言うことにします。だって薩摩のお侍様は皆そうですから」

「薩摩の？　私たちが？」

カナは笑ってうなずいた。

「幕府のお役人様にも交代寄合の高木様にも、私たち百姓にも、何がまずいとはっきりおっしゃいますでしょう。切腹なさるのは、言って清々なさったからです」

「カナ……」

「世の中には、そのくらいの覚悟で言わなければならないこともあるのですね」

カナはぺこりと頭を下げると、くるりと向きを変えて走って行った。風が強く吹き始めていた。

藩主重年は三之手の普請場を見たあと一之手へ回り、そこから木曽川を渡って起宿に入った。明日はまた美濃路を辿り、そのまま江戸へ向かうことになっている。

靭負は起宿の本陣で重年と別れ、舟で大牧の本小屋へ戻って来た。一之手ではすでに急破普請が終わり、水の色は澄んで舟も心持ちなだらかに流れるようになっていた。

風が強くなり、川面は夕日に照り輝いている。これから外は水浴びでもしたい陽気になるが、肝心の普請は水かさが増してできないというのは皮肉なことだった。

重年は家臣を案じるあまりに夜も眠れなくなるという藩主で、今も多くの藩士が赤痢で臥せって重年の姿を見ることもできぬと告げると、はらはらと涙をこぼした。

「皆が私に詫びることなど一つもない。詫びねばならぬのは私のほうではないか」

ともに伺候していた十蔵も、江戸留守居役の山沢小左衛門も嗚咽した。美濃の普請場では重年を安堵させられるようなことはただの一つもなかった。

「ですがその皆が案じておりますのは、何より殿のお身体にございます」

「我らが帰り着きました折、殿がお健やかに出迎えてくだされば、皆の労は報われまする」

小左衛門も言い添えた。旅の疲れもあるのだろう、鶴丸城で別れたときよりも重年は憔悴して見えた。

重年は藩士たちの切腹のありさまを聞いては涙を拭った。上段に細い影を落として座っているのは、主君というより、故郷に一人残してきた年若い友のようだった。

「この先、何があろうと切腹はまかりならぬ。靱負、それだけは皆に重々伝えてくれ。そなたらのことだ、とうにそう申しておるのだろうがな」

そのとき靱負には、重年に重なって数多の薩摩藩士の顔が見えた。

八十五年の生涯をいくさに明け暮れた義弘公は、きっと重年の倍は壮健だったろう。だが千五百の兵が七十になってまで守り抜こうとした家士たちの思いは、今この重年の傍らで靱負にはっきりと伝わってくる。

重年は遠い薩摩を思い浮かべるように瞼を閉じた。

「あのおり靱負が総奉行を受けてくれ、心底かたじけないと思うておる」

「もったいない仰せでございます」

靱負は肩をすくめて首を振った。己などをここまで恃みにしてくれる、なんとかけがえのない主であることか。靱負は石にかじりついても、この普請はやり遂げねばならない。

「それがしは殿には申し訳がたちませぬ。藩の借財を知りながら、高直な商人たちを使うております」

「町請けじゃな」

　重年がうなずいた。

「三十八ヶ所申し出て、許されたのは六のみであったとな」

「はい。ですが、いずれ三十八すべてで町請けに切り替えるつもりでございます。それには金子がやはり」

　重年は首を振って靱負の言葉をさえぎった。

「靱負も皆も、美濃におる者は金子のことなど案じるな。それは国許におる我らが手立てを考える。そなたらは好きなだけ薩摩に無心してまいればよい」

「殿……」

「命を賭して御手伝い普請をしておるそなたらに金子のことまで煩わせ、私は心苦しゅうてならぬ」

　此度の参勤では、重年は常にもまして質素な出で立ちである。普請場を訪れるためとはいえ、靱負たちが鶴丸城で幾度も見た同じ羽織姿で、行列の荷も少なかった。公儀に継嗣を届け出る参勤であり、於村の方がみまかって初めての江戸入りであることを考えれば、本来なら荷は多いはずだった。

「そなたらが要ると申すなら、薩摩の我らは何を売ってでも用立てる。今日の善次郎の姿を見たであろう。あれも幼いながらに皆の苦労が分かったはずじゃ。借財は善次郎も返してゆくからの」

小左衛門がたまらずに鼻をすすり上げた。江戸に幕府が立ってから増え続ける借財を、藩は必死で減らそうとしてきたのだ。その挙句が此度の、国を壊すばかりの御手伝い普請である。

重年は藩主の子に生まれながら贅沢など一度もしたことがない。あまつさえ、まだ十歳という嫡男にも、己の代で増えた借財を背負わせる将来しか作ってやれないのだ。

「靱負、死んではならぬぞ」

ふいにそう言われたとき、靱負の目から涙がこぼれ落ちた。重年はその身を病むほどに家臣の心が分かる主だ。

「殿には今の世に、私にこのようないくさ場を与えていただき、謝する言葉もございませぬ」

「靱負、必ず生きて薩摩に戻ってまいれ」

「殿こそ、どうかお身体をおいといくださいませ。我らが薩摩に戻りました折、変わらぬお姿で皆を出迎えてやってくださいませ。我ら家臣はそれだけを支えに、此度の普請をつとめてまいる所存でございます」

分かっている分かっていると、重年は泣きながら応えた。このようなときに病まで案じさせる、己はふがいない主だと、涙も流れるままに言った。

靱負はそのときようやく気がついた。義弘公は今このときの薩摩家中を支えるために関ヶ原から帰り着いたのだ。豊久公はそのために命を捨てたのだ。

「どうか我らの帰還をお健やかにお待ちくださいませ。かの義弘公がつつがなく帰り着かれましたのも、薩摩で兄の義久公がお待ちになっておられましたゆえ。きっと我らには義弘公のご加護がございましょう」

明くる日の朝早く、起宿を発つ重年は靱負の前で駕籠に乗った。

身を屈める前に重年はそっと靱負の肩に手を置いた。何も言わずそのまま駕籠に乗ったが、引き戸が閉じられる前にはっきりとつぶやいた。

「普請がたとえどうなろうと切腹はまかりならぬ。すべてはもう一度、薩摩で私に会うてからじゃ。……皆にもそれだけは申すのだぞ」

靱負は地にぬかずいた。重年の駕籠が見えなくなるまで頭を上げなかった。

卯中刻を過ぎると本小屋のある鬼頭屋敷は急に静まり返る。母屋の大部屋では算勘方が書き物に忙しくしているし、長屋には病で寝たきりの者もいるのだが、薩摩の侍は無駄口をきかないから、どこもかしこもひっそりとしている。朝も暗いうちに長屋の外回りを浄めてしまったカナは、ちょうどその時分から長屋の中の掃除に入る。

井戸水を汲んで空を見上げると、今日もお天道さまの機嫌は良さそうだ。午からは隣の普請場を回ったお医者が来ることになっているから、カナはいつもより早く全部を済ませるつもりでいた。

母屋のほうには鬼頭家の女中たちがいるし、あまり気働きのできないカナは一人で藩士たちの長屋を掃除しているほうが気が楽だった。洗濯をして病の藩士たちの飲み水を入れ替えれば、それだけで藩士の中には重い頭を上げてにっこり笑いかけてくれる者もある。

カナは伍作と一緒になる前、一人で離れて畠仕事などをしていると、男にいやな目でにやつかれたり声をかけられたりすることが度々あったが、薩摩には誰一人そんな目をする者はいなかった。誰もが御家の大事にそれどころではなかったからだが、カナは薩摩の人々がどこかとくべつ清いような気がしていた。

ぴしゃりと冷たい水が手に撥ねて、カナは振り返った。

「お前、ずうっと病人の世話を焼いてるつもりか。赤痢だっていうじゃねえか。お前は母屋のほうをやってりゃいいんだ」

伍作はカナの汲んだ水で乱暴に顔を洗った。今時分、起き出してきたのだ。

「これから四之手に行くの。もう皆とっくに行ったよ、伍作も早く」

「阿呆が。どうせ同じ日傭銭だ。なるたけゆっくり行かねえと損だろう」

「そんなこと言うもんじゃないよ。薩摩のお侍様は病でも働いてるんだから」

「なにに薩摩に肩入れしてやがる。お前もこっちを助けてるだけじゃあ銭にはならねえ。普請場にでも顔を出しゃあどうだ」

伍作はこれでも大庄屋の跡取りだ。伍作が率先して薩摩を手伝うようになれば、輪中の百姓たちのやりようも多少は変わるのだ。

「伍作、今度ばかりは立派な堤ができるかもしれないよ。私らだって毎年毎年、水にもっていかれる一方じゃ辛いだろ。一所懸命、薩摩のお侍様を手伝うことだよ」

「女が、なに生意気な口きいてやがる」

伍作が拳を振り上げた。

だがカナはひるまなかった。今まではそのたびに両手で頭をかばってきたが、よく考えてみれば叩かれたことは一度もなかった。

「伍作が真剣にやればみんなだって変わる。今ここで伍作が頑張れば、私らの子は雨くらいじゃ、びくびくしなくて済むようになるかもしれないよ」

「なに言ってやがる。俺らに子なんぞいねえじゃねえか」

「だから、子供はまたできるかもしれないだろ！」

言ってからカナは驚いた。自分からこんな言葉が出るとは思ってもみなかった。あまりに大きな声だったから伍作も目を白黒させている。

「薩摩のお侍様はねえ、伍作。遠い国に子らを置いて命がけで川に潜っていなさるんだよ。お侍様だって私らと同じ、子供がかわいくってならない人だ。あの人たちは私らに何か悪いことをしてる？　私らにいいことばっかりしてくれるだろ？　手伝わないとばちが当たるよ」

伍作がむっとして地面を蹴りつけた。えらそうな口ばっかりききやがって。

「ねえ、伍作」

「お前は薩摩の肩ばっかり持つようだが、何も分かってねえ。これからよそ者の人足がどんどん入って来やがるんだ、もう日傭銭も出ねえかもしれねえ」

「よそ者って？」

「総奉行様が願い出ていなさった普請場が全部、町請けになるんだと」

伍作はうろうろと何かを探すように辺りを見回した。しょうことなしにそうしているようだった。

靱負たちは三十八の普請場で町請けを考えていたが、大半は輪中の御救い普請になっていた。ところが靱負が再度願い出て、今度は許されたのだという。明くる月からそれらの普請場では商人が仲介にたち、諸国から石や木材や川並人足が入って来る。

「だけど普請場は四百も五百もあるんだ。伍作が腹を立てることじゃないよ」

「腹なんぞ立ててねえ。どっちみち俺ら百姓にはできるはずのねえ普請だ。百姓と侍でやってたんじゃ怪我人が出るばっかりで、百年かかったって堤なんぞできるもんか」

伍作は膨れっ面で相変わらず地面を蹴りつけている。

カナは夫婦になる前、伍作が今と同じ顔をしてカナを助けてくれたことがあったのを思い出した。多良だか笠松だか、どこかの下役人に茂みに引きずり込まれかけたとき、伍作は頬被り（ほおかむ）りをして侍を伸してしまったのだ。

あのときは二人で手を握って、後ろも見ずにここまで走って来た。伍作のこの顔はあのときとそっくりだ。

「薩摩の侍は変わってるな、カナ。町請けのほうが高くつくってのに、喜んでやがるんだからな」

「そのほうが頑丈な堤ができるからだよ」

「ああ、だから妙だってんだ。いっくら幕府の命令でも、こんな広い普請場だ、手を抜いたって分からねえだろ。どうせ一年のこった、てきとうに外見だけ整えて、とっとと帰りゃしまいだろうが」

口は悪いが、これでも伍作は誰にでも親身になる優しいところがある。カナは長い間それを忘れていた。

伍作が顔を拭って立ち上がった。

「とにかく今日のところは行ってくる」

「うん。気をつけて」

伍作は驚いたように振り返った。

「どうしたの」

「いいや」

寸の間なにかを言いかけて、伍作は踵を返した。その顔がとても懐かしくて、カナは走って行く伍作の後ろ姿をずっと見ていた。

第六章　輪中の花嫁

ああ、あの多度神社だったら油島がよく見えるかもしれません――。

カナがぽんと手を叩いて靫負にそう教えたのは五日ほど前だ。絵図面をたしかめると社は多度山のふもとにあり、まっすぐ東を望めば三川のぶつかる油島になる。ちょうど東に見たいものが見えるのは、鹿児島にいたときの桜島がそうだった。

だから靫負は国許への文を書き終えると主税を誘ってここまで歩いて来た。道中お松のことでも話すつもりでいたが、主税は靫負が振り返るたび、あれは帰りに拾いましょうと、普請に使えそうな石を指して微笑むばかりだった。

「ここでしょうか。まるで見えぬようでございますが」

石段を上ったとき、主税は手庇をたてて東の空を仰いだ。日に灼けた鳥居が立ち、鳶が羽を休めて靫負たちを見下ろしている。木が高く伸び、辺りは鬱蒼として景色は開けない。

「御家老はまことは豊久公の墓に参られたかったのではございませんか」

「いや」

「左様でございますか?」

ここからまだ少しはかかるからなあと、主税は独りごちた。

たしかに靱負はカナに聞くまではそのつもりだった。下期が近づき、よく眠れない夜が続いていた。

「油島に取りかかるまで、あとひと月でございますね」

あれで水は引くのでしょうかと主税は首をかしげている。秋が近いせいか雨も多くなり、三川は連日、まるで海のごとくのさばっていた。

油島は尾州、濃州、勢州の境にあたり、これまでの国役普請でほとんど手つかずにきた場所である。三川がぶつかるといっても実際には木曽川と長良川のあいだには中州があり、堤で締め切るのは長良川と揖斐川のあいだだ。

ただ木曽川と長良川はその手前で数里にわたって一筋になり、雨の少ない時節だけ二筋に分かれている。堤を築くのは、いわば揖斐川に入る長良川と木曽川の水を撥ね返すためだった。

「普請が始まれば、じきに水は冷たくなるだろうな。川普請というのに夏は手出しできぬとは皮肉なものじゃ」

「なに、悪いことばかりではございませぬ。暑さが去れば、赤痢も収まってまいりましょう。それにこれからは大井川の川並鳶も加わります。ぐっと普請は進みます」

主税は参道に転がる石を袂(たもと)に入れながら靱負を振り向いて微笑んだ。案じても仕方がなければ拘泥しない、はるかな先まで見定めて歩いて行ける若者だ。主税と夫婦になればお松は仕合せになれる。

「御家老は今日も文を出されたのでございますか」

「ああ。国許で案ずるばかりのほうが辛かろうゆえ」

むろんそれだけではない。赤痢の者は跡を絶たず、靱負はまたしても国許に藩士を遣わしてくれるように頼んでいた。

靱負はそのたびに義弘公を思い出す。朝鮮で、関ヶ原で、義弘公は兵が揃わずに幾度も文をしたためた。

「油島の堤はいつごろ竣功いたすのでございましょうね」

その日が楽しみですと歌うように言って、主税は熱心に石を見繕っている。

油島の堤では、目論見だけで一辺六尺の箱にして二万個あまりの石が要る。公儀からは早く石を集めよと命じられて、薩摩では夜を日についで取り組んでいるが思うにまかせなかった。笠松役所の郡代配下からは何かといえば江戸表に伺いをたてると脅しまがいのことを口にされ、靱負たちはずいぶん高い値で石を買ってもいる。

「先般、大井川の川並が油島に潜ったがな。川床の落差は一丈余りもあると申しておった。水というものは上から見ておっては何も分からぬな」

「なんと、一丈でございますか。ふうむ、さしずめ揖斐川の二階が長良川ということか。しかしさすがは大井川の人足たちだ。これは頼りがいがございますね」

ものは考えようだった。つくづく、一心に前を向いている若者がいなければ、こんな普請は乗り切れないだろう。

「主税、石はそのぐらいにしておけ。帰りも歩かねばならぬのだぞ、袂が破れてしまう」

「いいえ、今少し」

主税の声は朗らかだ。子供のように地面にしゃがみ込んで、袂や懐に大きな石を片端から詰めていく。

油島では長良川が揖斐川にぶつかったあと、半里ばかり一筋になってまた東西に分かれている。分かれるといってもか細い中州があるだけで、その先でまた一つに交わるのだが、中州まで堤を築いて完全に二筋に分けてしまうか、堤の中央を切った中開け堤にするか、まだ決まっていなかった。完全な締切堤にすれば揖斐川沿いでは洪水が減るが、そのぶん長良川では水量が増し、今より頻繁に出水があるかもしれなかった。

広い土地をかかえる庄屋たちは三川を固定するためにも締切堤を望んでいるが、長良川側の輪中の民はことごとく中開け堤がよいと言う。むろん薩摩にとっては、築く堤は一間でも短いほうが有難い。

「油島の辺りは、これまでの普請場とは川の深さが違うておるからな」

「左様でございますね。まず一番の難普請となりましょう」

上期で行った急破の普請とは違って、油島では一から堤を築くためにまずは川底に石を敷きつめなければならない。ときには渦を生じ、常に褐色に濁った泥の川で、はたして人にそんなことができるのか。

町請けもようやく許されたが、請け負う商人がいるかは分からなかった。靱負たち算勘方の考えでは先々必ず町請けのほうが安くあがるが、請ける者がなければどうにもならない。

「案じられるには及びませぬ。我らは無事やり遂げて薩摩へ帰り着くのでございます。必ずや義弘公がお守りくださいます」

主税はこちらを見上げて明るく微笑んでいる。己という男は、どれほど多くの人に支えられているのだろうと靱負は思った。

「国へ帰ればそなた、お松はどうする」

「御家老。今は女子のことなど考えておるときではございませぬ」

主税は石を手に取り、丹念に泥を払っている。

靱負には息子が一人あったが、孫を残して早世した。顔を赤くしてうつむいている主税を見れば、そんな昔のことも思い出された。

「薩摩へ帰れば、お松とは早々に夫婦になるのだぞ」

「ですから私は、美濃へ参ってからはお松殿のことはつとめて思わぬようにいたしております。男がこのようなときに」

靭負は噴き出した。

「このような折ゆえということもある。儂はいつも佐江を思い出すぞ」

「それは御家老は夫婦であられますから。私など、お松殿が変わらぬ心でいてくだされるかも分からぬ身で」

「ではお松の心次第なのだな」

「私がお松殿以外の女子を妻にするとでもお思いですか。私は普請が十年かかろうとも、お松殿をお待ちいたします」

主税はたまらぬという具合に、浄めた石を思わず地面に放り出した。そしてまた拾い上げ、土を落とした。

――では普請が成るまで、きっと生きていてくださるのでございますね。私は普請が十年かかろうと、その日をお待ち申し上げておりますから。

総奉行に任じられて城から帰った日、佐江は靭負に、よくお引き受けなされましたと言った。

――よく話してくださいました。すべてをお聞きしても、私は一日も早い普請の成就を祈っております。それが旦那様の願いでございますから。

佐江の泣いた顔も笑った顔も、靱負はどちらも毎日思い出す。お松と主税には、己たちのような夫婦になってほしい。そして主税には、お松に佐江のような思いをさせないでやってほしい。主税たちが切り開いていく薩摩の未来が、二度とこんな苦難に遭わぬものであることを靱負は念じている。

「どうも油島は見えぬようじゃ。帰るとするか」

「はい。思いがけず、良い石が手に入りました」

主税は膨らんだ袖を童のようにゆさゆさと振ってみせた。

「どれ、儂も少し持とう」

「なんの。このような仕事は若い者にお任せください。美濃に来てから、重い物にはすっかり慣れました。御家老、この日の本で今いくさをさせれば、最強は間違いなくわが薩摩でございますぞ」

「おう、まことじゃの」

笑ってうなずきながら、靱負は主税の袂から石を二つばかり抜き取った。せめて一つずつは手に持って帰ろう。

主税は嬉しそうに顔をほころばせて、小さく頭を下げた。

朝から本小屋の周囲は見慣れない人影でざわめいていた。長屋の藩士たちが普請に出払った辰中刻（午前七時四十分）のことである。

「いかほど集まっておる。松之輔、そっと見てまいれ」

添奉行の十蔵は座敷の中を行ったり来たりしている。算勘方はそれはそれとして気にならぬはずはないのだが、黙って帳面に向かっていた。

「大坂の商人ばかりではないようでございます。どうやら駿河のほうからも集まっているようで」

「なに、では大井川の辺りもおるか」

「そこまではまだ」

お松は首を振って苦笑した。商人たちは互いに見知っているのか、靱負を待つあいだ親しげに話をしている。この普請場の噂でもしているのかと思うと、お松も十蔵のように落ち着かなかった。

やがて刻限になり、商人たちは大広間へ入って行った。

先達て靫負は大坂の藩邸へ文を出し、三十八ヶ所で町請けが許されたと伝えておいた。それで出入りの商人を通して口入れ屋にまで声をかけ、請け負いを望む商人に足を運ばせたのである。

靫負も十蔵も下期の普請がどれほどの難事かは包み隠さず、勘定帳にして商人たちには知らせてある。それでも商いとして儲けになるなら受ける者はあるだろうし、ならぬというなら難場は残るはずだった。ただ薩摩としてはこれからの普請は堤を築くにも土台からこしらえねばならず、従来のように輪中で集めた百姓や、水に慣れない藩士ばかりでは乗り切れぬと考えていた。だからなんとしても商人たちの仕切りで、たとえば大井川の川並や諸国の石工のような者を広く集めたかった。

靫負を待つあいだ、お松は商人たちのあいだを回って名を書かせておいた。下期の普請はどれも大きなものになるので、掛かりは一ヶ所につき一万両は下らない。

それを仕切るとなると誰もが国では多少の店を構えているらしく、番頭らしい供を連れて、あらたまった形をしていた。なかで輪中の庄屋らしい男もいたが、なぜここに庄屋がいるのかお松にはよく分からなかった。

やがて靱負が廊下の渡り口の先に姿を見せた。そのまま大広間に入ると、頭を下げた商人たちを立ったまま見渡した。

「今日は足労をかけた」

靱負が言って皆が頭を上げたとき、靱負はあっと小さく声を上げた。

「そのほう、夕霧屋ではないか」

「はい。御家老様にはお変わりないご様子で、本日はお目にかかれて恐悦至極に存じます」

人なつこい顔の商人が最前列の端で手をつき、その隣の商人も同じようにした。小倉から同じ船で大坂に入った、鹿児島一の呉服問屋である。

「夕霧屋、そのほうも普請を請け負うつもりか」

すると夕霧屋は大きな笑い声を上げて顔の前で手を振った。

「滅相もございません。帯や反物しか扱ったことのない手前などに何ができますものか。ですが商人にとっては此度は一世一代の儲けどころ。なんとか一枚嚙めぬものかと、ない頭で考えましてな」

丸い髷を大振りに指でさし、よく通る声で応えた。扱ってきたのは柔らかな絹や紬でも、薩摩大隅でいちばんの商人である。

「是が非でも四之手、油島締切堤を引き受けたいと申される御仁のお供で参りましてな。手前も金子は出して、利子なりとも頂戴いたす皮算用でございます」

夕霧屋がちらりと隣に目をやると、すかさずその男が深々と頭を下げた。どうやらそれが油島を請け負うという商人のようである。

「遠江の材木問屋、河内屋伊兵衛と申します。なにとぞ油島の締切堤、この河内屋にお申しつけ願わしゅう存じたてまつります」

靱負も、そして十蔵も顔には出さなかったが、これほど有難い言葉はなかった。油島はまず下期いちばんの難普請で、引き受ける商人がいるかどうかは大きな賭けだった。

座敷は河内屋の言葉でにわかにざわめいた。遠州の河内屋というのはかなり名を馳せているようで、商人たちはそこここで、あの河内屋かと囁き合っている。

「殊勝なことじゃ、夕霧屋、河内屋。ならばまずは、そのほうらの話から聞こう」

靱負は硬い顔つきのまま立ち上がると、隣室へ二人を招いた。

そのあとからお松も立った。八畳ばかりの小部屋で、お松ともう一人、書付を作る算勘方のために文机が置かれている。

「よう申してくれたの、夕霧屋」

座るとすぐに靫負は言った。

「とうに存じておろうが、四之手は我らと百姓ではどうにもならぬ」

靫負はそこで口をつぐんだ。夕霧屋が連れて来たとはいっても、まだ河内屋をそこまで信用することはできない。

夕霧屋は察したのだろう、先に己から話し始めた。

「御家老様、河内屋さんはもとは信濃の材木を江戸へ廻送して財をなした商人でございましてな。かの暴れ天竜を知り尽くした男でございます」

夕霧屋は頼もしそうに男を顧みた。

よく灼けた肌に、いかにも目から鼻へ抜けそうな顔立ちをしている。袖口から覗いた手首は並の男より一回りは太く、贅沢な羽織さえなければ、このまま急流を筏で下ってしまいそうな貫禄もある。

信濃の木々には幕府の御留山とされているものが多く、大の男が三人がかりでようやく腕を回せる太い木が江戸へ伐り出されていく。その木々は天竜川を筏に組んで流し落とすのだが、急峻な山間を深く抉るように下る急流は日の本一の暴れ川とも呼ばれ、筏を操る川並は腕も抜きん出ているが、そのぶん気性も荒い。

河内屋はその天竜川の川並たちを束ねて信濃の木々を江戸へ送り、商いを大きくしてきた。だから川を知るばかりでなく、川と生きる川並たちを、その暮らしぶりから気質に至るまで知り抜いているのである。

河内屋は顔を上げると、じっと靱負の目を見つめた。

靱負も穏やかな顔で河内屋を見返している。ほとんど同年に違いない二人は、互いに生国からは遠い美濃の地で初めて出会うことになった。

「総奉行様は幾度も幕府に掛け合い、ついに町請けになさいましたとか」

ようなさいましたと、河内屋は微笑んだ。

「天竜川の川並は、触れれば火花が飛び散るような気性でございます。なにせ深い谷間の鉄砲水のような急流を、大木に跨がって海まで出るのでございますからな。水の機嫌を取っておるようでは滝など下れませぬ」

「そなたの川並どもは滝も越えるか」

「いかにも左様でございます。暴れ天竜だろうと木曽三川だろうと、人が下手に出ておるばかりではなりません。輪中と申しても、百姓ではそこまで気は強うございますまい」

「いやいやいや」

靱負は顔をしかめて手のひらを振った。どうしてどうして、輪中の百姓たちは肋が一本多いのだ。

河内屋は膝を詰めた。

「輪中の民の、沼地を田に変える粘りは大したものでございます。ですが川はしょせん川並のものにございます」

百姓が田に入っている時節も、ずっと川で暮らしている者たちだ。

靱負は懐から帳面を取り出した。一之手から四之手までの普請場が細かく記され、急破普請を終えたところは上から線で消してある。

「油島の締切にはおよそ八千五百坪ほどの土が要る」

靱負が閉じた扇の先でさすと、河内屋と夕霧屋は頭を寄せてその帳面を覗き込んだ。

「底に石を敷き詰めたあと、六尺四方の石の箱を落としてゆく。箱の数はおおよそ

「それは堤を全締切にしたときの数でございましょうか。それとも堤を中開けに
……？」

「中開けじゃ。川上の油島から五百五十間、川下の松ノ木村から百五十間、中を三百間開けるつもりだ」

だがそれも中開けが幕府に許されたとしてのことだ。全締切にしなければ川を分かつことにはならないと強固に反対する者がいる反面、無理に全締切にすれば川の流れが変わると恐れる者も多い。

「手前は夕霧屋さんと、ここへ来る前に油島を見てまいりましたが、中開けがどうにか打てる最善の手でございましょうな。油島から松ノ木村まで全締切にするなど、海に仕切りを立てるようなものでございます。まず天竜川や大井川の川並でも、底まで潜ることはできますまい」

「二万五千……」

夕霧屋が思わず声を漏らした。薩摩からは千人ほどの藩士が来ているが、その各々が二十五箱をこしらえてようやく足りる量である。

「二万五千になろう」

鞍負は腕を組んでじっと聞いている。

「しかし中開けでもそれほどかかりますものか、河内屋さん」

「いや、川底へ投げ落とすのですよ。中には砕けて散らばってしまう箱もありましょう。木曽三川がぶつかるところだ、思い通りの底へ沈めるとなると、これはなかなか……」

たぶんこの河内屋のほかに油島の締切堤を引き受けられる者はないだろう。だがそれさえも夕霧屋が金子の面で脇から支えると言った上でのことなのだ。

「儂はなんとしても中開けを認めていただくつもりでおる。それゆえ、油島締切堤は年内に竣功させる」

「それはしかし、三月ほどしかない勘定でございますが……」

河内屋が考え込んでいる。お松たちは筆を握って待っているが、さっきから一度も費えの話は出てこない。額よりも差配できるかできないか、鞍負はそちらを見極めている。

河内屋はため息をついた。

「寒い時節の普請となりますな。諸色の値も人足賃も上がってまいりますぞ。ですが御手伝い普請も一年かぎり。さればこの河内屋も、無理を通してでもお客人の望みに添わねばなりませんな」

　靱負は腕を組み、目を閉じて動かない。

「二万五千の石の箱を九十日で埋めるとなると、日に三百がた落とさねばならぬ勘定でございます」

「左様。箱はすでに七千ほど用意した」

　ふんふんと河内屋はうなずいた。互いに頭で勘定をしているが、河内屋もそれは儲けのことではなさそうだ。

「石集め、いや諸色のことならば、この夕霧屋もお手伝いさせていただきますぞ」

　夕霧屋は靱負にというよりは河内屋に持ちかけている。やはりこの河内屋しか油島を差配できる商人はいないのだ。

　油島に堤を築くにはまず川底に石を埋め、その上に石の箱を敷きつめる。あとはその箱を押さえるように木枠を上からかぶせて、ようやく水が切れたところで表面を土で覆っていく。だがかつて誰もやったことのない普請だから、やり始めて不都合があればそのときは変えなければならない。

「日に舟を三百行き来させるとして、諸色の手配から積み込みと、どれ一つ滞らぬように回していかねばなりませぬ。冬場の石など、氷も同じでございますからな。年寄りなど集めても、飛沫を浴びて凍えるばかりでございます」

靭負はまだ目を開かない。休工のあいだ、冬に備えて懸命に諸色を集めたが、それでも追いつかなかった。冬に諸色を集めるのは運び賃もかさみ、物自体が減るので全般に高直になるのである。

「材木はいかがなさいます」

「御公儀から下げ渡しがある。だがそれだけでは足りぬゆえ、いずれ買うことになる」

「左様でございましょうな。下期では、それを河内屋から買っていただけましょうか」

靭負はゆっくりと目を開いた。

上期の急破普請で用いた材木は大半が幕府の御留山から伐り出したものだった。御留山は木曽川の川上にあると聞かされていたが、実際に杣(そま)や木挽(こびき)を遣わしてみると木曽川沿いではなく、尾張領の川を継いで運んで来るしかなかった。

「材木は高くつく。尾州の川を通るには関銭を納めねばならぬ」

　薩摩は命じられるままに遠国から木を伐り出し、川銭を払い、船や荷車を用意して一之手から四之手までの普請場に振り分けてきた。幕府の働きかけで尾州の御国奉行が関銭を免じてくれたのは、上期の普請がほとんど終わった夏のことだった。

「まことに気兼ねの先が多いことでございますな。ですが手前ども商人はそのような煩いには慣れたものでございます」

　夕霧屋が言うと河内屋もうなずいた。

「どうぞ四之手、油島締切堤はこの河内屋に請けさせてくださいませ」

　河内屋は丸い髷を深々と下げた。並んで夕霧屋も手をついた。

「願ってもないことじゃ」

　靱負の声は悲しげだった。商人の得意とする駆け引きを藩士にさせたばかりに幾人もが腹を切った。商人ならば、少なくとも藩主への申し訳なさに腹を切ることはない。

「任せてよいか」

「どうか宜しくお引き回しくださいませ」

靱負の横顔は泣いているように見えた。靱負の傍らではもういくつもの命が消えていた。

河内屋たちが座敷を出て行くとき、靱負は夕霧屋を呼び止めた。

「座敷ではよう言うてくれた。四之手を引き受ける商人がいると知れば、あとは自ずと見つかるであろう」

膝をつき、靱負に首を振ってみせた夕霧屋もまた、目が潤んでいた。

熊吉と猪平は湯漬けの中食(ちゅうじき)を手早く済ませると、油島の突端へ行って煙草を吹かした。少し冷たくなり始めている風は額に浮いた汗をすぐ消していった。

十日ばかり前、この地に初めてやって来た二人は今日から川に潜ることになっていた。大井川のほとりで生まれた二人は同年で、競うようにして泳ぎを覚え、今では故郷の村で最も稼ぎのいい川並鳶に数えられていた。少々の増水なら魚さながらに対岸まで泳ぐことができたし、水の色を見ればおおよその川の深さが分かる。水面がどれほど穏やかでも下に渦が巻いていることも、幼い時分から幾度も溺れかけたおかげで見落とさなくなっていた。

だから大坂の商人が木曽川で川並を探していると聞いたとき、二人は即座に加わることにした。人足賃も高かったが、大井川とよく比べられる木曽川というのを見たかったし、そこに貧しい百姓たちのために堤を築くのだとなれば、知らぬ顔はできない気になった。

「熊吉よう。これが毎年毎年、何度も氾濫するってえのは気の毒なこった」

猪平は横向きに寝そべって肘枕をしていた。だいぶ涼しくなってきたお天道様の下で、青い空に向かって煙を吐くのは何よりの贅沢だった。

「まっことなあ。こりゃあ川底が坂になっとるで、あっちかたはたまったもんではねえのう」

熊吉は煙管で揖斐川の向こうをさした。

そのとき東側の川縁に人足が集まり始め、二人はのんびりと身体を起こした。どうやら午の再開である。

油島の突端では薩摩の藩士たちがもう朽ち舟に石を積み込んでいた。ここの侍たちの働きぶりは二人も舌を巻くほどで、ゆっくりと中食をとっている者を見たことがなかった。昨日も二人で、これなら一年で堤もできると噂し合ったばかりである。

熊吉と猪平はそれぞれ別の舟に乗り込んだ。大人の頭ほどもある石が舟も沈むほどに積まれていて、それを油島の先に一つずつ落としていくのがこのところの二人の御役だ。

油島では西の揖斐川と東の長良川が合流し、半里ほど下った松ノ木村でまた二手に分かれている。川並たちは藩士に指図されるまま、川の色が変わる辺りに石を敷きつめていく。

「お侍様、あの端っこに並べていなさる箱はなんでございますか」

猪平は灌木のあいだから覗いている汚れた木箱の山を指さした。大男の背丈ほどあるが、猪平たちがここへ来てからの短いあいだにも数が増え、今では一帯がびっしりと黒い四角で覆われたようになっている。

「ありゃあ駿府様の御城の石垣のごとく大きいで」

「さすがは大井川の者じゃ。そうよな、上様の御城の石垣に使うてもらうがよかろうの。外は木でも、中は石ゆえな」

「なんと、石の箱でございますか。なるほどなあ、川底にこの石ころを並べて、次はあれを積みなさるので」

「ああ左様じゃ。美濃では城の石垣にするような大石は手に入らぬゆえな」

猪平はつくづく感心して、たいそうな手間でございますなあとつぶやいた。だがそれには侍は応えなかった。

舟は長良川の側から油島を出ると、吸い込まれるように揖斐川の流れに近づいて行った。ついさっき猪平たちが寝そべっていた油島の突端まで来ると、藩士たちが櫂を操って、どうにか舟を止めた。

「お侍にしちゃあ上手いもんだ」

「いいから早う石を落とせ。まったく、ここの流れだけはどの普請場とも違う」

藩士の突っ張った二の腕から汗がしたたり落ちている。

「おぬしら、川底まで潜れるのだな」

「ああ、そりゃあ任せてくだせえ」

猪平たち川並は水の中で自在に目を開くこともできる。上からは泥としか見えない褐色の流れも、慣れればわずかは見通せるようになる。

「すまぬが底で石をなるたけ平らに並べてくれよ。よいか、できるな」

猪平はうんうんとうなずいた。あの石の詰まった木箱を並べるために、底に敷く石に段差があってはならない。

よっ、と猪平は息を吸い込んで石を一つ投げ入れた。そしてそのまま頭からそこへ潜って行った。

五間ほども潜ったろうか。頭の先で伸ばしていた手が、何かに触れた。目を開いてしばらく待つと己のたてた波が静まって、少しずつ水の濁りが消えていった。

一間ばかり先で熊吉が手招きをしている。その先を見ろと指をさしているのは、胴体ほどもあるような大岩が石に乗り上げているところだった。猪平は水を掻き、二人でそれを石のない水底へ動かした。水の中では軽いが、大岩は半分がた砂に埋もれ、わずかに頭が地中から覗くだけになった。

二人はそれからも石を均していった。五つばかり並べると、さすがにもう息が続かなかった。

猪平と熊吉はうなずき合って水面へ上がった。

「熊吉よう。底っても砂ばっかりで、こりゃあ水が濁るはずだなあ」

熊吉がぷうっと水まじりの息を吐いた。

「ああ、いくらでも石を吸い込んでしまうで、きりがねえ」

立ち泳ぎで舟を待ちながら顔を洗った。大井川には慣れた二人だが、雨もないのにこれほど濁る川は初めてだった。

すぐに舟が来て、二人はそれぞれに乗り込んだ。

「どうであった。なるべく底を平らにしてもらいたいのだが」

薩摩の侍は猪平たちのような川並にもえらそうな口はきかない。どうせ日暮れまで同じことを繰り返すのに、顔を拭けと手拭いを差し出すときもある。

「これはえらいことだで、お侍様。手早くせんと、次から次へと砂が運ばれて来るで、石を敷いてもすぐ埋もれっちまう」

「左様だろうな。で、底も坂になっておるのか」

「いや、そんなことはねえ。ただ、東の長良川から土砂が運ばれとるのは、潜ればすぐ分かるほどだで。人には分からんでも、斜めになっとるのかもしれんなあ」

「そうか。困ったものだのう」

そう言いながらも侍はひたすらに櫂をこいでいる。猪平たちを休ませたら、また岸につけて石を積み込むのだ。その間にも別の舟がさかんに行き来をしている。

舟から見渡すと、油島の先を数えきれないほどの小舟が石を載せて進んで行く。岸には石の山がいくつもあって、藩士たちは舟が戻るたび、そこから石を持ち上げる。もう十日、すっかり見慣れた景色だが、石の山はあとからあとから石が運ばれて、いっこうに小さくならない。

「お侍様たちは変わっとるな。当たり前なら、手間なことはみんな人足にやらせて、侍は突っ立って見とるもんじゃねえか」

なかには煙草が止められず、藩士が積み込んでいるそばで煙草を吹かしている川並もいる。川から遠目に見ると、藩士たちはそんな川並をどやしつけることもない。

「手早くせねばならぬと申したのはおぬしではないか。一日でも普請が長びけば、それだけ藩の金子がのうなるのじゃ。石だとて大枚はたいて買うておるのだぞ。儂らにとっては水底に捨てておるのは米俵にも等しいわ」

「そうかあ、あれは薩摩の米か」

「ああそうじゃ。薩摩の侍はもとから半分は百姓のような暮らしをしておるゆえ、米の有難みはよう分かっておる。国許では年寄りも幼子も、食うや食わずでこの石を買うてくれておる」

　猪平は二筋の川を見渡した。川並に親切なのはこの侍だけではない。どの舟でも川並の指図で侍が石を落とし、その川並が水中から戻って顔を出すと、侍はそこへ急いで舟を寄せる。なかには川並が舟へ上がるのに手を貸す侍もいる。

「お侍様は一日も早う普請を終えたかろうな」

「申すまでもなかろう。終えるということは三川の堤ことごとくが出来上がるということじゃ」

「出来上がらねば帰れんか」

「そうとも。置いてきた親も子も気がかりじゃが、放り出してきた田畑も今時分どうなっておるか」

　猪平たち大井川の川並は、木曽三川では毎年御救い普請があると聞いて羨ましく思っていた。出水のたびに百姓たちに鍬で堤を築かせているというから、御上はもとから美濃の出水をなくすつもりはないのだろうと皆で笑っていたものだ。

　それが今年ばかりは諸国から人を集めるというので来てみれば、これはまた御上が投げ出すのも無理はない泥川だ。堤など造れるものかと思ったが、御上が選んだ薩摩の侍たちは人足以上によく働いた。朝から晩まで数珠（じゅず）つなぎに重い石を運んでいるさまは、小さな身体で巨大な塚を築く蟻のようだ。

「お侍様たちもとんだ御役でございますなあ」

「左様じゃのう。この石もあの石も薩摩の米じゃ。心して扱うてくれよ」

その翌日から雨が降り出したが普請は変わらずに続けられた。熊吉は一度、まだ潜れるかと聞かれてうなずいたが、大井川では御上の厳しい達があって毎日水かさを測り、一寸でもそれを超えると川止めになったから、すべて沙汰次第というのには驚いた。

藩士たちは雨に打たれるにまかせて、泥濘の中に座って蛇籠を編んでいる。石を落とす舟は、無理だという人足は休ませているので数も減っていたが、どの舟も晴れればすぐ出られるように石を積み終わっている。川上からは常と変わらず石や材木が運ばれて来て、藩士たちは休む間もなかった。

だがさすがに雨が続くと水かさは増し、濁りも激しくなって、熊吉たちも川の水が恐ろしいと思った。雨粒が輪をつける水面はいつもとさして変わらないが、水中では東の長良川は勢いよく揖斐川へ流れ込んでいる。熊吉たちもいつものように長く潜っていることはできず、水底ではどれほど目を凝らしてもあまりよく見えなかった。

「おい、ついに出るらしいぜ」

三日も降り続いた雨があがった朝、猪平は並んで舟を待つ熊吉の肩をはたいた。

ずっと雨に濡れていた六尺四方の箱が川縁に寄せられている。水底に石を敷き終えた油島側から、次は箱を埋めていくのである。

藩士たちは二人がかりで箱を川舟に転がし入れると、渾身（こんしん）の力で舟を押した。

「おお、浮いたぞ」

朽ち舟がどうにか水を切って流れ出すと、藩士たちが歓声を上げた。

箱一つに舟一艘、それを一人の藩士が操ってまっすぐに川を下って行く。そんな舟が連綿と続き、陸から見ていると細い縄がたゆたっているようだった。

油島に近い舟で、侍が鉈（なた）を振り下ろした。猪平たちがあっと息を呑んでいるあいだに、舟は水を噴き上げて沈んだ。

藩士は箱の上に立つと、鉈を懐にして川に飛び込んだ。川面がぱっくりと口を開いて渦を巻き、舟と箱と、藩士の足を引きずり込んでいく。

藩士は大きな抜き手で水を分け、どうにか渦から離れた。

「侍が、危ねえことをする」

だが箱を載せた舟は、藩士たちの手で次から次へと鉈が振り下ろされた。舟はちょうど縄目が水に呑まれるように水底へ沈んで行く。

猪平も熊吉も、常は煙管の煙しか見ていない他国の人足も、茫然とその光景を見守っていた。

「この箱を、全部ああやって落とすつもりか」

太い丸太が流れて行くように見えるものには、端に大きな岩が括りつけてある。その傍らを侍が匕首を口にくわえて泳いで行き、頃合いまで来ると縄を切って石を落とし、帰りは丸太を引いて泳いで来た。

だがなかには二人が乗って行く舟もあった。一人が櫂で舟を繰り、一人が箱を抱くようにして川へ飛び込んで行く。それはまだ頑丈そうな舟のときで、飛び込んだ侍が戻ると舟は向きを変えた。

「俺たちでもあんなことは……」

さすがに人足も煙管をしまって立ち上がった。

熊吉たち川並は水中で箱を整えるように命じられ、朽ち舟の列が川下へ移動したところから川へ潜った。

　水底はずいぶん砂が舞い上がらないようになっていた。むろん石畳とまではいかないが、泥の底に二間ほどの幅で石が埋まり、その上に大きな木箱が落とされている。なかには石畳からずれて泥に埋もれてしまった箱もあったが、それはもう持ち上げようもない。熊吉たちにできるのは、運良く石の上に載った箱を詰めて高さを揃えることだった。

　少しずつ押し動かして、熊吉は水面へ上がって来た。

「おい、どうじゃ。どうなっておる」

　舟の上から侍が不安げに覗き込んでいた。

「お侍様、わりに上手く落としてあるもんだ」

「おお、そうか。なんとかなりそうか」

　侍はぱっと明るい顔になって、熊吉に手を差し出した。

　熊吉はそれにつかまって舟に上がった。

「今のとこ、箱が割れてしまうとるのはないようだで」

「ああ、それは重畳じゃ」

言いながらも侍は休まずに櫂を漕いで行く。

「なあ、お侍様。こうやって石を敷いた上にずうっと箱を落としていくんか」

「ああ、そうじゃ。なかには上手く載らんものもあったろう」

「ふん。まあ大方は石の上に収まっとるで」

侍はほっと息をつき、気さくに熊吉の肩を叩いた。

油島の堤は松ノ木村まで全締切にするのではなく、油島から五百五十間、松ノ木村から百五十間として、中央を三百間開けることになっていた。だから同じことが川下の松ノ木村の側からも進められている。

「こりゃあしかし、木箱をいくらこしらえるんかのう」

「そうじゃなあ、二万か三万がところだろう」

「三万か！　したら朽ち舟も同じだけ要るんか」

「ああ。儂らは言われた通りに舟を沈めて箱を落とせばよいだけじゃが、算勘方はたいそう苦労しておるだろうの。作業が滞らぬよう石を集めて箱を作らせて、皆の食い物まで手配しておる。それは寸法違いも起こるであろう」

侍は首まで火照らせて櫂を漕ぎながら、しみじみ案ずるような声で言った。

手配した杭の長さが違って使いものにならず、算勘を誤った申し訳なさで切腹した者があったことは熊吉たちも漏れ聞いていた。それでも商人や川並は己たちにできないことをやってくれると、藩士たちは誰にも決して八つ当たりも横柄なふるまいもしない。

この普請場では木箱を落とした次は、大木で作った枠を端から打ち込んでいくことになっている。高さ二間半、横木も二間半という鳥居形の枠で、水中に沈めた箱を上から留めるという。そこにさらに杭も打って堤の骨組みにし、あとはまたその表面に石を積んでいく。

そこまで出来れば揖斐川と長良川は分かれ、油島で三川が濁流になることもなくなるはずだった。

「こいつは水が冷たくなる前にやっちまったほうが楽だなあ」

舟が岸に戻ったとき、そう言って熊吉は浅瀬に飛び降りた。昨日までは石が積み終わるのをぼんやりと待っていたが、これからはそれも手伝うことに決めた。

藩士たちが普請場に出払った巳上刻（午前九時）、お松はカナと連れ立って揖斐川まで出かけて行った。空は清々しく晴れ渡り、薄い雲が桜島の煙のようにたなびいている。凪はこころもち海へ向かって吹き、水面は穏やかに白い波をたてていた。

昨夜お松は靱負に呼ばれて、油島の上手にある帆引新田で嫁入りがあるので、珍しい舟入り婚をカナと見て来いと言われた。

――たまには娘らしいこともするがよい。国へ帰ったとき佐江にでも聞かせてやってくれ。

靱負は小さな灯明の下で文を書いていたが、ついに一度もお松のほうへ顔は上げなかった。ときおり炎が揺れて靱負の顔に濃い影を落としているのがお松は気にかかった。

――御家老は何か御覚悟をなさっておられるのでしょうか。

ついお松はそう口にした。藩士の中から初めて切腹者が出たときの靱負の涙顔が影に重なって見えた。なんのために私がここにいると、あのとき靱負は拳を震わせていた。靱負ははじめから一人で何かを決め、ここに座っているのではないだろうか。

――覚悟をせずにここへ来ておる者などおらぬ。それよりそなた、主税とはどうなっておる。

お松はじっとうつむいていた。主税のことは諦めてここへ来た。

――主税はそなたの他には妻など娶らぬと申しておった。五年でも十年でも待つとな。

靱負の筆はかたときも止まらず、事を一つひとつ、決して滞らせずに先へ進めているようだった。それはまるで余命を切られたような、淡々とそれを受け入れているような姿だった。

――御家老は……。

――そのような顔でものを突き詰めるものではない。明日は行ってまいれ。

それきり靱負はまた書き物に戻ってしまった。藩士の赤痢はまだ続き、大掛かりな下期の普請が始まって、国許から金子も人も新たに送らせねばならなかった。人はともかく、金子は国許も出せるだけ出している。それをさらにと文を書くのがどれほど辛いか、お松にもよく分かる。だが文を書くのは総奉行の靱負にしかできないことだった。

　その靫負の孤独に比べて、お松は今このときもどれほど恵まれているだろう。ところどころぬかるんだ畦道をカナと歩いていると、薩摩でなんの悩みも知らずに遊んでいた童女の時分を思い出す。

　風が短い髪を撫でても、カナがいるので寂しいとは思わない。お松の母と佐江も、こんなふうに風の中を歩いたことがあったかもしれない。

「カナも嫁入りのときは舟に乗って伍作のところへ来たのですか」

　振り向くと横にはカナの明るい笑顔がある。

「いいえ、特別なことはしませんでした。私は洪水で流されて、息を吹き返したときから伍作の屋敷の土間でございました」

　カナはおどけたように顔の前で大きく手を振っている。

「まあでも、舟で来たといえば来たことになりますね」

　お松とカナは同時に声を上げて笑った。辺りには誰もおらず、稲穂だけがさわさわと風に音をたてている。

　この辺りでは輪中を出て嫁ぐとき、花嫁衣裳を着て十石舟で川を渡って行く。船頭が櫂を漕ぎ、小さな舟には花嫁と仲人が座っている。

舟は泥の川を縫うように流れ、白無垢（しろむく）の花嫁衣裳が雪の花びらのように輝いて、遠目にもそれは美しいという。輪中の娘たちは皆、いつかはそんな嫁入りがしたいと夢見て育つ。

「でもそんな嫁入りができるのはほんの一握りの娘だけでございます。輪中はいがみ合っているところが多いし、たいがいは同じ輪中の中で夫婦になりますから。あとから拓かれた新田というだけで低く見られているところもありますし。よその輪中から嫁をもらうのは、よっぽどのことです」

「だったら、そのよっぽどのことを伍作はしてくれたんですね」

お松が笑いかけるとカナは恥ずかしそうに顔を伏せた。

「私は花嫁衣裳も着てません。伍作がそんなもの、要らないって」

拗（す）ねるのでも僻（ひが）むのでもなく、カナは少し誇らしそうに言った。伍作はカナさえいればよかったのだ。

「伍作は本当にカナが大切なのですね。カナは器量良しで気だてが良くて、とても働き者だから分かります」

「そんな、とんでもないことです。あれくらい働くのは当たり前です。私はもともと下女なんですから」

「いつまでもそんなことを言っていたら伍作が悲しみますよ。カナは大庄屋の鬼頭家の女房でしょう」

カナは飛び退って、ぶるぶると頭を振った。

お松は笑って、また横に並んだ。

やがて揖斐川が見えてきた。空が明るいぶん、水も青く光を弾いている。

「ああ、松之輔様。あれです、ほら」

カナが弾んだ声で腕を差し上げた。

日に照らされた南の水面に、一艘の小さな舟が舳先をまっすぐこちらへ向けて水を切って来る。

カナほど遠目がきかないお松には褐色の泥の中に白い花が浮いているようにしか見えない。だがその花はみるみる大きくなって、やがて白い綿帽子が浮かび上がった。

「ほら松之輔様、紅があんなに鮮やかに。あれが娘たちの憧れる輪中の花嫁でございます」

十石舟がわずかに舳先を川下へ向けると、その岸には出迎えの羽織袴の者たちがいる。

お松は懸命に目を凝らした。川面を渡る風に綿帽子が揺れて、紅をさした口元がわずかに覗いた。

これほど美しい花嫁行列をお松は見たことがなかった。褐色の川の苦しみがあるからこそ、この地の花嫁の白はどこよりも尊く美しい。

「カナ、なんて神々しいのかしら」

「油島は新田ばかりの、水が溢れたらひと月もふた月も泥濘ばかりの土地でございます。そこから多度村へ嫁ぐのは、たいそう仕合せなことですよ」

カナはうっとりと、胸の前で手を重ねた。

「私が幼い時分、祖母がいつも言ってました。お前もいつか輪中を出て、出水の煩いのない土地へ嫁に行けるといいって」

――わしは輪中の外へ嫁に行くのが夢じゃったがな。カナは母さま譲りのきれいな顔をしとるけえ、違う土地へ嫁に行けたらええな。

「カナは働き者だから、その通りになったのですね」

「…………」

「伍作を大切にしなければね」

カナは小さくうなずいた。

「総奉行様もとても喜んでおられましたよ。金廻（かなまわり）輪中の普請を村の庄屋が自ら請けたのは、伍作が皆に説いてくれたおかげだと」

「そのようなことは」

「いいえ。本当に伍作のおかげです。やはり大庄屋の跡取りだけのことはある、伍作の言うことなら輪中の民はちゃんと耳を傾けると仰せでした」

靱負のあんな弾んだ声は久しぶりに聞いたとお松が微笑むと、カナははにかんだようにうつむいた。

金廻村は油島に隣り合った川上の村だ。下期の普請ではそこの堤にも手を入れることになっているが、それを金廻村の庄屋、源蔵が請け負うと名乗り出た。むろん百姓たちの人足賃も、使う諸色の費えも薩摩が払うのだが、前と違って百姓たちが己でやると熱を入れて願い出たのである。どうせ御救い普請だ、一日でも余分に人足賃をせしめてやるとうそぶいていた百姓たちが、嘘のようだった。

「それは伍作のおかげなんかじゃありません。薩摩の皆様の本気が輪中にも伝わってきたんです」

「薩摩の本気？」

覚悟ということだろうか。

「私たちは石のことで、郡代様にも交代寄合様にもお叱りを受けましたから」

それは薩摩が近在の村々から石を集めようとして、自普請に使うと輪中が拒んだときのことだった。はじめは笠松役所が、続けて多良役所も、薩摩の普請に用いるのが先だときつく言って、村々の庄屋に石を渡すよう命じたのである。

百姓たちにとってみれば、郡代たちは薩摩より輪中の肩を持つのが常だったからたいそう驚いた。自普請に使うと言ったのは、冬は石の値が上がるから置いておきたかったのと、半分は、町請けを言い募る薩摩が面憎（つらにく）いせいもあった。

「皆は、御上と薩摩はいつから仲良くなったんだって不思議がっていました。だから薩摩の皆様のお手伝いをするつもりの輪中は、きっとまだ金廻村だけでございます」

「でも一村だけでも私たちの指図を聞いてくれるなんて。誰も味方がなかったときの最初の一人はカナでしたね」

今度はカナも大きくうなずいた。そしてそのカナの本気が伍作に伝わった。きっと人の本気は、いつかは周りに分かってもらえるときが来る。

「カナ。金廻村の普請を輪中が請けてくれたことは、町請けよりも有難かったのですよ」

「え？」

「だって堤の扒樋（はめどよ）のような工夫を、他国の誰ができるものですか。私たちはあんな堤の門は見たことがありませんでした。ほんとうに輪中の、カナたちの知恵といったら日の本一ですよ」

カナはぱっと笑顔を弾けさせたが、すぐに恥ずかしそうに顔をそらした。

十石舟を下りた花嫁が田舟に乗り替えて、稲穂のあいだの水路を進んで行く。

「あれもカナたちの知恵ですね」

「左様でございます」

堤のまわりに土砂がたまる輪中では、川床は上がって堤は下がる。川より低くなった地面はしぜんに水が湧いて、そのままにしておくと池になる。そこで田を半分潰してその土を残りのほうへ載せ、潰したほうは水路にした。こうしていつからか、家へ戻るのも、よその田へ行くのも、田舟を使うようになった。

「きっとあの花嫁も、生涯ずっと、水と舟とともに生きてゆかねばならぬのでございます」

土が肥沃でも、半分の田を潰して残り半分で同じだけ穫れるわけではない。カナたちはその半分を守るために、これからもずっと水路の底を掘り続けなければならない。

「金廻輪中が扒樋の伏せ替えを請け負うと申し出たのも、あればかりは己で守るしかないと分かっているからでございます」

金廻輪中がある油島の中州には、大江川だの中江川だのと、大地の亀裂のように川が幾筋も走っている。そのうち最も水量が多く、三川に平行に流れて揖斐川に注ぐのが大江川である。

数ある輪中のうちでも揖斐川と長良川のあいだの油島、そしてその上手の金廻村の辺りは、一体どこからこれほどというくらい水が湧いて出る。言ってみればそれが一筋に集まったのが大江川で、油島に至る前、金廻村のところで揖斐川に流れ込んでいく。

なかでも金廻輪中の大きな苦しみは、ときに大江川の水が揖斐川に押し戻されて来ることだった。あの辺りは海も近いから、日に二回、満ち潮のときに水が戻るのは仕方がないとしても、大江川には揖斐川の水まで流れ込んで来る。

そのため輪中は堤をこしらえ、土砂がたまって川底が上がると、負けるものかと堤も高くした。だからこそ三川は堤の外を屋根の高さで流れるようになったが、輪中の内を流れる大江川ははじめと変わらず低いままである。

最初がいつかは分からないが、大江川が揖斐川に注ぐ堤には扉がつけられた。それが扒樋だ。

扒樋は幅一間の扉を四つ連ねたもので、大江川から揖斐川のほうへ押し開かれるようになっている。常は大江川が揖斐川へ注ぐので扉は開いているが、満ち潮や増水などで揖斐川の水位のほうが高くなると、押し戻されて扉が閉まる。そのときは大江川の水も出て行けないかわり、やがて堰き止められた大江川の水かさが上がれば、扉はふたたび開くのである。

その扨樋の扉が、堤の外に土砂がたまって開きにくくなっていた。それには地道に堤にたまった土砂を浚い、揖斐川の底を下げるしかないが、金廻村の百姓は、今年は川浚えをすると同時に扨樋の大柱や扉を修復して新しくすると決めたのだ。

「カナは金廻輪中だけだと言ったけれど、他にも請負を願い出ている村はあるのです。金廻村がきっかけだったのかもしれません」

靭負が町請けを願い出た三十八の難場のうち、帆引新田、高須輪中、小坪新田など二十ヶ所を輪中の庄屋たちが引き受けようとしている。

カナの言ったように薩摩の本気が輪中を変えたのだとしたら、それは輪中の民に、もとから持っていたものを思い出させただけだ。倦むほどに繰り返されてきた国役や御救い普請がいつからか輪中の民を諦めさせ、腐らせた。それを薩摩が目覚めさせたのだ。

木曽三川の流域には土地を守るために昔から繰り返されてきた工夫がそこかしこにある。人は生まれる場所は選べないが、生まれたからにはその土地を守る知恵を授かっている。

カナと並んで花嫁を見送りながら、ふいにお松はこの普請が上手くいくような気がした。

たとえどんなに高い山でも、諦めなければいつか頂上に立つことができる。そこにはきっと、はじめは思いもしなかった景色が広がっている。

きっといつか、皆で笑って話せるときが来る——。

白く輝く花嫁を見ながら、お松は強くそう思った。

第七章　決壊

一

――待つことはならぬと言われても、私はあなた様をお待ちいたします。私はあなた様の妻でございますから。

明け方に障子が揺れて靱負は目を覚ました。久しぶりによく眠れたらしく、本小屋に皆が集まる刻限も近いようだった。

二之手の筏川の底浚えがつつがなく終わり、明日からは二之手の藩士を少しずつ三之手に移すことになっていた。

三之手は長良川と揖斐川のあいだ、中州のかなり上手にあたり、上期で急破普請をしたあとはずっと手つかずになっていた。四之手では油島の堤を中開けにするかどうかが長いあいだ決まらなかったが、三之手でも大榑川が同様のことになりそうだった。

靱負は夜着をたたむと居室を出た。先に大座敷で絵図面でも見ておくつもりだった。

「これは御家老。珍しく遅いお出ましでございますな」

十蔵とお松がすでに文机に向かっていたが、靱負に気づいて顔を上げた。

「今日はよう眠ったようでな」

「それならば、もっと後でよろしゅうございましたのに。外はまだ……」

「ああ。日も短くなったものだ。じきに水は冷たくなろうの」

お松が察して絵図面を前に広げた。

三之手の絵図は右に長良川、左の端に揖斐川が描かれ、下の油島の先で一筋に交わっている。その二川のあいだが三之手で、ちょうど中央の辺りに長良川から揖斐川へ、西へ川が延びている。これが中州を上手と下手に分ける大榑川で、北の上手がカナの生まれた福束輪中、南の下手が高須輪中である。高須輪中をさらに南に下ればば三川のぶつかる油島になる。

「カナに聞きましたが、大榑川は高須輪中が自普請で掘ったそうでございますね。そのせいで福束輪中はたびたび水に襲われるようになったとか」

カナたちが生まれるずっと前、人々は三川の川上から順に田を拓き、堤を築いて土地を守ってきた。三川がほぼ今の場所を流れるように定まると、河口に向かって輪中はいっきに増えた。だが川下であればあるほど土砂がたまり、たびたび出水に襲われた。

高須輪中の百姓たちが大榑川を掘ったのも溢水を繰り返す長良川の水をまとめてそこへ流し、出水を減らすためだったのだが、それは当然、長良川だけを恐れていればよかった福束輪中にとっては受け入れ難いことだった。

「福束輪中の者たちは大榑川を涸れ川にしてほしいと、幾度も嘆願してまいったそうでございます」

「水というのは己の道を覚えておるものじゃ。それまでも出水のたびに同じ道を流れておったのだろう。高須輪中のせいではあるまい」

「三之手の普請掛は交代寄合の高木内膳様でございますな。都かぶれのあの狐顔め、またねちねちと嫌がらせをいたすでしょうな」

ああと十蔵が大げさなため息をつくと、靱負もわずかに微笑んだ。輪中はそれぞれに考えがまとまらず、そこに交代寄合が絡んで薩摩にとっては大迷惑だ。

「猿尾のこしらえ、川浚え、その類は当然せねばならぬとしても、すでにある川を涸れ川にするとなると、これはまた大掛かりな普請になりますぞ」

大榑川の水は長良川から分け取ったものだから、少しでも長良川の水を減らしたい川下の輪中は、大榑川の底を浚って流れを良くしてほしいと願っている。むろん長良川東岸の桑原輪中なども同じ考えだ。

だが福東輪中をはじめ揖斐川沿いの百姓たちにとっては、大榑川の締切こそ長年の宿願である。今このときを逃してはと、人足賃をもらいに来るときはいつも算勘方の誰彼を呼び止めて、涸れ川、涸れ川と念仏のように唱えていく。

「先達ても油島締切堤を中開けにすると決めるのにどれほど揉めましたことか。ようやく四之手が動き出して、二之手は仕上がる手前まで来ておりますのに、三之手ではまた今日から始まるというのも気が重いことでございます」

「まことにな。輪中の百姓たちが口々に言い分を話し出せば、座敷の襖がことごとく揺れおる。あまりの大声ゆえ、そのうち梁が落ちるやもしれぬぞ」

靱負の軽口にお松も十蔵も笑い声を上げた。今日が長い一日になることは分かっているから、憂さ晴らしは今のうちだった。

四之手の油島締切堤の折は結論の出る前に川上の油島と川下の松ノ木村、双方からとりあえず普請を進めていった。途中、尾張藩まで関わってくることになって刻がかかったのである。

油島の先でぶつかる揖斐川と長良川は、揖斐川沿いの輪中にとっては締切堤にしてて長良川の水など一滴も欲しくないところだが、逆に長良川沿いにとっては、いっそ堤などなくして二川を合流させたままにしておきたかった。長良川の水量に悩まされてきた沿岸の輪中は堤を築くことじたい反対で、どうせ人のこしらえた堤など一度の出水で崩れると不吉なことまで言っていた。

だが三川分流は郡代と交代寄合衆が長年にわたって濃尾平野のかなめと考えてきたことで、薩摩が普請をする今をおいて堤はできないと一蹴した。

薩摩は結論が決まるのを焦れて待つだけだったが、そこへ出て来たのが尾張藩だった。

　油島は西の揖斐川と東の長良川に挟まれているが、長良川のすぐ隣には木曽川が流れている。油島の先で合流するかに見える木曽川はそこからわずかに東へそれ、あいだに中州を生んでいた。それが福原輪中と呼ばれる尾張藩領で、油島締切堤を築くつもりの油島と松ノ木村のちょうど対岸にあたっていた。

　もしも油島と松ノ木村を堤で締め切ってしまえば、そのぶんの長良川の水が福原輪中を襲うことになる。それを防ぐには福原輪中に新たに川を掘るしかないが、となればその潰れ地のかわりをよこせと尾州御国奉行が言ってきたのである。

　これには郡代も交代寄合も反駁のしようがなく、ついに油島締切堤は福原輪中の向かいを三百間ばかり開けることに落着した。

　だが油島の一件は尾張藩がくちばしを挟んでくれて、薩摩にとっては物怪の幸いだった。もしも堤を全締切にし、ために福原輪中に新川でも掘らされたら、薩摩は手間も費えも倍になっていただろう。

　そのとき廊下に人影が膝をついた。

「総奉行様はおいででしょうか。東家の高木内膳様がお着きになりました」

唐紙が開いてカナが顔を覗かせた。交代寄合の内膳が一番乗りらしい。

お松たちが文机をしまうと同時に内膳が座敷に入って来た。供を連れ、今日もまた都好みの上等の羽織姿である。

「油島の中開け堤、思いのほか上手く進んでおるようですな」

挨拶がわりにそう言って内膳は腰を下ろした。

「薩摩の衆には町請けをお許しいただき、祝着でございましたな」

内膳は扇を広げて顔を覆い、かわりに供の侍が口を開いた。

「なれど岸から見ておると、まるで細縄のような堤じゃ。あのようなもので木曽三川がまこと、分かたれるのでございましょうか。いや、薩摩の方々は嵐の折の三川の暴れぶりをご存じないゆえの老婆心でござる」

「それはかたじけない。しかし今日は三之手の寄合ゆえ、細縄のごとき堤の話はまたあらためてお聞き申そう。われら薩摩の家士どもは、細縄の堤と言われようと、切れるならば己の足下で切れよと念じて普請に励んでおる。よそからの気遣いは無用じゃの」

靱負は供の顔さえ見ずに冷たく言った。お松は今日の寄合で口をきくわけではないが、薩摩が押されるばかりではならぬということにあらためて気づかされた。

若い供侍はそれでも何か気負っているようだった。

「西国の果てからおいでゆえご存じないのも無理からぬことだが、大榑川は先年、自普請で食い違い堰をこしらえましてな。だが出水一つ、よう防がなんだ。まったく無駄なことをしおったものでござる」

お松は頭に血が上ってきた。川をふさいで堰を造るのがどれほどの苦労か、この侍は何も分かっていない。

靱負はその侍に一瞥をくれた。

「ならばくどいそのほうに西国の果ての大名家に何があるか教えてやろう。島津は鎌倉殿の時分から守護を仰せつかってまいった大大名じゃ。島津家にはその時分からの文書がある」

「文書？」

「おう、ずっと本丸御番所に置かれておるわ。雅で名高い交代寄合の御家来衆にしてそのようなこともお知りにならぬか。さすがは美濃の大名並みじゃ」

御家老、と十蔵がひそかに袖を引いた。だが靱負は止めなかった。

「数百年も島津家が守り続けてきた島津家文書、そこにそのほうの名を書いてやろうか。此度の御手伝い普請で薩摩の名を愚弄した陪臣がおったとな」

「御家老」

ついに十蔵が顔をしかめてさえぎった。だが無駄だった。

「薩摩にはつまらぬ見栄や意地を張っておるひまはない。借り物島津と指をさされながら、国許では米も食わずに石を買うておる。よいか、薩摩の者はここへ来てから三十六人も腹を切った。内藤十左衛門殿はそのほうの朋輩ではないのか」

靭負が高木家の家臣の名まで覚えているのにお松は驚いた。輪中の庄屋の傲慢で堤のやり直しができず、主家に迷惑がかかると腹を切った西高木家の普請役である。

「此度の普請はわが殿が上様より仰せつかったかたじけない御役じゃ。それゆえ我らは竣功成るまで国には帰らぬ。決して諦めもせぬ。どこからどのように邪魔されようと、黙って泥を掻くまでじゃ。だが言うておくぞ、つまらぬ揚げ足取りなどしておってはこの地は海に沈む。川を敬い、人を敬い、それでようやく堤が建つかどうかの瀬戸際じゃ。そのほうも主家のため、ここで三川を抑える方策を考えればどうだ」

十蔵は目をしばたたいて内膳と靫負の顔を見比べているが、どちらも常と変わらない。靫負に叱りを受けた若い侍だけがみるみる青ざめていく。

内膳が顔にかざしていた扇を置いた。

「もうその辺りで勘弁してやってくださらぬか、平田殿。この者が主の顔に泥を塗ったと、腹を切っては困りますのでな。我ら交代寄合は三家合わせても四千三百石。家臣の数も少ないゆえ、十左衛門の死は忘れることができぬ」

供の侍ががばりと頭を下げた。内膳はそっとそちらを見てうなずいた。

「平田殿の仰せの通りじゃ。油島の締切堤に至っては、古来あれほどの難普請は例がない。長良川の川床は揖斐川より八尺も高いゆえ、水は放っておいてもこちらへ滑り落ちる。揖斐川など、油島では長良川に押されて一分も東へ入れぬありさまでな」

内膳は遠い日を思い浮かべるように目を閉じた。

「六年前に二本松藩の丹羽殿が御手伝い普請を命じられ、油島に堤を築こうとなされた。油島から七十間、松ノ木村から三十間の猿尾を延ばし、長良川がぶつかるのを緩めようとなされてな。ずいぶんな難普請であったが、今はもう何も残っておらぬ」

靱負も十蔵もうなずいた。あの場所に堤を造った二本松藩の苦労は、誰よりも薩摩が分かっている。

「丹羽家は織田信長公の重臣、丹羽長秀の末裔という名門じゃが、関ヶ原では西軍についたのでな。一度改易されたところを再興成ったゆえ、御手伝いに懸命だったのであろう」

関ヶ原から何年経とうが、西軍に与(くみ)した過去は拭えない。薩摩が此度の下命を受けたのもそのせいだ。

「我らも治水ごとき、いいかげんに己が手でやりおおせたいものじゃ。次から次へと苗でも植え替えるように他国者が来るようでは、政(まつりごと)も進まぬわ」

さばけた口ぶりで、十蔵はほっとため息をついていた。美濃へ来た当初は仇のように諍いばかりだったが、すべてが少しずつ動き始めている。

「さて三之手、大榑川はいかがいたすかな。百姓どもの望みにいちいち耳を傾けておっては、堤なぞ石のひとかけらも落とせぬのう。薩摩の皆の、米にも等しい石じゃ。一つなりと無駄にはしとうない」

靱負と十蔵はだまって内膳に頭を下げた。内膳が薩摩の苦労を分かってくれるなら、交代寄合はみな味方についたも同然だ。

「まずは内膳殿がどのようにお考えか、それをお聞かせいただきとうござる」

靱負は膝を整え、内膳に向き合った。

「上期に調べさせましたところ、大榑川は水底がたいそう深く、流れも速い由。三川ほどの水量はござりませぬが、難普請となるは必定にて」

十蔵が言い添えたとき、内膳は懐から絵図面を取り出した。ずいぶん丹念に細い筆で書き込んであり、十蔵は驚いて顔を近づけている。

「大榑川もやはり、長良川より川底が八尺低うてな。もしも本堤で大榑川を締め切れば、出水したときに目もあてられぬ」

「涸れ川にしてはならぬのですな」

内膳は静かに靱負を見返すと、扇の先で絵図面の大榑川の分流口をさした。

「この辺りの長良川は川上よりも幅が狭いであろう。よほどの堤を築かねば、水はやすやすと越えてゆく」

だがその反面、と内膳は一つ息を吐いた。

「長良川の水が少ない時節は、大榑川は童の膝ほどしかない。まるで川床を舐めるようでな、ろくに流れぬゆえ悪水となる」

暑い盛りと長雨の時節と、まるで様変わりする川なのだ。悪水は土を腐らせ、ぼうふらが湧く。

「もとから美濃には、すべての輪中が喜ぶ普請など出来はせぬ。三之手など、まさしくそのへ、そじゃ」

「何か良い手立てがございましょうか」

「左様……」

と内膳はもう一つ別の絵図面を取り出した。それを見たとたん靫負は感嘆の声を上げた。

「内膳殿が、自らこれを？」

大榑川の分流口が縦に切ったように図に表され、細かな寸法が振ってある。

「大榑川の分流口は洗い堰にしてはどうか」

「洗い堰？」

「さすれば、まず真夏の腐り水は止めることができる」

分流口に高さ四尺の堰を築き、長良川の水がそれを越えたときのみ、その上を水が洗い流れるようにするのである。

「水かさが四尺に満たぬ折ならば、わざわざ長良川の水を取り分けずとも川下が溢水するおそれはない。そのまま長良川に流しておけばよいのじゃ」

水量が少なければ大榑川は涸れ、悪水がただようこともない。

内膳の絵図面では、長良川との境にまず長さ五間の本堤を築くとある。そこから大榑川に階三段の水叩をつければ、本堤を越えた水は緩やかに流れ出る。

「水叩一段の幅は五間……」

靫負は絵図面を手に取った。

「高さは四尺でよいと思う。あとは水叩一段ごとに二尺下げる」

「なるほど。されば八尺の川床の差は四尺差となり、水叩の切れ目で大榑川の高さと並ぶのですな」

「左様」

内膳の絵図面には筆の迷いも書き損じもなく、長く考え抜いた末の清書に違いなかった。

靭負が力強くうなずくと、内膳は絵図面を懐に戻した。

「薩摩の衆には気の毒じゃが、儂は三川が破らぬ堤はないと思うておる。たとえ一度や二度は撥ね返しても、三川はそのたびに人の気づかぬところで堤に岩をぶつけ、土砂を溜めておる。そして三度目にそのすべてをぶちまけていく」

内膳の言葉はこの地に根をおろした者の悲しみだった。幾度堤を築いても、次の大雨が来れば崩れてしまう。春役のたびに川浚えをしても、明くる年には前を上回るほどの泥が積もっている。

「尾張が出水に遭わぬのは神君家康公の御囲堤があるゆえではない。尾州の地が高く、濃州が低いゆえじゃ。人が大榑川を締め切ろうと思うても、長良川が八尺も高ければ、涸れ川になどできるものではない」

いたずらに石を積み、加えて手抜きでもあれば、出水のときに石が百姓家を襲う因にもなる。事実、上期の急破普請の直後に堤が崩れたときは、田に石が散らばって潰れ地になった村もあった。

四之手の油島中開け堤が半分ほど出来上がり、普請箇所の中にはすでに竣功したところもある。だが諸色はじりじりと値を上げ、日が延びればそれだけ費えはかさんでいく。

薩摩としては一日も早く普請にかかりたい。内膳ではないが、輪中の話を一つひとつ聞いているいとまはない。

「しかし我ら薩摩が洗い堰にせよと申せば、輪中の民はこぞって反対いたしましょう」

「今やそのようなこともなかろうが、見試しということで進めてはどうか」

「おお、なるほど」

靱負は即座にうなずいた。洗い堰にするか全締切の堤にするか決めてしまわずに、分流口の石の下埋だけは始めるのである。

だが下埋とはいっても分流口はおよそ百間の幅があり、そこに五間ずつの階を三段にしつらえるのだ。軽くひと月やふた月はかかるし、もしも全締切の堤にすれば水叩の三段分の下埋は不要になる。

――見試しということで進めてはどうか。

ああそういうことかと、お松はようやく気がついた。

これから始まる寄合では薩摩と交代寄合が内々で助け合い、少なくとも見試しということにはするのだ。あとは薩摩が全力で普請にあたれば、三之手にはおのずと最善の堰ができる。そしてその間ずっと、内膳は陰ながら薩摩に力を貸してくれる。

靱負は内膳の考え抜いた洗い堰こそ実現すべきだと判断し、内膳は薩摩なら完璧な堰を築くと確信している。靱負と内膳は互いにもうそこまで信頼し合っているのだ。

「総奉行様、あとの皆様がおいでになりました」

唐紙の向こうからカナの声がした。

お松はそっと、腹に大きく息を吸い込んだ。


寄合が終わり、内膳はうっそりと立ち上がった。靱負についてお松も玄関まで送りに出たが、内膳は一言も話さずに履物をはいた。

「内膳殿、本日はかたじけのうございました」

靱負とお松が三和土(たたき)へ下りようとしたとき、内膳は思い出したように足を止めてこちらを向いた。

靭負は式台に手をついた。

「水叩の下埋、薩摩の衆にはまたたいそう厄介をかけるのでござろうな」

「そのようなお気遣いは無用にて」

「水叩、決して無駄にはいたしませぬぞ」

靭負は唇を引き結び、まっすぐに内膳を見てうなずいた。

「平田殿」

「はい」

「油島の堤、中開けになり重畳でござった」

内膳はそう言って背を向けた。内膳の姿が消えてしまうまで、靭負はじっと頭を下げていた。

二

帳面を持って外に出ると、吐く息が白かった。お松は昨日、木曽川を下って二之手の普請場を見て回り、今日は三之手へ行くことに決めていた。澄んだ空を見上げると輝く雲が笑いかけてくるようで、お松は嬉しくて大声を上げたくなった。

二之手の普請場はもうじき終わる。算勘方が持っている帳面には幕府の仕様帳から写した普請箇所がくまなく記されていて、竣功したところには上から線が引いてある。それがたくさん連なって、帳面はずいぶんと黒くなっていた。

葭ケ須（よしがす）新田の長さ七百三十間の堤、五明（ごみょう）村の四百十七間の堤、中和泉新田では海に築いた堤二百五十間と、二之手の村々はすべて名が挙がっている。それらがことごとく墨で消され、今はもうほとんど残っていない。堤は三之手の大跡（おおあと）村のように六千間に及ぶものから、石垣の破れ目をほんの五間ばかりつなぐもの、猿尾をつけたり川浚えをしたり、長さだけでは測れないさまざまな苦労の跡が一本の墨の下に隠れている。この帳面は、薩摩の皆の戦いの足跡だ。

船頭に川をさかのぼってもらって三之手へ来ると、ここはまだ始まったばかりである。だがこれからは二之手の藩士たちがこちらへ加わり、普請もみるみる進むに違いなかった。

大榑川の分流口は石の下埋がほぼ終わり、長さ百間の本堤が分流口の両脇から築かれ始めている。このところは長良川の水量も安定していて、先達てお松が来たときは転がしてあった石も今はほとんどなくなっている。長良川沿い、前に自普請で築かれたという食い違い堰のところにはすでに土嚢が山のように積まれ、長良川の水はほぼ堰き止められていた。

お松の幼なじみの山下浩之進はこの普請場だが、十日ほど前にお松が来たときは、遠くから見つけて元気よく手を振ってきた。それほど普請場も活気が出ていて、お松はこのところ普請場巡りが苦にならなくなっていた。

昨日か一昨日あたり、水叩のほうは完成しているはずである。ここまで来れば本堤もあっという間に積み終わりそうで、長良川の分流口近くで舟を下りたときはお松の胸は弾んでいた。

分流口が見えてくると、人足も大勢集まっている。少し離れたところにカナを見つけて、お松は駆けて行った。

「カナ。今日はここに来ていたのですか」

それなら一緒に来ればよかったと思いながら声をかけた。ところが振り向いたカナは今にも泣きそうな顔でお松に飛びついた。

「ああ良かった。どなたかお呼びしたほうがよいかと思っておりました」

カナはお松の手をつかんでぐいぐいと大榑川のほうへ歩いて行く。

「どうしたのですか」

「今朝見つかったそうでございます。せっかく敷いた石がたくさん掘り返されて」

「え？」

お松はカナと駆け出した。

分流口には北と南から、食い違うように長い石垣が築いてある。それが前からあった食い違い堰で、今はその間に土嚢が積まれて、水が堰き止められている。

土嚢から溶け出した土が、少しずつ薩摩の洗い堰のほうへ向かっている。お松は急に、いい気で舟に乗っていた己がこの上もなく愚かに思えてきた。普請はこれまでも今も、ただの一日も気を抜くことのできない険難だったのだ。

「伍作……」

カナが足を止めた。百姓が五、六人ほど水叩の上に立ち、伍作はその手前で何か成り行きを見守るようにしている。

百姓たちの足下の石は無惨に剝がされている。お松にはその百姓たちの顔がにやついているように見えた。

百姓たちの前で一人の侍が両手を広げ、通せんぼをするように腰を低く落としていた。それが幼なじみの浩之進だと気がついて、お松は足がすくんだ。

「大声を上げて走って来なさったんだ。もう四半刻もあのまんまだ」

背に近づいたカナに、伍作が振り返らずに言った。

岸には他にも侍がいたが、みな口をつぐんでじっと水叩の浩之進たちを見つめている。決して争ってはならない、百姓相手でも慇懃にふるまうようにと藩主重年からきつく言われている。

そのとき百姓の一人が横へ踏み出した。だが浩之進が素早くその前へ出てさらに腰を落とした。

「逃がさぬぞ。もう二日じゃ、儂はあの陰から何もかも見ておったのだぞ」

このところ朝に普請場に来てみれば下埋の石が掘り返されている。浩之進は誰の仕業か見定めるため、暗いうちから普請場へ来て一部始終を見たのだという。

「洗い堰を壊したのはそのほうらだな。皆がどれほど苦心して埋めているか、知らぬとは言わせぬぞ。その石は薩摩の米にも等しい宝の石じゃ。そのほうらも百姓ならば、米がどれほどのものかはよう存じておろう」

浩之進ははっとして言葉を切った。

「もしや誰ぞの差し金か。そうか、そうなのだな。申してみよ、誰に命じられた？　幕府か、それとも交代寄合か。よもや尾張藩ではあるまい？」

お松とカナが同時に息を呑んだ。浩之進の右手が刀の柄に伸びた。

「浩之進様」

お松は水叩に近づいた。刀を抜けば最後だ。抜く前に止めなければ。

そのときお松の横で大きな影が動いて、叫び声が上がった。

「お侍様！　どうかお待ちください。お頼みします、お頼みします」

伍作が両手を挙げて駆け出していた。

「お侍様、どうかお許しください」

伍作は水叩に飛び入ると、浩之進の前に転がり込んだ。

「どうかお聞きくださいませ、お侍様。庄屋の鬼頭の倅にございます。儂ら百姓は多良だろうが笠松だろうが、決してお武家様の手先になることはございません。輪中の百姓は一人残らず、それだけは昔から変わりません」

「伍作……」

カナが泥に足を取られながら水叩へ近づいて行く。だがお松は足が出ず、もがくようにカナの袖に手を伸ばした。

「どうか百姓どうし、話をさせてくださいまし。この洗い堰は迷惑に思うとる輪中もございます。けども全締切にしてもらいたいと思うとる輪中もあるんでございます。お侍様、儂らできちんと話し合いますけえ。もう二度と堰を壊すようなことはさせませんけえ、どうか刀は抜かんでくださいまし」

伍作は幾度も水叩に額をこすりつけた。そして膝を引くと百姓たちのほうへ向き直った。

「ええか、お前ら。ここを見試しで洗い堰にするっちゅうは、このあいだの総寄合で決まったことじゃ。不服があるなら、庄屋どうしで話し合うしかねえ。堤を壊すようなことだけは、輪中に一日でも暮らしたことのある者がやるこっちゃねえぞ」

百姓たちの口元から皮肉な笑みが消えていた。あの伍作にこれほど凄みのある声が出せるとはお松は考えたこともなかった。

カナがそっとお松の指に触れ、二人は手を握り合った。

「上期に四之手で何があったか、お前らも知っとるじゃろう。早う謝らねば、お侍様はお前らを叩き斬って腹をお召しになるぞ……。ええか、薩摩のお侍様に立派な堤を造ってもらうんじゃ。なあ、儂らも力を合わせよう。今度の普請で儂らの村がどうなるか、本気で手伝ってみるんじゃ」

　伍作は膝をついたまま、両手を百姓たちのほうへ押し出すようにした。

「さあ、行け。今日だけはきっとお侍様には許していただくけえ。庄屋の鬼頭がこの場は預かるけえ」

　行け、と伍作は強く手を押し出した。一人が後ずさると、それを合図に五人は一散に逃げ出した。

　それを見届けた伍作はまた浩之進の足下に額をこすりつけた。

「お侍様、どうぞ、今日のところはこの鬼頭の倅に免じてお許しくださいませ。必ず必ず、もう二度とこんなことは誰にもさせませんけえ」

　そのときお松たちの脇から藩士が一人、水叩へ入って行った。

「相分かった、鬼頭。今日のところはお前に免じて、なかったことにする。さあ浩之進、いつまでも突っ立っておっては皆が仕事にかかれぬぞ」

　藩士は浩之進の左側に回り、浩之進の手を柄からはずしてそのまま軽く肩を叩いた。

「さあ、皆も仕事にかかれ」

ぐるりと見回して大きく手を振ると、藩士はまっさきにその場にしゃがみ込んだ。掘り返された石を持ち上げたとき、伍作が駆け寄って手を貸した。

「おお、すまぬの」

「もったいない、滅相もございません」

「おい、浩之進。何をしておる。じき午になるぞ」

ようやく浩之進が目を覚ましたように、おうと返事をした。そして二人のそばに膝をついた。

お松たちの周りでも百姓たちが動き始めた。

「カナ……」

お松とカナはまだ動けずに手を取り合っていた。

だが浩之進はけろりとした顔になって、なにごともなかったかのように百姓たちに指図をしている。気のせいか水叩を流れて行く水が、来たときよりも澄んで見える。

お松はようやく空を見上げた。やはり今日は雲が光って、鳶も心地よさそうに羽をまっすぐにして風に乗っている。

お松とカナはもう一度、互いの手に力をこめて強く握り合った。

師走も半ば、算勘方の大広間では朝から皆がそわそわとその知らせを待っていた。藩士はこの時節になっても川に入っている者ばかりだから、屋内の算勘方では一切の火を使っていない。だから中でも吐く息は白いが、誰も綿入れさえ羽織らずに文机に向かっていた。

薩摩に御手伝い普請の命が下ったのはちょうど一年前の今時分のことだった。それこそ浩之進のような若い藩士たちは幕府といくさだと息巻いて、靱負たち家老の屋敷を幾度も直談判に訪れた。それを老練な家老たちがいなして、どうにか普請にこぎつけたのである。

「二之手からは誰が知らせに来ることになっておる」

十蔵はさっきから何度も、誰にともなく問いかけている。隣の文机にいた藩士が困ったように、だが嬉しそうに首をかしげてみせている。今日は二之手の普請場が竣功する見込みなのだ。

そこかしこで皆が手に息を吹きかけながら細い筆を走らせている。この先もまだ諸色は買い求めねばならず、四つの普請場のうち最も易いとされる普請場がようやく完成するにすぎないのだが、今日一日くらい、できれば樽酒でも割って祝いたいところだった。

お松はひそかに仕様帳の写しを取り出して二之手のところを繰ってみた。何枚にもわたる帳面だが、そこはすべて墨が引いてある。

二之手は木曽川東岸の尾張領である。河口が近く、日に二度も川底の泥が海に押し戻されて、底浚えは石を運んでいるような重さだった。にもかかわらず木曽川から分かれる筏川をくまなく浚わされて、新田まで拓いたのだ。

木曽川と筏川のほかに四筋の川があり、底浚えは千五百間に及んだが、上期の急破普請のあいだに築いた堤や猿尾はゆうに三千間を超えている。それでも四つの普請場のうちではいちばん短く、堤が切れていたのも百間ほどだった。四之手の油島のように、まるで海のような場所に土台から堤を築くのと比べれば、ずっとやりやすかった。

これからお松たちはもう二之手の仕様帳は見なくても済む。明日からここの藩士たちは残り三ヶ所に分かれてそれぞれを手伝うことができ、この算勘方でも諸色を割り振る先は三つに減る。

「失礼いたします」

廊下からカナの声がして、お松は弾かれたように立ち上がった。十蔵が振り返ってお松にうなずいた。

唐紙がゆっくりと開かれた。

「二之手から伝令の方がお着きになりました。普請が完了したので、どなたか見分に来てくださるようにとのことでございます」

「おう、儂が行くぞ。すぐ行く」

十蔵が明るい大声で応えた。算勘方が一人、靱負の居室へ駆けて行く。

「どうじゃ、皆も行かぬか。手の空いておる者は行ってやれ。このような日は皆をねぎらってやるのも御役じゃぞ」

十蔵は大きく手を上げて廊下へ出ろという仕草をした。はじめは顔を見合わせていた算勘方の藩士たちも、一人が思い切って腰を上げたとたん、いっせいに立ち上がった。

皆が我先に十蔵に頭を下げて廊下へ飛び出して行く。

「さあ、松之輔。案内（あない）いたせ」

こんな明るい十蔵の顔をお松は見たことがない。きっと靱負も今日ばかりは文机を離れて、にっこり笑ってみせてくれるだろう。

揖斐川の岸辺で舟に乗ると、すぐに油島の普請場が見えてきた。小さな舟が幾艘も連なって下って来るのへ、普請場の藩士たちが手を振った。二之手の竣功はすべてに伝えられているから、力強く拳を突き上げてくる者もあった。

「油島はまだ当分かかりそうじゃのう」

二川の合流する辺りを通るとき十蔵がつぶやいた。

川を下りつつ油島を見ると、石を落としている周りで水の色が異なるのがはっきり分かる。長良川のほうに波がなく、揖斐川に縞がついて見えるのは、長良川が押しているからだろう。お松たちの舟もわずかに右へ傾いて、ぐいぐいと川下へ引きずられた。

「松之輔は美濃へ来てからも御家老とよく話をするか」

十蔵は両手を縁に突っ張って身体を支えていた。

「今も儂は年甲斐もなく小躍りしたが、御家老は一切そのようなことをなさらぬでな。このところ儂は気がかりでならぬ」

「気がかりと申されますと」

「先達て内膳殿と、大榑川の洗い堰について話された折もそうだった。供の侍を、島津家文書に書くと言って脅されたであろう」

十蔵が止めても聞かず、薩摩藩士が幾人死んだと思っていると凄んだときだ。

「これまで御家老が短気を起こされたことなどなかった。だがあれは腹を切った藩士たちと似たやり口だと、儂は思うたぞ」

相手を殺めるかわりに己にも始末をつける。あの場は内膳が収めてくれたからよかったが、そうでなければ靱負は交代寄合の非をうったえるかわりに死ぬことになる。

「御家老は内膳様を信頼しておられたのではありませんか。幕府に一年と言われて、普請を終えねばならぬ日も近づいております。あのとき御家老のおっしゃった通り、薩摩には刻がございません」

「ああ、それは分かる。内膳殿のこともたしかにそうではあろう。だが島津家文書など、いくら家老であろうと自在に人の名を書くことなどできぬぞ」

お松はそんな文書があることすら知らなかったが、藩が公に受けた文の類はすべて収められているという。だから靱負の国許への文も入れられているはずで、となればそこに靱負が誰なりの名を記せばいい。

「大目付様は何をおっしゃりたいのでございますか」

「御家老は薩摩へ帰るおつもりがないのではないか」

どん、と舟が揺れて、お松は縁をつかんだ。

お松はもう長いあいだ、靱負の顔を満足に正面から見ていない。いつも文机に向かって淡々と筆を走らせている横顔ばかりだが、その中には佐江への文は一通もない。

伍作が浩之進の窮地を救った日、靱負はわざわざカナを呼んで伍作を褒めたという。

そのとき靱負の顔色がすぐれなかったと、カナはお松に話してくれた。またこに名を増やすところだったと文机をさしたらしいが、カナは文字がほとんど読めないから何かは分からず、ただ侍らしい人の名がずらりと並んでいたという。

――なぜお前たちが腹など切らねばならぬ。なんのためにここに私がいる。

四之手で最初の自刃があったとき、靱負はそう言って涙を流した。

「大目付様、私も……」

「やはりそうか」

互いに思い浮かべる靱負の姿は違う折のものだろう。だがお松も十蔵も、同じ一つのことを考えずにはいられない。

「御家老はまさに関ヶ原の義弘公じゃ。あの方が薩摩に帰られてこそ、島津は此度の普請をやり遂げたことになる」

だがお松は、靱負は関ヶ原で義弘公を守って死んだ豊久公を思っている気がする。

靱負にとって義弘公は、普請場にいる藩士たちだ。彼らを生きて薩摩へ帰すため、靱負は豊久公の御役を引き受けようとしているのではないか。

「大目付様、どうか御家老様を」

「分かっておる」

舟は海に出て木曽川をさかのぼり、二之手の源緑輪中に入った。

宝暦四年（一七五四）師走の十八日、二之手は竣功した。上期に急破普請を終え、九月から本普請に入って三ヶ月、木曽川河口からちょうど松ノ木村の対岸にあたる梶島村まで、およそ三里にわたる川岸が見事に堤で囲われた。

梶島から弥富村までは家康の御囲堤があるが、それを延ばすように長さ二百間の猿尾をつけ、百六十間にもわたって掘割を掘り、底浚えをしたのは薩摩藩だ。木曽川から分かれる筏川では分流口を五十間にわたって切り広げ、尾張の領分にも拘わらず、そのまま半里も川を太くした。

靭負は江戸留守居の山沢小左衛門と舟に乗り、まずは西対海地新田へ入った。竣功から五日が経ち、今日明日の二日にわたって公儀の出来栄見分を受けることになっていた。

二之手ではそれぞれの普請箇所に掛かりの小奉行や藩士が並び、一行の到着を待っていた。見分をするのは郡代の青木次郎九郎のほか、江戸の一色周防守配下の目付役たちで、それぞれが普請役や堤方を引き連れて数十人という規模になっていた。

藩士たちが膝をつく脇を、目付役たちは無言で通りすぎて行く。靱負が立ち止まり、ぐるりと見回して杖でさしたところは新たに田を拓いた村々である。川を切り広げたぶん両岸の土地が潰れ地になったと、体よく仕様帳になかったことまで増やされたのだ。

「話には聞いておったが、まこと海と同じ高さに田があるのじゃな」

目付役は二之手を訪れたのは初めてで、海と川の際まで田が拓かれていることに幾度も感嘆の声を上げた。なにもこのような際まで田を作らずともよいと言ったが、米を一粒でも多くと百姓を締め上げているのは公儀である。

筏川の分流口へ来たときは、まるで御城の堀のようだと、皆が堤の上から分流口を覗き込んだ。

「このような急流の下に石を敷くとは、とても人の業とは思えぬ」

「まことに、ようなされてござる」

郡代もしみじみとうなずいて、掘割の石にそっと手を伸ばした。

郡代は一つずつ確かめるように丸い石の肌を撫でている。薩摩の米にも等しい石、それをこの先守っていくのは郡代たちだ。

筏川を見分し、橋をわたって御囲堤の手前まで来た。

豊臣への備えとして築かれた家康の堤は、今でも上を馬が行き来できるほどの見事なものである。それに比べれば薩摩の堤は童が遊ぶのにやっとというもので、南北にその二つを見れば、それがそのまま幕府と薩摩の力の差だという気がしなくもない。一色周防守から遣わされた目付役は、ことさらに御囲堤を褒めるようだった。だが童が遊ぶというのはただの喩えだ。靱負は先に立って堤へ上り、眼下の木曽川からはるか川上まで見渡したとき、胸を新緑の風が吹き抜けていくような爽快さを感じた。

一つできれば二つ目もできる。きっと薩摩は普請をやり遂げて国へ帰ることができる。

「もう何年前のことであろう。堤が崩れたと知らせてまいったとき……」

郡代は靱負の傍らで、堤に腰を下ろした。

朝方に激しい雨が降り、郡代は胸騒ぎがして川縁へ出た。堤に上って見ていると、水は恐ろしい勢いで流れて行く。まばたきごとに水かさが一尺も上がっているありさまで、郡代はなすすべもなく立ち尽くしていた。

「長良川の上手で太鼓が響いておった。江戸では火を恐れ、狂ったように半鐘が鳴るが、ここでは鐘のような高い音では水に消されてしまう。一番撥、二番撥と激しくなるが、あのときは逆巻く水の音のほうが高く上がった」

きっと堤が切れるだろう、だがそれが福束か高須か、金廻か、どこかは分からない。郡代は、堤が切れるなら今この己の真下から切れてほしいと願った。

「堤が切れるときは足下でぴしりと音がする。扇を閉じるときのような、な」

郡代は眉をひそめて目を閉じた。

「堤のひびが、矢よりも早く川上へ延びてゆく。その無情さは川のただ中に住む者でなければ分からぬ」

そのときどこの堤が切れるかは運のようなものだ。ただの川の気紛れのようにも思えるが、少なくともこちらが法面に緩みがあると思っていたところは、水は絶対に見逃さない。

「堤をどれほど高くしても水はやすやすと越えて行く。川は三筋で束になってかかってくるが、人は満足に助け合うこともできなんだ。此度もどうせできぬと諦めておった……。御囲堤のように、土の上に石を積むのとはわけが違う。まるで細縄じゃと揶揄されようと、水の中にその一筋を築くのがどれほどのことか」

堤の上を新しい風が吹き抜けて行く。今では美濃にも、薩摩と同じ風が吹いている。

「ようやってくだされた、靫負殿」

郡代が靫負の正面に向き直り、頭を下げた。

「此度は相身互い、大慶に存じますぞ」

小左衛門が目頭を押さえていた。

明くる朝、梶島村の猿尾を陸から眺めたとき、光の帯が川面に降りて、しばらくのあいだ川の底まで透き通って見えた。

「木曽川というのは、かくも美しい川でござったか」

小左衛門が靫負にささやいたとき、郡代はまっさきにうなずいていた。

「なんと見事に石を積んでおられるやら。薩摩の侍衆はよほど器用とみゆる。あれが蛇籠と申すものじゃな、おお、男の背丈の倍はあるか」

目付役がおどけて両手を広げて見比べている。透き通った中に、波にゆらゆらと揺れて蛇のような竹籠が見える。

あれが未来永劫、砂に埋もれねばよい。川がいつの日もこのように澄んでいればいい。

「薩摩の衆のお骨折りは忘れませぬぞ。これからのちは、我らが命がけで守ってまいる。あれは薩摩の米俵じゃ」

郡代が言ったとき、その後ろで小左衛門が涙を浮かべて笑っていた。あの川面の輝きは薩摩の米の輝きなのだ。

――佐江がお目にかかれぬだけでございますね。あなた様は竣功成るまで、きっと笑うていてくださいますね。待つなと言われても、私はきっと待っておりますから。

靫負は美濃へ来て初めて、佐江に見せたいと思う景色に出合うことができた。この猿尾を透けさせる木曽川の美しさを、佐江はどれほど喜んだろう。

――一度だけでも鳶になることができれば、私も美濃へついて行くことができましたのに。きっと薩摩の女子は皆、そう思うておりますでしょうね。

靫負が羽ばたきを聞いて顔を上げたとき、青い空に鳶が舞っていた。

三

遠くからくぐもるような撥の音がする。一月の風が激しくうなって壁を叩きつけ、すぐには聞き取れなかった。ふだんならまだカナは目が覚めなかったかもしれないが、床に入る前から夕刻に見た川上の雨雲が気になっていた。だから飛び起きたつもりだったが、隣の寝床はもう空だった。

カナは羽織もかけずに障子を開けた。廊下を駆けると足の裏が凍えるようで、いっきに眠気が覚めていく。

「伍作」

玄関で伍作は身体を丸めて脚絆を巻いていた。すでに簑(みの)もつけて、足首にしっかりと紐を結ぶと立ち上がった。

「聞こえたか。あれはだいぶと向こうだな」

「どこか分かる？　伍作」

「日暮れ前に見たとき、長良川は大した水かさしてなかったからな。そんなら揖斐川もどうってことなかろ」

撥の音はこの大牧よりもずっと北から聞こえてきた。

「大榑川とは違うね」

「ああ、そんな近くの音じゃねえ」

乱暴に言って伍作は立ち上がった。あわててカナは菅笠を差し出した。伍作がつけるあいだに引き戸を開けようとしたが、強い風が正面から吹き込んでカナは地面に転がった。

「何してやがる。早く松明を持って来い」

カナは急いで立ち上がり、外へ出た。表の長屋では奉公人たちがようやく起き出した気配だ。

玄関に戻って燧石を叩いたが思うように火がつかない。

「あわてるな、すぐできる」

伍作がカナを抱くようにして風をさえぎると火花が移った。伍作はそれを引ったくった。

「伍作、気をつけて」

ってな」

「お前は皆を起こせ。加賀野井か八神の辺りだって言いな。八神村から回って来い

「だけど遠かったよ。ほんとにそっち?」

「阿呆だな、お前は。俺はここんとこ、一之手の普請場へ通ってたんだ。あそこの堤はできたばっかりだ。まだ土がろくすっぽ乾いてねえ」

伍作は闇の中へ飛び出した。

カナは門まで追いかけたが、泥を撥ねる足音はすぐ雨に紛れて聞こえなくなった。小さくまたたいていた松明の炎も、あっという間に見えなくなった。

夜が明けても伍作は帰らなかった。だが奉公人が一人戻って来て、出水があったのは木曽川で、一之手の八神村で堤や猿尾がすべて流されたと知らせてきた。

雨はまだ止んでおらず、木曽川の水は二尺余りも高くなっているという。お松たち算勘方は夜明けとともにそれぞれの普請場へ知らせに走り、大牧の本小屋はもぬけの殻だった。

　一之手は四つの普請場のうちでは最も川上にあたり、木曽川と長良川が合流する小藪村までと、御囲堤の内側、尾張領の神明津輪中が藩士たちに割り振られた場所だった。

　カナは行ったことがなかったが、一之手はカナが生まれた福束輪中からは長良川を渡るとすぐの場所だ。木曽川から分かれて長良川に入る逆川という川があって、カナは幼心に奇妙な名だと思ったからそれだけはよく覚えている。どうしてそんな名なのかと伍作に聞いたら、あの川だけが南から北へ流れているからだと教えてくれた。

　今回の薩摩の普請でその逆川が涸れ川になると聞いたとき、カナははじめはひそかに楽しみにしていた。ただでも水量の多い長良川へ木曽川の水を入れるなんて、そのさらに西側にある福束輪中にとってはとんでもないことだったからだ。

　だが四百もの普請箇所をかかえた薩摩の苦労を間近で見ているうちに、普請は一つでも、石も一つでも少ないほうがいいと考えるようになった。そうしたら薩摩が自ら、やるからには手抜きはしないと、話し合って木曽川との分流口を閉じることにしてしまった。それが輪中を広く見渡せば、いいことだからだそうだ。

だから昨日の夜、出水は一之手だろうと伍作が言ったとき、カナはてっきり逆川の分流口辺りだろうと思った。もとから難普請の場所だとは聞いていて、靫負が苦労して町請けにさせたことを覚えていたからだ。だが決壊したのは逆川よりずっと南の、木曽川の西岸の村だった。

午近くになって本小屋の靫負のもとには出水の詳細が次々伝えられてきた。八神村の猿尾は百間もの長さがあるのに、それが無惨に引きちぎられ、ほとんど跡形もないという。死人は出なかったが、八神村の猿尾は一からやり直さざるをえず、せっかくの石はことごとく木曽川の底に沈んで新たに買い直さなければならない。

明くる日から雨が雪に変わり、川のそばに立つと頬が切れるほどの寒さになった。それでも三日目からはまた雨に戻り、ほっとしたのも束の間、木曽川は半日で八尺も水かさを上げて、誰もがなすすべもなく見守っている目の前で、八神村の北隣の石田村へ襲いかかった。町請けにして水刎ね杭をびっしりと打っておいた百五十間の猿尾が杭ともどもぷかりと浮かび上がり、あとは木屑か何かのように流されていった。

幾人もの藩士が膝をつき、肩を震わせて泣いていた。

「儂らが何をした？　そうまで好きに暴れてどこへ行く？　お前が軽々と流していく石は、薩摩の皆が飢えてまで買うた宝じゃぞ」

それでも藩士たちは膝の土を払って立ち上がる。泥を掻き分けて浅瀬へ入り、氷のように冷えた石を拾い上げる。

だがその翌日、さらに北隣の加賀野井村から駒塚村にかけて、逆川の締切堤が破られた。下埋の石はなんとか残ったが、その上に積んだ土がことごとく流された。

一之手はもともと急破普請で直さなければならない箇所はなかったほどで、薩摩でも他の普請場ほど出水を案じてはいなかった。それがこの雨と雪で被害を受けたのは皮肉にも一之手ばかりだった。

雪が雨になり、やがて絹糸のようにまぶしい滴も上がると、一之手が遠くまで見渡せるようになった。

一面、鏡のようにまばゆく光って目を開けてもいられない。北から南へ引かれた一筋の茶色い帯が木曽川で、そこからカナの背後を流れる長良川まで、辺りはどこも橙色に輝いている。まるで湖のように静かで、ぽつりぽつりと黒い葉が浮いたように見えるのは輪中に取り残された水屋である。

「昨日の午から、こりゃあ来るなと分かっとったから」

「ああそうじゃ。覚悟はしとったで」

百姓たちが誰にともなくつぶやいている。

川の水が濁り、水かさがいっきに増えていくのを人はどうすることもできない。たとえ雨脚が弱くなっても、川上から運ばれる水は勢いを増し、堤に石のぶつかる激しい音は強くなる一方だ。

百姓たちが水面を覗き込んでどんなに念仏を唱えても、水かさはいっこうに下がらない。日のあるときの増水なら、百姓たちは一刻でも二刻でも川縁に佇んで、少しは水が引いたか、流れは弱まったかと水面を睨みつけている。

やがて堤の土が拳一つぶん、ぽろりと川へ落ちていく。築いて幾年も経ち、草に覆われた斜面ならもう少し持ちこたえることができる。だが土を固めたばかりの堤の法面は脆く、土砂を含んだ水がぶちあたれば、いっきに崩れてしまう。

最初の拳一つが落ちると後は早い。次の拳はさらに大きくなって、見る間に堤が抉られていく。

百姓たちはもうそのときは川から離れている。近くの水屋に家財を運び込み、舟を下ろしたときには一番撥が鳴り始める。

いつのときも輪中の百姓たちはただ黙って水かさが増していくのを見ているしかない。

「伍作はよく嫌気がささんものだ」

吉次が靱負から離れてカナの傍らに立った。靱負は郡代たちと出水の跡を見分して回っているが、カナが案じたほどには顔色も悪くない。こんな心が押し潰されるようなことはもう幾度もあって、きっと靱負も慣れてしまったに違いなかった。

伍作は若い百姓たちを指図して、田に溢れた水を水路へ押し流している。女や子供も戻り始めていて、鍬やじょれんで懸命に土を搔いている。じょれんは大きなちりとりのような形で、底の隙間から水が落ちるようになっているので、土が水浸しのときに重宝した。

「伍作はいい庄屋になるかもしれんぞ」

「兄さまは普請が終わったらどうするの。輪中に帰って百姓をしたら？」

「俺はまた大坂に戻って天満屋に置いてもらうつもりだ」

吉次がずっと奉公し、靱負について行くよう命じた大坂の大商人だ。

「昔っから俺は、屋根より上に舟が浮かんでるのが気味悪くってな。どこの輪中に行こうが、おちおち昼寝もできねえからな」

九年前、天満屋へ奉公に行くときも吉次はそう言っていた。

だが母たちを流した出水から間もなかったあのときでさえ、カナはこの土地が好きだった。だから天満屋へ行くよりも庄屋の鬼頭家で働くほうを選んだ。

「兄さまのことだから、薩摩までも総奉行様のお供をするのかと思った」

「俺ぁ薩摩に行くことはねえな」

「どうして。国へお戻りになるまではお役に立つこともたくさんあるでしょう」

「阿呆ぬかせ」

吉次は怒ったように、何も分かってねえんだなと言った。

「ねえ、兄さま。薩摩の皆様は御上に叱られなさる?」

「なんで」

「堤や猿尾がこんなことになって、薩摩の普請が手抜かりだって……」

阿呆ぬかせと、今度は吉次は強い声で言った。

だがこの二日で堤が切れた石田村と八神村は、薩摩がしつこく頼んで町請けにしたところだ。それ見たことかと公儀は靱負たちに嫌がらせをするのではないだろうか。

「郡代様も高木様も、町請けには反対しておられたでしょう。村請けで造ればこんなことにはならなかったって、また意地の悪いことをおっしゃるかもしれない」

靱負が郡代たちと見分に出ると聞いた朝から、カナはずっとそれが気がかりだった。だからろくに伍作を手伝いもせずに靱負のほうばかり見ているのだ。

吉次は呆れたようにため息をついた。

「だったらお前は、もっと周りもよく見るんだな。みんな、まっさきに石を分流口の端に戻してるじゃねえか。あれはもう一回、薩摩に締切堤を造ってもらおうって肚だ。じゃなきゃ、石についた泥を落としたりするもんかよ」

それに後始末を手伝っている百姓たちの中には、商人が請け負って連れて来た他国の人足たちも交じっている。道具も持たずに突っ立っているのはカナと吉次くらいのもので、逆川の締切では諍いもあった輪中の者たちも鍬やじょれんをふるっている。

吉次はそっとカナの耳元にささやいた。

「郡代様も高木様も、半年前とはまるで人が違ったようだろう。ありゃあ、あげつらうところを探してるようには見えねえぜ」

　靱負たちはそれぞれに供を連れ、十五人ほどで歩いて行く。ときおり足を止めたときは靱負と郡代、水行奉行の高木新兵衛が頭を寄せて一つの図面を覗き込んでいる。

「だけど郡代様たちは、輪中の民がいるときのほうが優しい顔をするんだよ」

　そして裏で薩摩の困るようなことをするのだ。

　吉次はぷっと噴き出した。

「お前はすっかり薩摩がひいきだな。まあ伍作もそうらしいから、夫婦で上手くやっていきゃいい」

　そう言われてカナは伍作に目をやった。脇目もふらずに働いているが、薩摩の普請が始まった時分は、一日でも長引かせて手間賃をせしめてやると言っていた。だが夫婦になる前は今のような百姓だったので、カナには当たり前の景色にしか思えない。

「伍作が昔に戻ったのは、薩摩のお侍様たちが来なさったからだよ。私らのために、関わりのない遠国のお侍様が命がけで川に入ってくださったから」

　カナも伍作も、前日までごく普通にしていた藩士が死んでしまうのを幾度も見た。これまで身近に思ったことなどなかった侍が、カナたちと同じように汗や涙を流し、家族や故郷を持つ人なのだと分かってきた。

　薩摩の侍は関ヶ原の時分に、朝鮮で七年もいくさを続けたことがあったという。そのときの空しさに比べれば、同じ日の本の百姓のために川普請をするのはちっとも無駄ではないのだと言ってくれた。

「侍だろうと百姓だろうと、しなけりゃならねえ苦労は等しいのかもしれねえな。どっちに生まれたって、生き抜くってのは希有なことだ」

　それでも人は、山にも鳥にもなれねえからな――。

　吉次がそうつぶやいたのが、カナの耳にはいつまでも残った。


　夕刻までかかって靫負たちは一之手をひと回りした。郡代や交代寄合の高木新兵衛らがずっと同道して座ることもなかったから、本小屋へ戻ったときには腰に鈍い痛みがあった。

　気がつけば靭負も五十二になったが、美濃へ来てからは己の身体を気にかけるときがなかった。薩摩にいた時分のほうが己の年も顧み、老いていたように思う。

「ともかくは重畳でございましたな、御家老」

　十蔵とは年もそう変わらないが、今の靭負には十蔵のほうがよほど老成して見える。十蔵はこの美濃では苦労もあるが、生来がものを前向きに考える性質で、良い年の取り方をしている。

「格別のことはなかろうと思うておりましたが、いや、あの水のさまをごらんになれば、無体なことはさすがに仰せになりませんでしたな」

　十蔵の笑みを見れば、今日のことは靭負一人の後生楽でもなさそうだ。だとすれば薩摩はただ破れた堤と猿尾をやり直せばよいだけで、気遣いの類はぐっと減る。

　今日、出水の箇所を細かく見分した郡代と新兵衛は、幕府代官や目付役も連署のうえ、江戸の一色周防守へ破損の顚末を文にしたためることになっていた。なんといっても幕府が木曽三川の大普請を決意した一昨年秋の大洪水でも決壊しなかった一之手の堤がことごとく破られたのである。不運にも薩摩が願い出て町請けにした箇所でもあり、公儀からどんな叱りを受けるかと案じられるところだった。ところが一行の誰一人、薩摩の不手際をなじる者はいなかったのである。

「郡代様も高木様も、幾度も百姓たちをねぎらっておられましたなあ。この地ではあのようにせねば立ち行かぬのでございましょうな」

「庄屋というのもよう働くものじゃの。宝じゃ、恵みじゃと言うて皆を力づけるとは巧みなものよ」

　堤を破って田に流れ込んだ土砂は、川が上流から運んだ肥えた新土なのだ。水さえ引けばまた豊かな実りがあると、庄屋たちは女子供にまで声をかけながら鍬をふるっていた。

　耕した端から水に流され、それでも輪中の民は倦まずに土地を拓きつづけてきた。薩摩で生まれた靭負たちは、正直はじめは、そこまでしなければならない輪中の民を憐れと思っていた。

　だが一年をここで暮らしてみて、今はまるで憐れみなど感じない。輪中の民の折れぬ靭さほど尊いものはない。あの百姓たちの雄々しい姿が傍らになかったら、薩摩はここまでできただろうか。

「郡代様も高木様も、ずっとあの者たちと生きてこられたのだな」

だからこそなんとかしたいと願い、それができずに、いつからか他を憎むようになっていた。だがその絡まった糸も解きほぐされてきた。

逆川の破られた堤のそばへ来たとき、まっさきに新兵衛が呻いた。

——なんということじゃ。あれほどの堤を、此奴めはまた。

懐の扇をつかむと、怒りにまかせて木曽川へ投げ捨てた。

——薩摩の衆がどれほどの苦心を重ねたと思うておる。今に見よ、決してお前の好き勝手にはさせぬ。

新兵衛の心底からの怒りと悲しみを知ったとき、靱負はこの堤を造った甲斐はあったのだと思った。たとえ跡形もなく水に呑まれても、藩士たちの働きは新兵衛たちが覚えている。ならば薩摩はくじけることはない。

堤の下埋石はどうにか無事に残っていた。靱負がひそかにため息をついたとき、そばで郡代も同じように安堵の息を吐いていた。

——ここは水当たりの強いところゆえ、こうもなるのであろうな。

郡代と新兵衛は同じ一つの先をさし、うなずき合った。

――左様でござる。もしも逆川でなく、わずかでも木曽川と同じ南へ流れるものならば、水勢も少しは弱まるのであろうがな。

石田村に唯一残った猿尾を二人揃って振り返り、あの辺りは川が浅いために盛土が水をかぶらず、流れずに済んだのだろうとも言っていた。

「どなたも薩摩の手落ちなどとは申されず、安堵いたしましたなあ。それどころか、薩摩はたいそう丈夫にこしらえておったと必ず書き加えるとまで仰せくだされて」

十蔵は感に堪えないようすでずんずんと歩いて行く。朝とは打って変わって足取りが軽い。

「あとはできるかぎり早く、一之手を元に戻すことだな」

「左様に存じます」

今回の木曽川の増水では川上の一之手がことごとく流されたが、四之手の油島中開け堤をはじめ、川下の普請場はどこもほとんど無傷だった。これは一之手の猿尾や堤が木曽川の勢いをそいだからとも考えられる。

「十蔵……」

十蔵が足を止めて振り向いた。

「すべての普請場が完成すれば、きっと見違えるような景色が開けるぞ」

四つの普請場が竣功成れば、三川はもう今ほど暴れることはなくなる。川はなめらかに流れるようになって、子らは水かさに怯えずに眠ることができる。

すでに薩摩藩士は三十人余が病に倒れ、割腹した者は五十人を超えている。靱負がどれほど説いても、この先も死ぬ者は出るかもしれない。だが今は立ち止まっていられない。

――待つことはならぬと言われても、私はあなた様をお待ちいたします。そのときが来ると分かっていても、一日も早い普請の成就を祈っております。

「御家老。我らの普請成就とは、御家老が薩摩へお帰りになることですぞ」

靱負は足を止めずにそのまま歩いて行った。

第八章　別れ

一

靱負が美濃へ入ったのは昨年の閏二月九日だ。年内師走に完成したのが二之手で、尾張領の筏川から木曽川河口に至るまで、普請掛は美濃郡代の青木次郎九郎だった。

二之手は師走のあいだに内見を受け、この正月には幕府の出来栄見分も無事終えた。薩摩藩士は二之手からは一人残らず引き上げたので、靱負が美濃へ到着してちょうど一年で二之手は薩摩の手を離れたことになる。

閏を入れて十四ヶ月、一日も休まず泥を掻き石を運んできた宝暦五年（一七五五）三月二十七日、一之手と四之手が竣功した。一之手はこの正月に出水し、堤も猿尾もやり直すことになった木曽川沿いの川上の普請場である。出水ののち、わずかに亀裂が入っただけの堤もすべて造り直したので、外見はどの普請場よりも整っている。

四月になれば幕府の出来栄見分があるが、完成の明くる日にはまず一之手から、郡代や交代寄合の内見を受けた。

「まことに、ようやってくだされた。ふた月前、猿尾をことごとく持って行かれたときには、とてもふたたびこのような景色を見ることができるとは信じられなんだ」

新兵衛はむせび泣いた。交代寄合、西高木家の当主で、はじめは靱負も鼻持ちならない高慢な男だと思っていた。だが一年もともに三川のそばで過ごしてみれば、その苦労も悲嘆も分かち合えるようになっていた。

二日をかけて一之手の普請場を残らず回り、翌日から四之手へ移動した。三川のぶつかる油島の締切堤が普請最大の難場だった揖斐川下流域である。

靱負たちは舟で福原輪中へ渡り、長良川の東岸から堤を見分することにした。油島の長良川側から十石舟に乗ったが、舟はさして水に逆らうことなく輪中の岸につけた。

福原輪中から西を見れば、川上が油島、下が松ノ木村である。堤を全締切にするならこの福原輪中に川を掘らねばならず、たとえそれをしてもここは早晩、水に沈むともいわれ、ついには締切堤は中開けにすることで決着がついた。薩摩が築いた堤は川上の油島から五百五十間、川下の松ノ木村からが百五十間である。

下埋をして石の箱を丹念に並べ、その上から木枠で固定した。そうしてできた土台をさらに石を積んで包み、幅十間もの本堤を築き上げた。

川に張り出した猿尾は水をかぶって見ることができないが、本堤はたしかにこの海のような泥の中央に立っている。

「中開けのはずだが、あの下にはたしかに何も積んでおらぬのか」

新兵衛が感心したように堤の中央、中開けになっている水面を指した。右と左、双方から石垣が延びているが、何もない水面にはっきりと一本の筋がつき、手前と奥で水の色が異なっている。

「向こうが揖斐川、手前が長良川でござろうな。まったく、このようなものを人の手で造ることができようとは」

郡代がつぶやきながら幾度もうなずき、靱負はその傍らで瞑目した。

此度の手伝い普請で薩摩は四十万両の金子を使った。材木は十三万本、蛇籠に編んだ竹は百七十万本、石は俵にすれば二百八十万俵、土はその五倍である。

「まことにこの地は生まれ変わったようじゃ。ものの一年で、この木曽三川をここまでになされるとは、よもや夢を見ておるのではあるまいな」

「おお高木殿、それがしも同じように考えていたところでござる。一之手から四之手、薩摩公の普請で冥加(みょうが)に余るは、なんと三百三十ヶ村でございますぞ」

靱負はじっと目を閉じて聞いていた。その一年余で藩士は三十三人が病に倒れ、五十三人が腹を切った。あの波間に沈む石は薩摩の米どころではない。薩摩の藩士たちの命そのものなのだ。

一行はふたたび舟に乗って中開け堤へ向かった。近くへ行っても中開けのところで川の色ははっきりと分かれ、今日のように晴れて風もないときには、川は白波もたてず静かに流れて行く。

油島側の堤が切れる場所で船頭が舟を止めた。

「近くで見れば、いよいよ目を見張るばかりの石積みじゃ。これはこの先、輪中の民も安んじて暮らせるであろうの」

新兵衛は身を乗り出して石に触れた。

川面に手を差し入れると、透き通った水が靱負の指のあいだからこぼれていく。清らかで凍えるように冷たい、はるかな山からの水である。

「じき雪解け水が入ります。その前に普請を終えることができ、まずは祝着でございました」

薩摩に木曽三川の手伝い普請の下命があったとき、川普請というのに夏は休まねばならぬと聞いてどれほど驚いたことだろう。あのときはまだ靱負も、多少のことなら夏も続ければよいと高を括っていたものだ。だがこの地に来て三川をつぶさに見れば、それはとても叶わぬことだとよく分かった。

「我らの宝の堤じゃな、郡代殿。此度の普請で成った堤は、馬踏へ上がってはならぬと立て札にいたそう」

「守るにはそれが宜しゅうございますな。ならば急いだほうがよいやもしれぬ。これは見物が出ますぞ」

新兵衛と郡代はかわるがわる石に触れ、まるで童のように声を弾ませた。

次に川下の松ノ木村の堤へ行こうとすると、舟はすっとまっすぐに川下へ流れた。そのまま揖斐川を下ったが、舟足はゆるむこともなく、つけたいと思う岸へ自在につけることができた。

心地よい風が川面を渡っていく。この十四ヶ月に及ぶ普請で得たすべての手柄が今、風になってこの身を包んでいるのだと靭負は思っていた。

明くる三月二十八日、最後だった三之手の普請が竣功した。大榑川の分流口を洗い堰にするかどうかが決まらず、輪中が揉めて一度は壊されかけた普請場である。それがこの二月に見試しどおりに洗い堰でいくことになり、そののちは不穏なこともなく完成した。東高木家の内膳らが内見を行い、ここでも靭負たちは内膳の涙を見た。

そうして四つの普請場ともに内見が終わった四月十五日、江戸から目付の牧野織部、勘定吟味役の細井九郎たちが笠松役所へ到着した。

「これほどの川普請は日の本のどこを探してもござるまい。滅多なことは仰せなさらぬだろうゆえ、ご案じなさるな」

笠松役所へ挨拶に出向いた折、郡代はわざわざ靱負にそう声をかけた。

そしてその言葉の通り、翌日から始まった見分では、牧野と細井の両見分役が薩摩の普請をたいそう褒めそやしてくれた。

幕府の見分役はまず一之手を見て回った。あまりに広大だというので、見分には六日が要された。

「これほど大掛かりな普請をしておろうとは、江戸では思うてもみなんだわ」

牧野はとりたてて険のある口ぶりではなかったが、このとき靱負は郡代とひそかに目が合った。夜中の雨音に耳聡く目を覚ます、そういう暮らしを見分役はしたことがないだけだ。

「いや、けっこうに出来いたしてござる」

牧野と細井は互いにうなずき、遊山(ゆさん)でもしているようにゆっくりと一之手を歩いて行く。

「ここが正月来、出水を繰り返したというのであろう。ここまでの備えがいるとは思えぬが」

すると細井がそばで仕様帳を繰った。

「いや、ここは薩摩が望んで町請けといたしましたゆえ、見端（みば）よく整うたのでございましょう」

「左様か。それは大儀であったのう」

靱負はただ黙って頭を下げていた。

そうして一之手の見分が終わると、牧野たちは中二日の休みをとり、四月二十四日から三之手の見分に入った。

三之手はカナの生まれた福束輪中もある、揖斐川と長良川に挟まれた広大な普請場である。大榑川の分流口は百間近い幅で、高さ四尺の本堤が築かれている。

長良川の川上から歩いて行くと、とつぜん目の前に一面の石畳が開けた。

人の頭ほどの石が見渡すかぎり、地の果てまで敷きつめられている。

郡代が見分役に近づいた。

「洗い堰の水叩にございます。長良川の水かさがあの堤を越えれば、ここを水が流れて川ができるのでございます」

「大榑川か」

「左様にございます」

水叩は階のように三段に敷かれ、幅は九十八間ある。

「まこと、ここがすべて川になるのか」

「はい。長雨の時分にはこれでも収まらぬほどの水が流れ込んでまいります」

「しかしこれは、なんと壮大な堤じゃ」

靫負も見分役たちとともに手庇をたてて川下に目を凝らした。だが川面が光って縁取るばかりで水叩の果ては見えない。

あの堰は決して高くはなく、ここからではまるで一筋の畠の畝のようだ。それでも薩摩はあの下支えに蛇籠を一万本よりもっと使っている。竹を割き、長い駕籠に編んで中に石を詰める。それを普請に入る前、皆でふた月も三月も泥の中に座って一つずつ作ったのだ。

しかも三之手は大榑川のこの洗い堰だけが普請場だったのではない。長良川と揖斐川のほかにも中須川、中村川、牧田川、段海川、津屋川と、覚えきれないほどの川が走り、藩士たちはそのすべてで底浚えをした。堤だけで総延長は七千三百間にもなったが、一間といえば畳一枚の長さだ。畳は居職で作れても、藩士たちは病でも休むことができなかった。

「いや、感服つかまつった。人にこれほどのことができようとはの。薩摩はいかばかり精励したことであろう」

「まこと、この地は生まれ変わりましてございます。百姓どもにとって、これほどの喜びはございませぬ」

郡代も言葉を惜しまない。

洗い堰を離れるとき、靱負はもう一度目に焼きつけるように洗い堰と水叩を振り返った。

これから十五日をかけて、三之手の三十四ヶ村と八つの新田がくまなく見分される。それにずっと付き添って歩く靱負は薩摩の誰よりも仕合せ者だ。尾州、濃州、勢州にまたがる普請場の竣功した姿を、隅々までこの目で見ることができるのだ。

靱負はもう薩摩に帰ることができなくても満足だ。藩主重年に自らの口で普請の竣功を告げることはできなくても、薩摩が国を傾けてまで成した普請をこの目で見ることができたのだ。

己は頂上至極ではないか――。

靱負の胸から、この一年半のつかえがすっと下りていった。一行に遅れぬように靱負は力強く足を踏み出した。

三之手に続き、四之手の見分も無事に終わった。靱負たち案内の者はみな大層なねぎらいを受け、手の空いた藩士たちから薩摩へ向けて出立した。一之手の石田村、二之手の西対海地、三之手の大藪村と太田村、そして四之手の金廻村、それらにあった出小屋が引き払われ、藩士たちの止宿も地主に返された。

美濃はこのところ晴天続きで、国へ帰る藩士たちがあとの者へ、街道の先から大声で叫ぶ明るい声が本小屋の座敷までよく響いた。寄り道をするなと残る側が叫んだのへ、頼まれてもするかと応えたのがあって、算勘方では失笑が洩れた。

お松たちの算勘方も半数近くが江戸や薩摩へ引き上げていた。この先はもう諸色を集める必要もないので、早く国許へ帰ってそのぶんの費えを減らし、江戸と薩摩で後始末をすることになっていた。

それでも薩摩は御手伝い普請をやり遂げた。将軍家の見分役からも存分に褒められた今、もう案じることは何もない。これからの薩摩はきっと佳いことずくめだ。

お松は台所へ下りて湯呑みの水を一杯、のどに流した。

「松之輔様」

男の声に振り返ると、引き戸の外でちらりと伍作の姿が見えた。

お松が出てみるとカナもいる。

カナはうつむいて伍作の陰に隠れるように立っている。

「松之輔様……」

伍作がカナを前へ出そうとするが、カナは恥ずかしそうに後ろへ回ってしまう。

「カナ？」

「どうしても松之輔様にだけはお伝えしたいって言うもんで」

伍作がそっとカナを押し出した。

「こいつ、ややができたんです」

えっとお松が声を上げたとき、今度は伍作のほうが照れたように走り去った。

「カナ、本当ですか」

カナはもじもじしながらうなずいた。

お松は思わず胸の前で手を合わせた。

「おめでとう、カナ。ああ嬉しい、薩摩へ帰る前にこんな話を聞くことができるなんて」

「あの、松之輔様ももうすぐお帰りになってしまうのですね」

お松はカナと同じ目をしてうなずいた。お松たちが薩摩へ帰ったら、カナとはもう二度と会えない。

「あの、お松様……。そう呼んでも？」

お松は微笑んだ。もう普請は終わったのだと、急に身にしみてきた。

「カナ、元気な御子が生まれますように。薩摩から祈っています」

「伍作は男がいいと言うんです。でも私は女だといいと思って」

百姓でも武家でも男が望まれるのは同じだが、どちらでもカナを仕合せにしてくれる。カナはお松のかけがえのない生涯の友だ。

「あの、女の赤児だったら、お松様の名をいただいてもよろしいですか。あの、百姓の子なので、お松と名付けてはいけませんか」

「カナ……」

お松は涙がこぼれた。薩摩から美濃へ来て、来る日も来る日も普請ばかりで辛い思いを数えきれないほどしたが、お松はカナに会うことができた。

「私も、もしいつか赤児を授かるような仕合せがあれば、カナという名にします」

「本当ですか」

「ええ。でも私は」

するとカナは強く首を振った。お松の肩にかかった髪に目をやった。

「薩摩へお帰りになったら、きっと主税様と夫婦になってください。そしてもしも夫婦になられなかったときだけこの美濃へ、私へ文をください。お松様の文が来ないときは、私はお松様が主税様と夫婦になられたと信じておりますから」

カナは薩摩がこの先どれほどの借財に苦しむことになるか知っている。女の身で、遠い美濃に文を出すことなどできるはずがない。

「私には分かります。きっとお松様はあのお侍様と夫婦になられます。髪だって、お松様はすぐに髷が結えるようになります」

お松はカナと肩を抱き合って泣いた。

「お松様。伍作は、男の赤児が生まれなければ、生まれるまで何人でも産めばいいんだって。私たちは若いから、なんでもできるんだって」

薩摩のお侍様がこんな立派な普請をしてくださった。だから俺たちは安心して子供を育てることができるじゃねえか。いっぱい子を産んで、この堤を守らせなけりゃいけないいじゃねえか――。

昨年の春、初めて会ったときのカナは伍作にぞんざいにされて泣いていた。それが今では赤児まで授かって、カナは伍作と生きていこうとしている。

きっとお松もいつかは主税と並んで歩けるときが来る。

カナの心がお松には分かる。主税と夫婦になれたとき、お松はカナに文を書く。

本当はカナは、お松の文をずっと待っているのだから。

「どうか待っていて、カナ」

お松もカナに恥ずかしくないように、しっかりと前を向く。

カナはしゃくり上げながら何度も何度もうなずいた。


その夜、靱負の居室には遅くまで灯がついていた。皆が寝静まったころ、お松はそっと廊下に膝をついた。

「おじさま、まだ起きておいでてございますか」

「おお、お松か。入れ入れ」

思いのほか弾んだ声で、お松はほっとした。

靫負はやはり文を書いていた。お松がそばに座ると、珍しく筆を置いた。

「そのようなもの、お帰りになって直にお話しなさればよろしいではありませんか。出立も近うございます、少しはお休みになってくださいませ」

「何を申す。小左衛門が江戸で首を長うして待っておるわ。一日でも早う知らせてやらねばならぬ」

江戸留守居の山沢小左衛門は出来栄見分の前、一之手が出水でやり直しになったとき、江戸参勤中の藩主重年に経緯を伝えに戻ってそのままだった。

小左衛門からの消息では重年はずっと臥せっており、予断を許さぬ日々だという。

前藩主、重年の兄宗信の若い晩年と似ていると小左衛門は気がかりなことを書いていたが、靫負は、この美濃でできることは一日も早い普請の竣功だと言って皆を奮い立たせてきた。

靱負はお松に向き直ると優しく笑いかけた。美濃に来て初めて見た明るい笑みだった。

「国へ帰ればまっさきに祝言じゃぞ、お松」

「おじさま、私など」

さえぎろうとすると、靱負が顔の前で手のひらを振った。

「もう御手伝い普請は終わったのじゃ。これからの薩摩は重年公から足軽町人に至るまで、脇目もふらずに八十万両の借財を返してゆかねばならぬ。助け合い、支え合うてゆかねば、主税とて保たぬぞ」

もとから四十万両の借財があった薩摩は、この一年でそれが倍になった。

「親がこしらえた借財を子に返させるのはしのびないが、これは引き受けてもらわねばならぬ」

「当たり前ではございませんか。子を守るためにこしらえた借財です」

今は借り物島津と呼ばれても、いつかは返せるときが来る。普請をやり遂げたからには、もういくさは起こらない。借財など、いくさに比べれば大したことではない。

「おじさまは美濃をいつお発ちになるのでございますか」

「ああ、二十六日にするつもりじゃ」

「まあ、明後日ではございませんか。ならば文など……」

お松は文机へ目をやった。

靫負という人はそれは美しい文字を書く。墨がなぜか靫負が筆に含ませたときだけ輝き、したためられた文字は書付にたたんでからも、まるで未だ乾いていないかのように瑞々しい。

お松は幼い時分から靫負に手習いを教わり、その文字を手本に励んできたが、今でもとても靫負のような文字は書くことができない。

「おばさまは夫婦になられる前、一度だけおじさまから文をいただかれたことがあるそうですね。おじさまは覚えておいでですか」

靫負は笑って首を振る。

奉書紙の表に佐江殿と書いてあり、佐江はそのあまりの美しさに靫負に嫁ぐことを決めたのだという。もちろん佐江は軽口の多い明るい人だから戯れに言ったのかもしれないが、凜としたその文字にはそのまま佐江と呼ぶ声が聞こえてくるような、そこに手のひらを重ねたくなるような清冽さがあった。生涯そんな声で名を呼ばれるだけで満ち足りた日を送れるだろうと、佐江はまだ声を聞いたこともないうちから心が決まったのだという。

文机に広げられた靫負の文は、お松が幼い日にもらった手本そのままに、流れるように美しい文字が連なっていた。

お松はつい見入ってしまい、文の結びに伊勢兵部の名があるのに気がついた。兵部は国許にいる家老である。

「おじさま……」

そのとき靫負が文机をわずかに動かした。

お松ははっとして、恥じてうつむいた。誰への文か尋ねることなどできない。

「そなたはいつ出立する」

「はい、大目付様が出られる折にご一緒させていただくつもりでございます」

「そうか。最後まで世話をかけることじゃ。よろしく頼む」

もう一度機嫌よく笑うと、靫負は文を奉書紙に包んだ。文はまだその一通だけのようだ。

「さあ、もう夜も更けてまいった。そなたも休め」

「はい」

だがお松は何か胸騒ぎがした。

「おじさま」

「どうした？」

靫負はふしぎそうに、笑ってお松を見返した。そして軽くお松の肩を叩いた。

「お松はよう美濃まで来てくれたの。どれほど有難いと思うたかしれぬ。そなたがともに来てくれたゆえ、佐江もさぞ安堵しておったろう。戻れば祝言じゃぞ。早う佐江を安心させてやってくれ」

靫負はお松が照れてうつむくのを愉しげに眺めていた。

これ以上からかわれてはたまらない。お松はそっと手をつくと靫負の前を辞した。

唐紙を閉めながら中を見ると、靫負が笑って顔を上げた。なにかお松まで心の澱が洗い流されるような穏やかな笑みで、お松の胸にかかった靄は消えていった。

「では先に休ませていただきます」

「おう、祝言じゃぞ、祝言。主税に宜しゅうな」

お松は恥ずかしくて、頬を膨らませて唐紙を引いた。靱負はお松の足音が消えるまで唐紙の向こうで笑い声を上げていた。

お松が行ってしまうと靱負の居室はまた静寂が広がった。すると、ここまでは聞こえるはずのない揖斐川の音が靱負の耳には届くようになる。

薩摩を離れる前の晩、同じようにして靱負の耳には届くはずのない音が聞こえた。静かに煙を吐く桜島の、その小さな揺れが畳から伝わってきた。そこまで己は心が静まっているのだと安堵したものだ。

あのとき細い蠟燭の炎が揺れて佐江が入って来た。夕刻に、明日の出立の前に話があると告げておいたので、寝支度を整えてからあらわれたのだった。

「できればお聞きしとうはないのですが」

そう言って、佐江は靱負の傍らに腰を下ろした。

年よりは若く見えるといっても、髪には白いものが多く混じるようになっていた。もとは城下で靱負が見初め、妻に望んだのが佐江である。

のちにお松の母になる町内の娘たちと、連れ立って何かの稽古に通っているところだった。周囲も顧みずに明るく話している声とその笑顔を、いつまでも己のそばに置きたいとふいに強く思った。

あのときからずっと靱負は、佐江には笑っていてほしいと願ってきた。

だが夜が更けて靱負のもとへやって来た佐江は、血の気の失せた白い顔をしていた。

「今生でございますか」

消え入るような声で言った佐江に、靱負は笑いかけてやることができなかった。

薩摩に御手伝い普請の下命があったときから靱負は覚悟を決めていた。在国の国家老六人のうち誰かが総奉行を受けなければならないことは確実で、それはやはり己だろうと靱負は思った。

靱負は二十六歳のときに物頭となった。三十二歳で馬関田の地頭に任じられてからは大目付や江戸留守居役、家老とつとめてきたが、地頭を兼ねなかったときはない。地頭とはたとえば郡代のようなもので、その地に張りついてさまざまな普請を差配するから、算勘にも長けた己が総奉行にならざるをえなかった。

普請の費えは一年の藩費を軽く上回る。幕府は十四万両ほどだというが、それで収まるはずがない。だが幕府が十四万だという以上、それを超える費えは薩摩の不手際による自業自得とされる。

「此度の御手伝いでは、費えはどこまで膨らむか予測がつかぬ」

「市郎兵衛殿に会うて来られたのでございましょう。どうおっしゃっておいででした」

佐江はものを順序だてて考えられる、情に流されぬ冷静さを持っている。だからお松もそのように育った。

「市郎兵衛は三十万両は下らぬだろうと言うておった」

禄高七十七万石の島津家にはざっと七十七万俵の年貢米があり、それは大坂で十九万両ほどになる。

「あなた様もそのようにお考えなのですね」

「ああ。川普請は一年と区切られて一年で終わるものではない。そのあいだに雨も降る。土堤など、積んだ端から崩れるやもしれぬ」

あの時分の靱負は、厳寒の冬は普請を休まねばならないと思っていた。だが実際は冬こそ馬力を上げて水に潜らねばならず、夏は照りつける日の下で石や木を運んだ。

「佐江、儂はな」

「もう薩摩へは戻っておいでにならぬのですね。明日が今生なのでございますね」

佐江の頰を涙が落ちていった。生涯、己の傍らで笑って暮らさせるつもりだったのに、靭負はそうできなかった。

「人の力で三川を組み伏せられるとは思わぬ。普請がつつがなく終わろうと、幕府はその先もどのような難題を押しつけてくるやもしれぬ」

「重年様にやり直しを命じるかもしれぬのですね」

靭負は黙ってうなずいた。

普請の総奉行は藩と幕府のあいだに立ち、最後はそのつながりを断って消えねばならない。このさき出来するかもしれない不手際のぶんを含めて、至らぬ普請を藩主に詫びて死なねばならない。

佐江はそっと頰を拭うと笑ってみせた。

「総奉行をお受けになったときから、あなた様は最後には切腹なさるおつもりだったのでございましょう。千人もの藩士たちを連れ、一人でも無事に帰らぬときはそうなさる、固いご決意なのでございましょう」

ならば泣き顔をお見せするだけ、あなた様を苦しませることになりますね。

「よく話してくださいました」

「佐江……」

そのとき靱負は思った。夫婦になる前、文に書いたのと同じ声で、己は今も佐江を呼ぶことができているか。あのときと同じ声だと、佐江は思ってくれているか。

「佐江」

佐江は微笑んで靱負の目を覗き込んだ。

「あなた様は夫婦になる前と何も変わっておられませぬ。此度のことを、薩摩を離れる前に聞かせていただけて私は仕合せでございます。もしも話してくださらなければ、私はどのような顔でお見送りすればよいのか分かりませんでした」

佐江は静かに靱負の手を取った。

「御納得のゆく普請が完成するまでは、生きていてくださるのでございますね。もうこれで己は頂上至極だとお思いになるまでは、お腹を召されることはないのですね」

靱負はうなずいた。何があろうと、それまでは生きている。

佐江はそっと目を閉じた。

「竣功すればあなた様は旅立ってしまわれる。ですが私も、皆と同じ薩摩の女子でございます。一日も早い竣功をお祈りいたします」

待つことはならぬと言われても、私はあなた様をお待ちいたします。私はあなた様の妻でございますから。

「あなた様が旅立たれるときは、一点の曇りもなく得心がいっておられるのですね。あなた様はきっと、笑って旅立ってくださいますね」

ならば私も、笑ってその日をお待ちいたします――。

二

昨日も今日も初夏にふさわしい涼やかな風が川面を渡っている。昨年の今時分はちょうど上期の普請が終わったばかりで、川は誰の思い通りにもなるものかと言いたげに、日に二度は海の潮を連れて戻って来た。

それが今年は水が透き通って日の光を弾き、子らは遊びたがって岸辺まで寄って行く。ついこのあいだまで子らが岸へ近づいたことなどなかったから、大人たちは余計な煩いが増えたと笑って子らの手を握っている。

十日も雨が降らなかったその日、揖斐川は川上から川下まで一筋の光の道のようにまぶしく輝き、海からそのまま神仏のおわす浄土へとつながっているように見えた。

靫負を乗せた船は高く帆を上げて出立の刻を待っていた。

カナは伍作と並んで水際まで行った。お松は靫負の髪を入れた懐を、わずかの風もあてぬようにしっかりと手で押さえている。

お松は紙人形のようだった。身体の芯から魂が抜けたようで、あと一度でも風が吹けば、ぱたりと川へ倒れてしまう。

昨日の朝、いつものようにカナが母屋へ行こうとすると、お松が今と同じ青ざめた顔をして式台のところに座っていた。

「カナ、今すぐ伍作にここへ来てもらってください。それからカナは、百瀬主税様を呼びに行ってくれるかしら」

お松の目は焦点が合わず、座った身体が蠟燭の炎のようにゆらゆらと揺れていた。カナではない宙にいる誰かに話しているようだった。

カナは主税がどこに止宿しているか知らなかったけれど、道々尋ね回って呼んで来た。途中で主税が走り出したのでカナはついて行くことができず、母屋へ戻って来たら伍作が待ち構えていた。

「総奉行様が切腹しなさった。お前はこっちはいいから皆の昼餉の支度をしろ。誰も喉なんか通らねえ、それでも食べていただくんだから心して作るんだぞ」

それはきっと、お松が身重のカナを気遣って母屋から遠ざけたのだ。

握り飯をこしらえて母屋へ戻ったとき、靫負はもう経帷子(きょうかたびら)で布団に横たえられていた。十蔵は肩をいからせて嗚咽を繰り返していたが、お松はぼんやりとただ座っているだけだった。

「これで腹を切った者たちは皆、報われたのでございますな、御家老。そうであろう、お松。御家老が皆と同じ死に方をなされたのじゃ、腹を切った者は何より誉れではないか」

「……………」

「見事に引っくり返していかれましたか、御家老。もとから誰一人、死なねばならぬ者などおらなんだのですからな」

誰に何を詫びることもなかった靱負が腹を切る。それはまさしく、この地で命を落とした皆の死というものを、己の命一つで世に突きつけることだった。

十蔵がそう言ったとき、靱負の横顔は微笑んだように見えた。

靱負の亡骸は揖斐川から油島の中開け堤の横を通り、海蔵寺の手前の桑名で陸に上がるという。そこから東海道を伏見まで輿で行って、大黒寺という寺に葬られる。そこなら近くに薩摩の京屋敷があり、藩士たちがいつでも参ることができる。

カナは船に向かってそっと手を合わせた。

「カナ……」

桟橋の手前でお松が振り返った。お松はこの船で主税とともに薩摩へ帰るのだ。

カナは懸命に涙をこらえた。

「海蔵寺のお侍様のお参りは、私たち輪中の者にお任せください。皆できっとお守りいたします」

ない。

「ありがとう。よろしく頼みます」

「お松様、カナはずっとお松様のお仕合せをお祈りしています」

ただでも別れは辛いのに、こんな打ちひしがれたお松を見るのは悲しくてたまらない。

でもお松の帰る先は古里だ。

「お松様。船から輪中をごらんになってください。輪中の民は皆、総出で総奉行様のお帰りを拝んでおります。ですからお顔を上げて」

カナはしっかりとお松の手を握った。力を吹き込むために何度も揺さぶった。

「薩摩へお帰りになったら、きっと笑ってお過ごしになってください。カナはそう信じておりますから。私たちは皆、薩摩の方々のご繁栄を祈っておりますから」

お松は無理に笑おうとした。すると涙が一筋落ちていった。

カナはあわてて首を振った。

「いいんです、私はお松様の笑顔をちゃんと覚えていますから。この空も、海も、お松様のいる薩摩につながっておりますから。私は雲や川を見て、お松様のことを思い出します」

お松はついに両袖に顔をうずめた。

そのとき主税がそっとお松の背に手を回した。

「帰るぞ、お松殿。薩摩の海は、美濃ともつながっているではないか。琉球や南蛮から渡る風は、薩摩を通ってこの美濃へも来る。新しい風はきっと薩摩から吹いてゆく」

そして主税は伍作に向き合った。

「世話になったな、伍作。我らはこの地のことを決して忘れぬ。いつかまた会おう」

伍作は力強くうなずいた。

生きていれば、きっとまた会える。お松たちは必ず、これから来る困難にも立ち向かい、乗り越える。

「さあ、お松殿。泣いていては御家老の作られた美濃が見えぬぞ」

新しい風は薩摩から吹いて来る。薩摩もお松も、そしてカナたちもこれからだ。

カナたちははるかな先に向かって、今だけ別れて進むのだ。

船が静かに岸を離れ、見送る百姓たちが靫負の名を呼んだ。

カナがまばたきをしたとき、靭負の船は日輪のように光を放ち、空に舞い上がった。

あわてて目を凝らしたときには船ははるかな川下へ進んで、もう誰の姿も見えなくなっていた。

解説

末國善己

中部地方に広がる濃尾平野は、長野県、岐阜県、愛知県、三重県、滋賀県にまたがって流れる木曽三川（木曽川、長良川、揖斐川）によって造られた。その下流では、木曽三川が大木が枝を伸ばすかのように複雑に合流していたことから、大雨が降ると洪水が起こり住民を困らせていた。そのため豊臣秀吉による文禄の治水、徳川家康が木曽川の左岸に造った御囲堤など、時の為政者は木曽三川の治水に力を注いだ。だが洪水に脅かされる生活は変わらず、集落全体を堤防で囲う輪中が発達し、住民はその中で生活するようになった。

幕臣で治水家でもあった井沢弥惣兵衛（やそべえ）は、一七三五年に幕府の直轄地だった美濃の郡代になると、周辺を視察し、洪水の抜本的な解決法として木曽三川をそれぞれの流れに分ける分流案を作成、幕府に進言した。一七四六年には、輪中の庄屋たちが連名で、木曽三川分流工事を幕府に願い出る。こうした流れのなか、幕府は諸大名に工事費用などを負担させる御手伝い普請として、木曽三川の分流工事を、遠く離れた九州の薩摩藩に命じる。これが宝暦治水である。

『岐阜県治水史』を参考に、宝暦治水を簡単に紹介しておきたい。

一七五三年十二月、江戸を発った使者が、幕府が木曽三川分流工事の御手伝い普請を命じた事実を薩摩藩に伝えた。当時、薩摩藩の財政は悪化していたが、藩主・島津重年は無理難題でも幕府の命令は拒否できず、家老の平田靱負は何より流域住民の生活を安定させるため、総奉行として工事に挑む決意を固める。御手伝い普請は、幕府の作った計画を、幕臣の命令を受けながら進めるものだった。諸大名が、費用と人員を負担して行うので、宝暦治水でも幕臣と薩摩藩士の対立が起きた。薩摩藩士は、夜明け前のまだ星が残る頃から、夕方は月が出るまで働いているのに、横暴な幕臣は工事の間違いや失敗があれば、容赦なく皮肉や嫌みを口にした。こうした状況が、薩摩藩士の永吉惣兵衛と音方貞淵を自刃に追い込む。その後も、薩摩藩士は自刃や疫病などで多くの死者を出しながら、一年以上かかって難工事をやり遂げた。これをもって木曽三川の流域の住民は、縁もゆかりもない自分たちを助けてくれた薩摩藩士を、〝薩摩義士〟と賛えたのである。

〝薩摩義士〟の壮挙は、一九四四年に中学の修身の教科書で取り上げられ、『岐阜県治水史』が伝えるスタンダードな歴史観をベースにして杉本苑子の直木賞受賞作『孤愁の岸』が書かれ、みなもと太郎の漫画『宝暦治水伝　波闘』、平田弘史の漫画『薩摩義士伝』なども描かれた。近年も、中学の国語や歴史の教科書で宝暦治水は取り上げられているし、宝暦治水に関する記念碑がある鹿児島県や中部地方では、現在も〝薩摩義士〟の顕彰が続けられているようだ。

だが最新の歴史研究では、〝薩摩義士〟は、工事直後から地元で称賛されていたのではなく、多分に美化、脚色され近代に入って広まったとの説が出てきた。

羽賀祥二の論文「宝暦治水工事と〈聖地〉の誕生」によると、明治になって、治水工事を地方自治体だけではなく国にも求める要望が高まり、宝暦治水で苦労した〝薩摩義士〟を〝発見〟する動きを生み出したという。木曽三川の分流工事も担当したオランダ人のお雇い土木技師ヨハニス・デ・レーケが、治水は自然との戦争とする論を唱えたことから、〝薩摩義士〟は靖国神社に象徴される近代的な戦死者顕彰システムにもからめとられ、靫負ら殉職した薩摩藩士を祀る治水神社も建立された。

〝薩摩義士〟の物語が近代に入って創出されたとする羽賀は、自刃したとされる薩摩藩士五十二名には論証する史料が存在せず、士分は自刃、従者は病死とする傾向にあることから、病死者を自刃とした可能性を指摘する。さらに当時の幕府と諸大名の関係から、長く自刃の原因とされてきた、横暴な幕府対忍従する薩摩藩という対立の構図にも、再検討の必要があるとしている。

明治神宮外苑競技場で出陣学徒壮行会を見た経験がある杉本苑子は、幕府の命令に従い多くの犠牲者を出しながらも懸命に木曽三川流域の人たちのために働いた『孤愁の岸』の薩摩藩士を、先の大戦に動員された名も無き兵士たちに重ねていた。村木嵐が、最新の歴史研究を踏まえながら、従来とは違う視点で〝薩摩義士〟を描いた本書『頂上至極』は、現代人がより共感できる物語を作ったといえるだろう。

突然、木曽三川の分流工事を命じられた薩摩藩は、すでに豊作の年の実収入に匹敵する四十万両の借財があったが、御手伝い普請を断ることはできず、いくら借財がふくらむか分からない状況で工事に着手する。しかも木曽三川の流域は、幕府の直轄地である天領、徳川御三家の一つ尾張藩、参勤交代をする格式が高い旗本・交代寄合の高木家（本家と分家二つ）などの小さな領地が複雑に入り組み、利害が対立していた。普請総奉行の靱負を頂点とする薩摩藩士たちは、大坂の豪商に頭を下げて資金を調達し、無理難題を押し付けてくる幕府や高木家家臣との難しい交渉を繰り返しつつ、薩摩藩を関ヶ原の合戦の〝負け組〟と侮り、長きにわたって手間賃をもらうため工期を延ばそうとしたたかに立ち回る近隣の農民たちを硬軟織り交ぜた方法でなだめながら工事を進める。

上からはノルマ達成を厳命されて休む間もなく働き、下の人間のやる気を引き出すために気を遣いながら、巨大なプロジェクトを成功に導こうとする靱負たちは、大企業の意向に逆らえない中小企業、あるいは組織の中間管理職に近い。それだけに宮仕えの経験があれば靱負たちの悲哀が身にしみるだろうし、〝負け組〟の男たちが逆境にあっても自暴自棄にならず、難工事に挑み続ける展開は深い感動を与えてくれる。

薩摩藩士は、藩や自分の名誉を守ったり、失敗の責任を取ったりするためなら、自刃も厭わない強い意志を秘めている。自らを厳しく律している薩摩藩士の姿は、ミスやトラブルが起きても、誰も処分されないよう責任の所在を曖昧にしている現代日本の状況への、痛烈な批判のようにも思えた。

治水工事を題材にしたと聞くと、すぐに男たちのドラマを思い浮かべるかもしれない。だが本書は、離れていても深い情愛で結ばれている靱負と佐江の夫婦、婚約していた百瀬主税との結婚を先に延ばし、父が仕えていた靱負をサポートするため男装して分流工事に参加するお松、洪水で流されたところを輪中で暮らす大庄屋・鬼頭家に救われ、そのまま跡継ぎの伍作と結婚するも、子供を病気で亡くし家に居づらさを感じているカナなど、時代の荒波に直面する女性たちもクローズアップしている。

本書に登場する女性たちは、専業主婦で夫の無事を祈るしかない佐江、迷いながらもしばらくは結婚ではなく仕事をする道を選んだお松、有力者の家に入ったことで跡継ぎを産むというプレッシャーに苦しむカナと、いつの時代も変わらず女性たちが直面する様々な苦悩を見事にすくい取っているのである。

薩摩藩といえば男尊女卑のイメージが強いため、靱負と佐江の夫婦関係や、自分の意思で結婚を先延ばしにしたお松、娘の行動を認めるお松の父・加納市郎兵衛などは、フィクションだから描けたと考えるかもしれない。ただ一八九八年に刊行された本富安四郎『薩摩見聞記』には、鹿児島県の女性は「愛敬よりは凜としたる気象」があり「蟄居無職的の生活を為さずよく戸外に出で、作業をなし常に相当の労働」をしており、夫婦の愛情も深く「妻病めば夫之が為めに親切に介抱し遂に死すれば夫は日々其墓を訪ひ掃除をなし香花を供ふる等勇猛なる薩人をして愛惜の情憐むべき者あり」と書かれている。これは明治維新から約三十年後の記録であり、近代に入って急に働く女性や、妻を看病する夫が増えることはあり得ないので、江戸時代に佐江やお松のような薩摩女性がいたとしても、決して不思議ではないのだ。

　作中の薩摩藩士は、木曽三川分流の難工事を関ヶ原の合戦になぞらえ、徳川家康の本陣をかすめるような形で退却し薩摩の武勇を天下に知らしめた島津義弘の苦難を思い出して、つらい生活に耐える。猛将の義弘は愛妻家としても有名で、当時としては珍しく恋愛結婚した宰相殿に宛てたラブレターのような書簡が残っている。そのため男尊女卑は必ずしも薩摩藩の伝統ではない可能性もあり、男女を問わず本書の登場人物たちが身近に感じられるのではないだろうか。

ある工区の仕上がりに難癖を付けられたり、鉄砲水で工事途中の堤が壊れたりする悲劇もあったが、工事は着々と進んでいく。見ず知らずの土地のために文字通り命を擲(なげう)って働く薩摩藩士を見ているうち、薩摩に反感を持っていた伍作は次第に変わっていき、幕府と高木家の役人も薩摩の提案を受け入れるようになる。

毎年のように洪水に苦しむ濃尾平野の農民たちは、二〇一一年の東日本大震災、二〇一二年の九州北部豪雨、二〇一六年の熊本地震、二〇一八年の西日本豪雨と北海道胆振(いぶり)東部地震、二〇一九年の台風19号など、やはり毎年のように災害に見舞われている現代人と何も変わらない。それだけに、分流工事で川の流れが変わると損をする地域と得をする地域が出ることから揉めていた輪中の住民たちも、厳格な指揮命令系統でがんじがらめになっていた幕府と薩摩藩も、流域の住民の生活を守るという原点に還ることで対立を乗り越えていく終盤を読むと、胸が熱くなるはずだ。

現代でも災害後の復興では、国と地元の対立や、地域住民同士の思惑の違いが浮き彫りになるのは珍しくない。本書は、こうした難題を解決するには何が必要なのかも問い掛けているだけに、考えさせられる。

薩摩藩士たちは、文禄・慶長の役や関ヶ原の合戦で勇名を轟かせた先祖から受け継いだ教えつまり歴史から学んだことを人生の指針にしていた。靭負は、藩を守り、武士の面目のためなら死を厭わない藩士たちに、繰り返し自刃を思い留まるよう諭す。すべての家臣を生きて薩摩に帰すことを至上の目標とし、命の尊さを伝えることで度重なる洪水で疲れ果てていた木曽三川の農民に希望を与えた靭負は、災害を始めとする困難に見舞われても絶望せず、生きてさえいれば未来は開けることを、歴史の教訓として示してくれるのである。

――文芸評論家

この作品は二〇一五年十月小社より刊行されたものです。

幻冬舎文庫

●最新刊
才能の正体
坪田信貴

「私には才能がない」は、努力しない人の言い訳。「ビリギャル」を偏差値40UP&難関大学合格させた著者が説く、才能の見つけ方と伸ばし方。学生からビジネスパーソンまで唸らせる驚異のメソッド。

●最新刊
令嬢弁護士桜子
チェリー・カプリース
鳴神響一

ヴァイオリンの恩師がコンサート中に毒殺されるという出来事に遭遇した弁護士の一色桜子。悲嘆にくれる桜子が後日、当番弁護士として接見した男は恩師の事件の被疑者だった。待望の第二弾!!

●好評既刊
首都圏パンデミック
大原省吾

毒性の強い新型ウイルスが蔓延した飛行機が東京へ。感染者を助ける機内の医師、治療薬を探す研究者、首都圏封鎖も探る政治家――。未曽有の脅威と闘う人間を描くタイムリミット・サスペンス。

●好評既刊
M 愛すべき人がいて
小松成美

博多から上京したあゆを変えたのは、あるプロデューサーとの出会いだった。やがて愛し合う二人は、〝浜崎あゆみ〟を瞬く間にスターダムに伸し上げる。しかし、それは別れの始まりでもあった。

●好評既刊
糸
林　民夫

高橋漣は、一目惚れした園田葵が虐待されていることを知るが、まだ中学生の彼には何もできなかった。互いを思いながらも離れ離れになってしまった二人が、再び巡り逢うまでを描いた愛の物語。

頂上至極（ちょうじょうしごく）

村木嵐（むらきらん）

令和2年6月15日　初版発行

発行人――石原正康
編集人――高部真人
発行所――株式会社幻冬舎
〒151-0051東京都渋谷区千駄ヶ谷4-9-7
電話　03(5411)6222(営業)
　　　03(5411)6211(編集)
　振替00120-8-767643
印刷・製本―中央精版印刷株式会社
装丁者――高橋雅之

幻冬舎時代小説文庫

ISBN978-4-344-42999-4　C0193　む-12-1

幻冬舎ホームページアドレス　https://www.gentosha.co.jp/
この本に関するご意見・ご感想をメールでお寄せいただく場合は、
comment@gentosha.co.jpまで。